LANDON

On ne présente plus Anna Todd ! Forte de son succès avec *After*, Anna a voyagé aux quatre coins de la Terre et rencontré ses fans lors de séances de signature qui ont été des événements partout ! Sa célèbre série a fait l'objet d'une adaptation cinématographique pour la Paramount.

Paru au Livre de Poche :

Série After

AFTER, saison 1
AFTER, saison 2
AFTER, saison 3
AFTER, saison 4
AFTER, saison 5
BEFORE (After, saison 6)
BEFORE (After, saison 7)
BETWEEN (Nothing Less – Landon 2)

SPRING GIRLS

Avec les auteurs Wattpad

IMAGINES

ANNA TODD

Landon

Nothing More – Saison 1

TRADUIT DE L'ANGLAIS (ÉTATS-UNIS) PAR ALEXIA BARAT

HUGO ET COMPAGNIE

Titre original :

NOTHING MORE
Publié par Gallery Books, un département de Simon & Schuster, Inc., New York.

Ce livre est une fiction. Toute référence à des événements historiques, des personnes ou des lieux réels serait utilisée de façon fictive. Les autres noms, personnages, lieux et événements sont issus de l'imagination de l'auteur, et toute ressemblance avec des personnages vivants ou ayant existé serait totalement fortuite.

Copyright © Anna Todd, 2016.
L'auteur est représentée par Wattpad.
Tous droits réservés, y compris le droit de reproduction de ce livre ou de quelque citation que ce soit, sous n'importe quelle forme.

© Hugo et Compagnie, 2016, pour la traduction française.
ISBN : 978-2-253-06956-0 – 1re publication LGF

Chapitre 1

Ma vie est plutôt simple. Je n'ai pas vraiment de problèmes au quotidien. Je suis une personne heureuse, tout le monde le sait.

Les trois premières pensées qui me traversent l'esprit chaque jour sont :
C'est moins bondé ici que je ne l'aurais cru.
J'espère que Tessa ne travaille pas aujourd'hui pour que l'on puisse traîner ensemble.
Ma mère me manque.
Oui, je suis bien en deuxième année à l'université de New York, mais ma mère est l'une de mes meilleures amies.

Ma maison me manque beaucoup. Ça m'aide d'avoir Tessa ; elle est le lien qui me raccroche à ma famille ici.

Je sais ce que font habituellement les étudiants : ils partent de chez eux, ils ont hâte de quitter leur ville natale, mais pas moi. Il se trouve que j'aime la mienne, même si je n'y ai pas grandi. Ça ne m'a pas dérangé de faire ma terminale, puis ma première année de fac à Washington – c'était un peu comme ma deuxième maison. Ma famille vivait là-bas et j'y ai rencontré ma meilleure amie. La seule chose qui me manquait vraiment, c'était Dakota, ma petite amie de longue date. Alors, quand elle a été admise dans l'une des meilleures écoles de danse du pays, j'ai tout de suite accepté d'emménager à New York avec elle.

J'avais un plan au moment de m'inscrire à NYU ; c'est juste qu'il n'a pas fonctionné comme je l'avais espéré. J'étais censé emménager ici et commencer ma future vie avec Dakota, ma petite amie depuis le lycée en fait. Je n'avais juste pas pensé une seconde qu'elle déciderait de passer cette première année à l'université en célibataire.

J'étais anéanti. Je le suis toujours, mais je veux qu'elle soit heureuse, même si ce n'est pas avec moi.

Il fait un temps frisquet dans cette ville au mois de septembre, mais il ne pleut pratiquement jamais, comparé à Washington. C'est déjà ça.

Sur le chemin du travail, je vérifie mon portable, comme je le fais une cinquantaine de fois par jour. Ma mère est enceinte de ma petite sœur, je veux donc m'assurer de pouvoir prendre un avion et me rendre là-bas le plus vite possible s'il se passe quoi que ce soit. Ma mère et Ken ont choisi son prénom, Abigail, et j'ai hâte de la rencontrer. Je n'ai jamais vraiment été en contact avec des bébés, mais la petite Abby est d'ores et déjà mon bébé préféré. Jusqu'à présent, les seuls messages que j'ai reçus de ma mère sont des photos des plats incroyables qu'elle concocte dans sa cuisine.

Ce n'est pas un cas d'urgence, mais bon sang, ce que ses petits plats me manquent !

Je me fraye un chemin dans les rues bondées et patiente au passage piéton avec une foule de gens, principalement des touristes avec de lourds appareils photo autour du cou. Je ris discrètement quand un adolescent brandit un iPad géant pour se prendre en selfie.

Je ne comprendrai jamais ce réflexe.

Quand les lumières virent au jaune et que le signal du passage piéton commence à clignoter, j'augmente le volume de mes écouteurs.

Ici, mes écouteurs sont vissés à mes oreilles pratiquement toute la journée. La ville est tellement plus bruyante que je l'avais imaginé. Ça m'aide d'avoir un truc qui m'en protège un peu et transforme ce vacarme en une musique que j'aime.

Aujourd'hui, c'est Hozier.

Je porte mes écouteurs même en travaillant – dans une oreille du moins, comme ça, je peux toujours entendre les hurlements des clients commandant leur café. À ce moment précis, je suis un peu distrait par deux hommes habillés en tenue de pirate en train de se crier dessus, et, alors que j'entre dans le magasin, je bouscule Aiden, un collègue, celui que j'apprécie le moins.

Il est grand, bien plus grand que moi, avec des cheveux blonds presque blancs ; il ressemble à Drago Malefoy, ce qui me fait un peu peur. Au-delà de cette ressemblance avec Drago, il lui arrive parfois d'être grossier. Il est sympa avec moi, mais j'ai bien vu sa manière de reluquer les étudiantes qui viennent au Grind. Il se comporte avec elles comme s'il était dans une boîte de nuit, pas dans un café.

Il leur sourit, flirte, et elles se tortillent, gênées, devant son regard de « beau gosse ». Je trouve ça assez répugnant. Il n'est pas si beau, en fait ; peut-être que je le verrais autrement s'il était plus gentil.

— Fais gaffe, mec.

Aiden me donne un claque sur l'épaule comme si nous traversions ensemble un terrain de football américain, les maillots de la même équipe sur le dos.

Il est parti pour battre son record de lourdeur...

Je me dirige vers le fond du magasin pour m'éloigner de lui, puis j'attache mon tablier jaune autour de la taille et consulte mon portable. Après avoir pointé, je tombe sur Posey, une fille que je dois former pendant plusieurs semaines. Elle est sympa. Discrète, mais bosseuse. J'aime qu'elle prenne toujours les cookies gratuits qu'on lui offre chaque jour comme motivation, pour rendre les heures de travail un peu moins pénibles. La plupart des apprentis n'en veulent pas, mais elle, elle en a mangé un chaque jour de la semaine en testant toutes les nouvelles saveurs : chocolat, noix de macadamia, sucre et un mystérieux arôme verdâtre que je pense être un produit local, naturel et sans gluten. Adossée contre la machine à glace, je la salue en lui adressant un sourire.

— Hé !

Ses cheveux sont plaqués derrière les oreilles. Elle est en train de lire ce qui est indiqué sur le dos d'un sac de café moulu. Elle lève les yeux vers moi, m'adresse un furtif sourire poli, puis retourne à sa lecture.

— C'est insensé qu'ils vendent quinze dollars un si petit truc de café.

Je rattrape de justesse le paquet de café qu'elle m'a lancé, au point qu'il me glisse presque des mains, mais je finis par l'empoigner fermement.

— *Nous*...

Je la corrige en rigolant et repose le sachet sur la table où elle l'a pris.

— *Nous* vendons.

— Je ne travaille pas ici depuis assez longtemps pour me sentir concernée par le « nous ».

Puis elle attrape un bandeau enroulé autour de son poignet et le fait glisser sur ses cheveux bouclés auburn. Elle en a une de ces masses ! Elle les attache soigneusement, puis me fait signe qu'elle est prête à se mettre au travail.

Posey me suit dans la salle et attend près de la caisse. Cette semaine, elle s'entraîne à prendre les commandes des clients et apprendra sûrement bientôt à préparer les boissons. Prendre les commandes, c'est ce que je préfère. Je préfère de loin parler aux gens plutôt que de me brûler chaque fois les doigts sur cette machine expresso.

Je suis en train d'arranger mon poste quand la cloche au-dessus de la porte sonne. Je jette un œil à Posey pour vérifier qu'elle est prête et, bien sûr, elle est déjà à mes côtés, parée à accueillir les accros au café du matin. Deux filles s'approchent du comptoir en discutant bruyamment. L'une des deux voix m'interpelle. Je regarde alors dans leur direction et j'aperçois Dakota. Elle porte une brassière de sport, un short ample et des baskets claires. Elle doit terminer son jogging ; si elle avait l'intention d'aller à un cours de danse, elle serait habillée un peu différemment. Elle porterait une combinaison moulante et serait tout aussi belle. Elle l'est toujours.

Dakota n'est pas venue depuis plusieurs semaines ; je suis surpris de la trouver là. Et ça me rend nerveux ;

mes mains tremblent, et je me retrouve à appuyer bêtement sur l'écran de l'ordinateur. Son amie Maggy me voit la première. Elle tapote l'épaule de Dakota qui se tourne vers moi, un grand sourire aux lèvres. Son corps est recouvert d'une légère couche de sueur, et ses boucles brunes sont relevées sauvagement en chignon sur le haut de sa tête.

— J'espérais que tu travaillerais, dit-elle en me saluant d'abord, puis Posey.

Elle l'espérait ? Je ne sais pas quoi penser. Je sais que nous nous sommes mis d'accord pour rester en bons termes, mais je n'arrive pas à savoir si c'est juste une conversation entre amis ou plus que ça.

— Hé, Landon.

Maggy me salue aussi. Je souris aux deux et leur demande ce qui leur ferait plaisir de boire.

— Un café glacé avec un supplément de crème, me répondent-elles en duo.

Elles sont habillées quasiment à l'identique, mais Maggy paraît fade à côté de la peau dorée comme un caramel et des yeux bruns lumineux de Dakota.

Je me mets en mode automatique, attrape deux gobelets en plastique et les plonge dans le bac à glace pour récolter des glaçons. Puis je prends la carafe de café déjà prête et verse son contenu dans les gobelets. Dakota m'observe. Je sens son regard sur moi. Pour une raison quelconque, je me sens plutôt mal à l'aise, et quand je remarque que Posey m'observe aussi, je réalise que je pourrais – *je devrais,* certainement – lui expliquer ce que je suis en train de faire.

— Tu n'as qu'à verser le café sur la glace ; on le prépare la veille pour qu'il soit froid et ne fasse pas fondre la glace.

Ce que je lui raconte est vraiment élémentaire, et je me sens presque débile de dire ça devant Dakota. Nous ne sommes pas du tout en mauvais termes – nous ne sortons simplement plus ensemble ni ne parlons comme nous avions l'habitude de le faire avant. J'ai parfaitement compris qu'elle mette un terme à nos trois ans de relation. Elle était à New York City avec de nouveaux amis, dans un nouvel environnement, et je ne voulais pas la retenir. J'ai donc tenu ma promesse et suis resté ami avec elle. Je la connais depuis des années et tiendrai toujours à elle. Elle a été ma deuxième petite amie, mais la première vraie relation que j'ai eue jusqu'à présent. J'ai passé un peu de temps avec So, une femme de trois ans plus âgée que moi, mais avec qui je ne suis qu'ami. Elle a été super avec Tessa, aussi. Elle l'a aidée à trouver un job dans le restaurant dans lequel elle bosse actuellement.

— Dakota ?

La voix d'Aiden couvre la mienne au moment où je leur demande si elles veulent que j'ajoute de la crème fouettée. C'est ce que je fais avec mes propres boissons.

Perplexe, j'observe Aiden qui se dirige vers le comptoir et saisit la main de Dakota. Il soulève sa main dans les airs, et elle tournoie devant lui avec un grand sourire.

Puis elle me jette un regard, s'écarte de quelques centimètres et lui dit d'une manière plus neutre :

— Je ne savais pas que tu travaillais ici.

Je pose mon regard sur Posey pour ne pas m'incruster dans leur conversation, puis fais mine de consulter les emplois du temps sur le mur derrière elle. Elle peut être amie avec qui elle veut, ça ne me regarde vraiment pas. Aiden lui répond :

— Je pensais l'avoir mentionné hier soir.

Je tousse pour détourner l'attention du son étranglé que je viens de laisser échapper.

Heureusement, personne ne semble l'avoir remarqué. Sauf Posey, qui fait de son mieux pour cacher un sourire.

Je ne regarde pas Dakota, même si je sens qu'elle est mal à l'aise ; en répondant à Aiden, elle rigole de la même manière que l'a fait ma grand-mère en ouvrant son cadeau de Noël l'année dernière. Ce mignon petit bruit… Dakota rendait ma grand-mère si heureuse quand elle éclatait de rire devant les chants ringards du poisson en plâtre sur sa fausse planche de bois. Quand elle rigole de nouveau, je sais qu'elle est, pour le coup, *vraiment* mal à l'aise. Cherchant à rendre cette situation moins embarrassante, je lui tends les deux cafés avec un sourire et lui dis que j'espère la revoir bientôt.

Avant qu'elle ait pu répondre, je souris de nouveau et m'éloigne vers le fond de la boutique en montant le volume de mes écouteurs.

J'attends que la cloche sonne de nouveau pour signaler le départ de Dakota et Maggy, mais je comprends que je n'arriverai probablement pas à l'entendre à cause du match de hockey de la veille qui se joue dans mes oreilles. Même avec une seule oreillette, le bruit de la foule en délire et les claquements des crosses couvriraient le son d'une vieille cloche en cuivre. Je retourne dans la salle et trouve Posey, dépitée, devant Aiden en train de frimer en lui vantant ses compétences à produire de la vapeur de lait. Le nuage de vapeur qui enveloppe ses cheveux blond-blanc lui donne un air étrange. Quand j'arrive près d'elle, elle me glisse en chuchotant :

— Il m'a dit qu'ils étaient à l'école ensemble, dans cette académie de danse.

Je m'immobilise et lève les yeux vers Aiden qui semble ailleurs, probablement perdu dans son propre monde merveilleux.

— Tu le lui as demandé ?

Je lui pose la question, impressionné et un peu inquiet de ce qu'il a pu lui dire au sujet de Dakota.

Posey secoue la tête et attrape un gobelet en métal pour le rincer. Je la suis jusqu'à l'évier, puis elle ouvre le robinet.

— J'ai vu ta réaction quand il lui a pris la main, j'ai pensé que je devais simplement lui demander ce qu'il y avait entre eux.

Elle hausse les épaules, ce qui fait bouger son épaisse chevelure bouclée.

Ses taches de rousseur sont plus claires que la plupart de celles que j'ai vues, et éparpillées sur le haut de ses joues et sur son nez. Ses lèvres sont pulpeuses – avec une petite moue – et elle fait presque ma taille. Ce sont des choses que j'ai remarquées lors du troisième jour de formation, quand mon intérêt pour elle s'est enflammé, je suppose l'espace d'un instant. Je me confie à ma nouvelle amie en lui tendant une serviette pour essuyer le gobelet :

— Je suis sorti avec elle pendant un moment.

— Oh, je ne pense pas qu'ils sortent ensemble. Elle serait folle de sortir avec un Serpentard.

Quand Posey sourit, mes joues s'enflamment et je rigole avec elle.

— Tu l'as remarqué, toi aussi ?

Je glisse mon bras entre nous et attrape un cookie menthe-pistache pour le lui offrir.

Elle sourit, me prend le cookie des mains et en mange la moitié avant même que j'aie eu le temps de revisser le couvercle de la boîte.

Chapitre 2

Ma journée de travail terminée, je saisis mon badge et deux gobelets sur le bar pour préparer ma boisson habituelle avant de partir. Deux *macchiatos,* un pour moi et l'autre pour Tess.

Pas juste le *macchiato* ordinaire. J'ajoute trois doses de noisette et une de parfum banane. Ça a l'air dégoûtant comme ça, mais c'est très bon en réalité. J'en ai fait un par accident un jour, en confondant le flacon de vanille avec celui de banane. C'est devenu ma boisson préférée, et celle de Tessa aussi. Même Posey a succombé.

Afin de nourrir correctement nos jeunes corps d'étudiants, je suis en charge des boissons et Tessa du dîner. La plupart du temps, elle rapporte les restes du Lookout, le restaurant dans lequel elle travaille. Quelquefois, le repas est encore chaud et même si, dans ce cas, les plats ne sont pas parfaits, ils restent quand même mangeables des heures plus tard. On arrive finalement à avoir du bon café et de la bonne cuisine gastronomique sans trop dépenser d'argent. Nous formons un duo plutôt au point tous les deux.

Tessa travaille ce soir, donc je prends mon temps pour faire la fermeture. Ça ne me dérange pas de rester à la maison sans elle, mais je n'ai aucune raison de me précipiter et ça m'évite de trop penser à Dakota et à cette vermine de Serpentard. Il m'arrive d'apprécier la tranquillité d'un appartement vide, mais je n'ai jamais vécu seul jusque-là et, souvent, le bruit du réfrigérateur et de la tuyauterie me rendent complètement dingue. Encore maintenant, je m'attends à entendre, venant du bureau de mon beau-père, ses commentaires sur un match de foot ou à sentir l'odeur du sirop d'érable émanant de la cuisine de ma mère.

J'ai déjà fini tous mes devoirs de la semaine. Les cours en seconde année à l'université sont complètement différents de la première. Je suis content d'en avoir terminé avec ceux imposés en première année et de commencer ma formation d'enseignant ; j'ai l'impression de me rapprocher enfin de ma carrière d'instituteur d'école primaire.

J'ai lu deux livres ce mois-ci, vu tous les bons films sortis au cinéma et Tessa entretient tellement bien l'appartement qu'il ne me reste aucune tâche ménagère. Je n'ai donc rien de bien utile à faire et ne me suis pas fait beaucoup d'amis en dehors de Tessa et de quelques collègues au Grind. À l'exception de Posey, je ne me vois pas passer du temps avec l'un d'eux en dehors du *coffee shop*. Timothy, un mec de mon cours de sciences sociales, est plutôt sympa. Le deuxième jour de la rentrée, il portait un maillot des Thunderbirds et nous avons commencé à parler de mon équipe de hockey préférée. Le sport et les romans fantastiques sont mes sujets de conversation préférés pour entamer la conversation avec des inconnus, sachant que je suis loin d'être un as dans ce domaine.

Ma vie est plutôt monotone. Je traverse le pont en métro pour me rendre à l'université, retourne à Brooklyn, marche pour aller au travail, puis rentre à l'appart. C'est devenu une routine, une suite d'événements complètement anodins qui se répètent. Tessa dit que je déprime, que j'ai besoin de me faire de nouveaux amis et de m'amuser un peu. J'aimerais bien lui répondre qu'elle devrait suivre ses propres conseils, mais je sais qu'il est plus facile de voir les défauts des autres que les siens. Malgré ma mère et Tessa qui pensent que je n'ai pas de vie sociale, moi je me sens bien. Mon travail et mes cours de ce semestre me plaisent. J'apprécie de vivre dans ce quartier cool de Brooklyn et j'aime ma nouvelle université. Bien sûr, ça pourrait être mieux, je sais, mais tout dans ma vie est simple et facile. Pas de complication ni d'obligation si ce n'est d'être un bon fils et un bon ami.

Je jette un œil à l'horloge sur le mur et grimace en réalisant qu'il n'est même pas dix heures. J'ai laissé ouvert plus tard que d'habitude pour une bande de copines qui discutaient divorce et bébés. Leur conversation était ponctuée de «Ohh» et de «Oh non!». Je les ai donc laissées tranquilles jusqu'à ce qu'elles trouvent mutuellement des solutions à chacun de leur problème et soient prêtes à partir. À neuf heures moins le quart, elles ont quitté le Grind, laissant une table couverte de serviettes, de cafés à moitié bus et de pâtisseries à moitié grignotées. Nettoyer leur désordre m'a occupé quelques minutes de plus, donc ça ne m'a pas dérangé. J'ai passé un temps infini à fermer et à placer méticuleusement des piles de serviettes dans leurs boîtes en métal. J'ai balayé le sol un carreau après l'autre, et me suis déplacé aussi lentement que possible pour remplir le réservoir de glace et le moulin à café.

Le temps n'est pas mon allié ce soir. C'est rare qu'il le soit, mais ce soir il me trahit plus que d'habitude. Chaque minute qui passe me nargue, la petite aiguille de l'horloge continue de faire tic-tac mais avance trop lentement. On dirait que le temps reste figé. Pour m'occuper, je commence à jouer à ce jeu basique qui consiste à bloquer sa respiration le plus longtemps possible. Après quelques minutes, j'en ai déjà marre et me rends dans l'arrière-salle avec la caisse pour faire les comptes de la journée. Il n'y a pas un bruit dans le café, hormis le bourdonnement de la machine à glace. Dix heures enfin. Je ne peux pas rester plus longtemps immobile.

Je vérifie une dernière fois la salle avant de partir. Je suis certain de n'avoir rien oublié. Chaque grain de café est à sa place. D'habitude, je ne suis jamais seul pour faire la fermeture. Selon mon planning, j'alterne avec Aiden et Posey. Elle m'a d'ailleurs proposé de rester, mais j'ai surpris une conversation dans laquelle elle disait que trouver une baby-sitter pour sa petite sœur était une vraie galère. Posey ne se confie pas beaucoup sur sa vie, mais toutes ses préoccupations tournent toujours, d'une manière ou d'une autre, autour de sa famille.

Je verrouille le coffre-fort et actionne le système d'alarme avant de fermer la porte à clé derrière moi. Il fait froid ce soir, l'eau de l'East River propage une légère brume sur Brooklyn. J'aime être proche de l'eau et, d'une certaine façon, la rivière me donne l'impression de faire barrière à l'agitation de la ville. En dehors de cette proximité, Brooklyn ne ressemble en rien à Manhattan.

Un groupe de quatre personnes passe devant moi. Je les vois se diviser en deux couples se tenant par la main. Le mec le plus grand porte un maillot de l'université de Brown et je me demande s'il a consulté les résultats de leur saison. S'il l'avait fait, il ne serait certainement pas en train de se pavaner si fièrement avec. Je les observe tout en marchant derrière eux pour rentrer chez moi. Le fan de Brown est plus bruyant que le reste de la bande et sa voix grave est insupportable. J'ai l'impression qu'il est bourré. Je traverse la rue pour m'éloigner d'eux et appelle ma mère pour prendre de ses nouvelles. Par prendre de ses nouvelles, j'entends lui faire savoir que tout va bien et que son fils unique a survécu à une nouvelle journée dans la Grosse Pomme. Je lui demande donc si elle va bien, mais comme d'habitude, elle ignore ma question pour se focaliser sur moi.

Ma mère n'est pas aussi inquiète que je l'aurais cru concernant mon déménagement. Elle voulait que je sois heureux, et m'installer à New York avec Dakota me remplissait de bonheur. Enfin, c'était ce qui était prévu. Mon emménagement était censé recoller les morceaux entre nous. Je croyais que la distance était la raison pour laquelle nous nous étions éloignés, mais je n'avais pas compris que c'était la liberté qu'elle recherchait à tout prix. Je ne m'attendais pas à cette quête, car je ne l'avais jamais retenue prisonnière. Je n'ai jamais essayé de la contrôler ou de lui dire quoi faire. Ce n'est pas mon genre. Depuis le jour où cette intrépide jeune fille avec des cheveux magnifiques est devenue ma voisine, je savais qu'il y avait quelque chose de spécial chez elle. Quelque chose de si particulier et authentique que je n'ai jamais, jamais cherché à dissiper. Comment aurais-je pu ? Pourquoi l'aurais-je fait ? Au contraire, j'ai cultivé son indépendance et l'ai encouragée à conserver son franc-parler et ses opinions tranchées. Pendant nos trois années passées ensemble, je l'ai poussée à se dépasser et essayé de lui apporter tout ce dont elle avait besoin.

Quand elle a craint de quitter Sanigaw dans le Michigan pour emménager dans la Grosse Pomme, j'ai tout fait pour la rassurer. J'ai l'habitude de changer de ville ; j'ai quitté Sanigaw pour Washington juste avant ma dernière année de lycée. Je lui ai constamment rappelé les très bonnes raisons qu'elle avait de partir pour New York, à quel point elle aimait danser et combien elle était talentueuse. Pas un jour ne passait sans que je lui rappelle qu'elle était super et qu'elle devait être fière d'elle. Elle s'entraînait jour et nuit, les orteils en sang et les chevilles boursouflées. Dakota a toujours été la personne la plus ambitieuse que je connaisse. Ses notes étaient excellentes, bien meilleures que les miennes, et elle a toujours eu un job lorsque nous étions ados. Lorsque ma mère travaillait et ne pouvait la déposer, elle faisait plusieurs kilomètres à vélo pour aller travailler comme caissière sur une aire d'autoroute. À seize ans, quand j'ai eu mon permis de conduire, elle a laissé son père revendre son vélo pour se faire un peu d'argent, et je la conduisais avec plaisir à son travail.

Pourtant, la liberté n'est pas quelque chose que Dakota a connu au sein de sa famille. Son père a tout fait pour les retenir prisonniers, elle et Carter, dans leur petite maison de briques. Mais les draps qu'il accrochait aux fenêtres n'ont jamais suffi à garder ses enfants enfermés. En arrivant à New York, elle a découvert une nouvelle manière de vivre. Assister au spectacle de son père sombrant dans la dépression et l'alcool n'était pas une vie. Essayer de supprimer la culpabilité liée à la mort de son frère non plus. Elle réalisa qu'elle n'avait jamais vraiment vécu. Si j'ai commencé à vivre le jour où je l'ai rencontré, ce ne fut pas le cas pour elle.

Même si la fin de notre histoire m'a fait beaucoup de mal, je ne lui en ai pas voulu, et ne lui en veux toujours pas. Mais je ne peux pas dire que ça n'a pas bousillé tous mes plans. Je m'imaginais emménager à New York et m'installer avec elle dans un appartement. Je me voyais me réveiller, ses jambes enroulées autour des miennes, le parfum sucré de ses cheveux sur mon visage. Je pensais que nous nous serions créé des souvenirs en découvrant la ville ensemble. Nous nous serions promenés dans les parcs et aurions fait semblant de comprendre les œuvres d'art accrochées dans les musées huppés. J'avais de telles attentes, je croyais que ce serait le point de départ de notre vie future, pas la fin de notre vie passée.

Elle a quand même eu le mérite de réagir très vite. Elle a su regarder en face la vérité de ses sentiments et m'a quitté avant que je n'emménage ici. Plutôt que de faire comme si tout allait bien et d'attendre que les choses finissent par nous exploser en pleine figure, elle a su se montrer honnête. Mais quand même, le temps qu'elle m'annonce la rupture, j'étais déjà trop avancé dans mon déménagement pour changer d'avis.

J'avais déjà transféré mon dossier scolaire dans les écoles et versé un acompte pour l'appartement. Mais je ne le regrette pas. Avec du recul, je pense que c'était ce dont j'avais besoin. Je ne suis pas encore complètement emballé par cette ville, son charme ne m'a pas encore envoûté, et je ne pense pas que je resterai ici après l'obtention de mon diplôme, mais pour le moment ça me convient. Je préférerais m'installer dans un endroit calme, avec un grand jardin noyé d'un soleil exaltant et bronzant.

Ça m'a aidé que Tessa s'installe ici avec moi. Les circonstances qui l'ont amenée ici ne sont pas drôles, mais je suis content de pouvoir lui servir d'échappatoire. Tessa Young est la première et seule amie que j'ai eue à l'université de Washington Central University. De même pour elle. Sa première année scolaire a été très difficile. Elle est tombée amoureuse et a eu le cœur brisé. Quant à moi, j'étais dans une position délicate entre mon demi-frère, avec qui j'essayais de construire une relation, et ma meilleure amie Tessa, blessée par cette même personne.

Je lui ai ouvert ma porte dès qu'elle en a eu besoin et je le ferai encore. Partager mon appartement avec elle ne me dérangeait pas et je savais que ça l'aiderait. J'aime ce rôle du bon ami, du mec sympa. Toute ma vie, j'ai été le mec sympa et cette situation me convient parfaitement. Je n'ai pas besoin d'être le centre de l'attention. En fait, j'ai réalisé récemment que je m'arrangeais toujours pour éviter de me retrouver dans cette situation. Tout le monde sait que je suis un pilier sur lequel on peut s'appuyer, l'ami et le petit ami sur lequel on peut compter, et ça me convient parfaitement. Quand tout s'est écroulé autour de moi dans le

Michigan, j'ai voulu affronter seul cette souffrance. Je ne voulais pas que qui que ce soit se joigne à ma douleur, Dakota encore moins que les autres.

Inévitablement elle a eu de la peine et peu importaient mes efforts, je ne pouvais rien faire pour arranger les choses. Je devais la laisser souffrir. J'étais obligé de me retirer et de l'observer alors que son monde était en train d'éclater en mille morceaux à cause d'une tragédie que j'ai tant bien que mal essayé d'empêcher. Elle était mon pansement et j'étais son nid. Je l'ai rattrapée quand elle tombait et nous resterons unis, quoi qu'il en soit, jusqu'à la fin des temps, du fait de la souffrance que nous avons partagée.

Mon esprit ne s'aventure pas souvent dans cette zone de souvenirs que je me suis efforcé d'oublier. Cette boîte de Pandore est fermée, scellée et enterrée dans du béton armé.

Chapitre 3

En arrivant devant l'appartement, je trouve un paquet sur le pas de la porte. Le nom de Tessa y est gribouillé au feutre noir. J'enfonce la clé dans la serrure et emporte le colis avec moi à l'intérieur. Les lumières sont éteintes, j'ai donc l'appartement pour moi tout seul.

Je suis crevé et vais pouvoir me reposer demain. Le mardi et le jeudi, mes cours commencent plus tard que les autres jours de la semaine. J'attends ces journées avec impatience, elles sont mes préférées parce que je peux traîner au lit en boxer et regarder la télévision. C'est un plaisir simple, un peu navrant certes, mais dont j'apprécie chaque seconde. Je retire mes chaussures et les pose, bien alignées avec les autres, tout en appelant Tessa à travers l'appartement, pour m'assurer qu'elle n'est pas là. Comme elle ne répond pas, je commence à me déshabiller dans le salon, juste parce que je peux me le permettre. Un autre luxe tout simple. Je déboutonne mon jean, le fais tomber sur mes chevilles et donne même un coup de pied dedans. Il retombe par terre et je le laisse là, sur le sol. Je fais un peu le rebelle, mais en fait je me sens épuisé.

Je récupère mon jean, mon t-shirt, mes chaussettes et mon boxer, puis les balance sur le sol de ma chambre. Je m'en occuperai plus tard.

J'ai besoin de prendre une douche.

La poignée de douche de notre unique salle de bains se coince quand on la tourne et l'eau met au moins deux minutes à remonter dans les canalisations. Notre propriétaire l'a soi-disant «réparée» à deux reprises, mais ça ne tient jamais.

Tessa aussi a essayé plusieurs fois, mais il s'est avéré que bricoler n'était vraiment pas son truc. Je me marre en repensant à son corps trempé et à son visage furieux le jour où elle pensait l'avoir réparée. En tournant la poignée métallique, elle avait fini par la décrocher du mur, ce qui lui avait valu d'être aspergée d'eau glacée en pleine figure. Elle avait hurlé comme une furie et couru dans le couloir en s'emmêlant les pieds.

Habitué à ce vieil embout, je recule d'un pas en attendant que l'eau s'infiltre dans les canalisations. Le bruit du ruissellement me fait faire un petit pipi. Je repense à la journée qui vient de se dérouler, combien mes cours sont passés vite et à quel point j'étais surpris de voir Dakota et Maggy entrer au Grind. Je me sens encore bizarre d'avoir vu Dakota, surtout quand elle était avec Aiden, j'aurais aimé avoir le temps de me préparer mentalement. Ça faisait des semaines qu'on ne s'était pas parlé et c'était difficile de me concentrer alors qu'elle portait des vêtements si minuscules. Je pense que ça s'est plutôt bien passé, du moins, je n'ai rien dit d'embarrassant. Je n'ai pas bafouillé ni renversé de café. Je me demande si elle aussi était gênée, si elle s'est forcée à discuter avec moi ou si elle a déjà tourné la page de notre histoire.

Elle ne me donne pas beaucoup de nouvelles, jamais en fait, je ne sais donc pas du tout ce qu'elle ressent ni où nous en sommes. Elle n'a jamais été du genre à exprimer ses émotions, mais je sais qu'elle peut être très rancunière. Elle n'a aucune raison de m'en vouloir, mais je l'envisage quand même. Ça me fait un peu bizarre d'être passé de nos conversations quotidiennes à presque rien. Silence radio. Après qu'elle m'a appelé pour mettre un terme à notre histoire, j'ai tenté de conserver une relation amicale, sans grand succès.

Elle me manque parfois.

Putain, elle me manque vraiment.

Je m'étais habitué à ne plus la voir en quittant le Michigan pour Washington, mais nous nous parlions quand même tous les jours, et je prenais un vol pour la voir dès que j'en avais l'occasion, même si l'université me prenait du temps. Elle a commencé à devenir distante en emménageant à New York. Je sentais bien que quelque chose n'allait pas, mais je continuais de croire que ça pouvait s'arranger. Pourtant, à chaque coup de fil, au moment de raccrocher, je la sentais s'éloigner un peu plus. Parfois, je restais assis à fixer mon portable en espérant qu'elle me rappelle pour savoir comment s'était passée ma journée, qu'elle me pose au moins une question ou me donne plus qu'un rapide résumé de sa journée. J'espérais qu'elle avait juste besoin de temps pour s'adapter à sa nouvelle vie, dans cette grande ville. Je pensais que, peut-être, ce n'était qu'une phase passagère.

Je voulais qu'elle profite à fond de cette nouvelle expérience et qu'elle se fasse de nouveaux amis. Je n'avais pas l'intention de lui retirer quoi que ce soit. Je voulais simplement faire partie de sa vie, comme avant. Je voulais qu'elle se donne à fond dans ses cours de danse; je savais à quel point c'était important pour elle. Je ne voulais pas qu'elle soit distraite à cause de moi. J'ai essayé de la soutenir du mieux que j'ai pu, même quand elle a commencé à m'écarter de sa vie. J'ai joué le rôle du petit ami présent alors que son emploi du temps devenait de plus en plus chargé.

Ce rôle de petit ami compréhensif, je le tiens depuis que nous sommes gamins. Je suis resté patient et plus qu'indulgent. Le soir où elle m'a appelé pour énumérer les raisons qui faisaient que notre relation ne fonctionnait pas, j'ai continué d'acquiescer à l'autre bout du fil et de lui dire que tout allait bien, que je comprenais. Je ne comprenais pas, mais je savais qu'elle ne reviendrait pas sur sa décision et même si je voulais me battre pour la garder, je ne pouvais pas lui imposer ça. Je ne voulais pas que notre histoire devienne un combat. Dakota a passé sa vie à se battre contre tout et je me suis toujours débrouillé pour faire partie du peu de choses positives de sa vie. Je voulais que ça reste ainsi.

J'étais frustré et, en réalité, je le suis encore. Je ne comprends vraiment pas pourquoi elle ne trouvait pas de temps pour moi alors que tous ses statuts sur Facebook affichaient des photos d'elle dans différents restaurants et boîtes de nuit.

L'entendre me raconter sa journée me manquait. J'aurais voulu l'écouter se vanter d'avoir cartonné en cours ce jour-là. J'aurais aimé entendre son impatience à propos d'une audition à venir. Elle était toujours la première personne vers qui je me tournais. C'est devenu un peu différent quand j'ai rencontré Tessa et que je me suis rapproché d'Hardin, mais elle me manquait quand même. Je ne connais pas grand-chose aux relations amoureuses, mais en revanche je sais que ce n'en était pas une.

Soudain, je réalise que la vapeur a envahi la salle de bains pendant que je restais là, debout, à fixer mon reflet dans le miroir, et que je revivais l'échec de ma seule histoire d'amour. Je finis par m'avancer sous la douche, mais l'eau bouillante me brûle la peau. Je fais un bond en arrière et règle la température. Avant de retourner sous la douche, je branche mon portable sur la base et allume mon podcast de sport. Les présentateurs, aux voix graves et puissantes, se chamaillent à propos d'histoires politiques autour du hockey sans aucun intérêt. J'essaie de comprendre leur sujet de polémique, mais le son arrive par intermittence et je finis par l'éteindre. Mon portable tombe de sa base et atterrit dans le lavabo. Je le récupère avant d'éviter un drame et qu'un elfe de maison invisible ne fasse couler l'eau. Avoir un elfe de maison, Dobby de préférence, ou son clone, serait l'idéal. Harry Potter avait vraiment de la chance.

Cette salle de bains est bien trop petite pour une personne de plus, elfe ou pas. Elle est minuscule, vraiment, avec un lavabo assez bas équipé de robinets grinçants, installé à côté de petites toilettes sur lesquelles je peux à peine tenir. La personne qui a conçu cet appartement ne devait pas avoir en tête l'image d'un mec d'un mètre quatre-vingts. À moins, bien sûr, que ce mec d'un mètre quatre-vingts aime s'agenouiller pour passer sa tête sous le jet d'eau. L'eau chaude ruisselle le long de mon dos pendant que je continue à me torturer l'esprit en repensant à Dakota. Elle occupe tout mon cerveau, et je n'arrive pas à l'en extraire. Elle était tellement belle aujourd'hui, tellement sexy dans ce short et cette brassière de sport.

A-t-elle remarqué que mon corps a changé depuis la dernière fois qu'elle l'a vu ? A-t-elle vu que mes bras sont devenus deux épais blocs de muscles et que sur mon ventre se dessinent enfin les tablettes pour lesquelles j'ai travaillé si dur ?

Mon corps maigrichon alimentait souvent les discussions dans les couloirs bondés du lycée. « Landon le lardon », c'est comme ça qu'ils m'appelaient. À présent, ce surnom puéril me paraît vraiment débile, mais il me mettait hors de moi lorsque ces crétins marchaient derrière moi en le psalmodiant. Les gamins peuvent être de vrais petits cons. Et ce n'était rien comparé à ce qui est arrivé à Carter, mais je ne veux pas parler de ça ce soir.

Plus j'essaie de me rappeler notre rencontre, plus mon cerveau me joue des tours en emmêlant les souvenirs. Je ne pourrais pas dire à quoi elle pensait, je n'ai jamais réussi. Même lorsque nous étions plus jeunes, elle gardait toujours ses secrets. C'était attirant, mystérieux et simple à la fois. Maintenant que nous sommes plus vieux et qu'elle a rompu avec moi en ne me donnant que peu d'explications, ce n'est plus si amusant.

Absorbé par les moisissures vertes incrustées entre les carreaux de la douche, je repense à toutes les choses que j'aurais dû dire et faire pendant ces cinq minutes. Je fixe le mur, me remémorant sa présence quand elle était en face de moi tout à l'heure. J'aurais tellement aimé pouvoir décrypter ce qui se cache derrière ses yeux en amande, ou discerner quelques mots scellés derrière ses lèvres charnues. Ces lèvres.

Les lèvres de Dakota, c'est quelque chose… Juste assez pulpeuses pour captiver mon regard, avec une moue subtile que le maquillage ne peut inventer. Leur couleur rosée me rendait dingue et la sensation qu'elles me procuraient, enroulées autour de ma queue, était incroyable. Nous avions seize ans seulement lorsque nous avons commencé à nous tripoter pour la première fois. C'était l'anniversaire de nos deux mois de couple et elle venait juste de m'acheter un chiot. Je savais que ma mère ne m'aurait pas permis de le garder et elle devait s'en douter, mais nous avions tenté de le cacher dans mon placard. Nous nourrissions cette petite boule de poils grise de la meilleure nourriture achetée dans l'animalerie en bas de la rue. Il n'aboyait pas beaucoup, et quand ça lui arrivait, je toussais pour essayer de dissimuler le bruit. Ça a marché pendant un moment, jusqu'à ce qu'il devienne trop grand pour ma petite chambre.

Après deux mois de captivité, j'ai dû tout avouer à ma mère. Elle ne s'est pas énervée autant que je l'aurais cru. Cependant, elle m'expliqua le coût de l'entretien d'un chien et après l'avoir comparé à mon misérable salaire pour quelques jours par semaine de travail à la station de lavage auto, j'ai dû capituler. Même en y ajoutant les pourboires, je ne pouvais pas assumer une facture de vétérinaire.

Après avoir versé quelques larmes, Dakota finit par accepter. Pour compenser notre chagrin, nous avions joué à des jeux vidéo et regardé toute la saga du *Seigneur des anneaux*. Nous avions bu des quantités phénoménales de Starbucks en nous plaignant de payer un gobelet cinq dollars. Nous nous étions gavés de bonbons et de beurre de cacahuètes jusqu'à ce que nos estomacs éclatent et j'avais dessiné des petits cercles sur ses joues, comme elle avait toujours adoré, jusqu'à ce qu'elle s'endorme sur mes genoux. C'est sa bouche tiède qui m'a réveillé, et ses lèvres serrées autour de ma bite.

Elle apprit rapidement qu'elle adorait me donner du plaisir de cette manière, et commençait à le faire presque chaque fois que nous passions du temps ensemble. J'aimais ça, évidemment. Bordel, de qui je me moque ? J'adorais ça et je me demandais même comment j'avais pu penser un jour que se branler était une manière agréable d'arriver à l'orgasme. Ce n'est pas si mal pourtant. Mes yeux se baissent vers mon membre pendant, ruisselant sous l'eau bouillante. J'enroule une main autour de la base et commence à passer mon pouce sur mon gland, comme elle avait l'habitude de le faire avec sa langue.

Les yeux fermés, sous l'eau chaude qui s'écoule le long de mon corps, j'arrive presque à me convaincre que ce n'est pas ma propre main qui me caresse. Dans mon imagination, Dakota est agenouillée au pied de mon petit lit à Washington. Ses cheveux sont plus clairs qu'avant et son corps plus ferme grâce à ses cours de danse. Elle est si belle, elle l'a toujours été, mais plus nous grandissons et plus elle devient sexy.

Sa bouche s'active plus vite maintenant. Entre ça et le souvenir de ses gémissements, je sens que j'y suis presque.

Mon corps commence à me picoter, des orteils jusqu'à mon échine. Et là, je ne sais pas comment, l'un de mes pieds glisse. Je fais un pas de côté et perds l'équilibre. Un enchaînement de gros mots que je ne prononce pas souvent jaillit de ma bouche avant que je m'agrippe au rideau de douche imprimé en tirant dessus.

Clic, clic, clic. Le foutu truc cède sous mon poids, arrachant chaque anneau en plastique. Il s'effondre et m'entraîne avec lui. Je hurle de nouveau et mon genou cogne le rebord de la petite douche.

— Merde !

Mes bras sont mous comme de la gélatine lorsque j'essaie de retrouver mon équilibre. La porte s'ouvre alors avec fracas, avant même que je puisse recouvrir mon corps et je vois Tessa en train d'agiter les mains dans tous les sens comme un hippogriffe[1].

— Ça va ? hurle-t-elle. (Son regard se pose sur moi et elle se cache les yeux avec les mains.) Oh mon Dieu ! Excuse-moi !

— Mais c'est quoi, ce bordel ? crie Sophia d'une voix perçante.

Génial, la voilà qui entre à son tour. J'attrape le rideau déchiré et m'enroule dedans.

Franchement, est-ce que ça pourrait être pire ? Je regarde les deux filles et secoue la tête en essayant de retrouver mon souffle. Mes joues sont en feu et je préférerais disparaître sous une montagne de crottes

---

1. Créature imaginaire mi-cheval, mi-aigle.

de chien plutôt que d'être roulé en boule dans une douche, tout nu. Je pose ma main libre sur le sol humide de la douche et tente de me relever.

Sophia se faufile devant Tessa et s'avance pour saisir mon bras. Faites que je meure. Après avoir coincé furtivement ses cheveux bruns derrière ses oreilles, elle se sert de ses deux mains pour me tirer. S'il vous plaît, je veux mourir. J'essaie de faire en sorte que le rideau dissimule mes parties intimes, mais il s'écroule par terre juste au moment où je me relève. Vous m'entendez là-haut ? Si vous ne m'achevez pas là tout de suite, faites-moi au moins disparaître. Je vous en supplie.

Les yeux marron de Sophia ont des reflets verts que je n'avais pas remarqués avant. Je détourne les yeux mais je peux toujours sentir son regard posé sur moi. J'essaie de porter mon attention sur le bout de ses chaussures. Marron et pointus, ils me rappellent quelque chose qu'Hardin aurait pu porter. Sophia soulève un sourcil et hoche la tête :

— Tu es stable maintenant ?

Est-il possible d'être plus embarrassé que ça ? Je ne crois pas. C'est impossible. Trente secondes plus tôt, j'étais tranquillement en train de me masturber sous la douche et maintenant je suis nu comme un ver et hyper-gêné. Cet immense calvaire serait hilarant s'il arrivait à quelqu'un d'autre.

Elle continue de me fixer et je réalise que je ne lui ai toujours pas répondu.

— Ouais... Ouais. Ça va.

Ma voix semble encore plus minable que je ne le suis moi-même.

— Ne sois pas gêné.

Je secoue la tête et mens.

— Je ne le suis pas.

Je baisse le menton et ris nerveusement.

Le meilleur moyen pour rendre quelqu'un encore plus mal à l'aise est de lui dire qu'il n'a aucune raison de l'être.

Tessa, l'air inquiet, me regarde et s'apprête à me dire quelque chose quand soudain, un bruit strident de minuteur me fait sursauter.

Est-ce que ça pourrait être pire ?

— Le chocolat est en train de brûler !

Tessa hurle avant de sortir précipitamment de la salle de bains. La pièce semble soudain encore plus confinée que d'habitude. Le miroir est embué, tout est humide et Sophia est encore là. Elle sourit et son doigt vient se poser au milieu de mon ventre, juste au-dessus de mon nombril. Ses ongles sont longs et peints en noir. J'aime bien. Dakota n'a jamais eu les ongles longs à cause de la danse. Elle s'en plaignait souvent, mais comme elle préférait évidemment la danse au vernis, ses ongles restaient naturels.

— Tu ne devrais pas.

Le compliment sonne comme un ronronnement et mon corps réagit instantanément. Les doigts de Sophia continuent de tracer tout doucement une ligne en descendant le long de mon ventre. Je ne sais pas quoi faire, mais je n'ai pas envie qu'elle arrête. Ses doigts se glissent le long de mon ventre, juste au-dessus de l'endroit où le rideau couvre à peine ma bite. Mon esprit essaie de comprendre pourquoi elle me touche comme ça au moment même où j'essaie de calmer ma queue.

Je ne la connais pas tant que ça, mais je peux déjà dire qu'elle a bien plus d'audace que la plupart des filles de mon âge. Elle n'hésite pas à insulter la télévision pendant «Master Chef», et n'a clairement aucun problème avec le fait de toucher mon corps nu et trempé. La sombre ligne de poils qui relie mon nombril à mes poils pubiens semble l'amuser au point qu'elle la caresse du bout de son index.

A-t-elle dit quelque chose? Ah ouais, elle l'a fait. Elle a dit «tu ne devrais pas». Qu'entend-elle par là? Je ne devrais pas être gêné? Je viens de me fracasser le cul sur le sol de la salle de bains alors que j'étais en train de me branler et on m'a surpris complètement nu. Évidemment que je suis gêné.

J'observe le reflet de ses cheveux foncés dans le miroir embrumé et lui réponds rapidement :

— Merci. (Je me racle la gorge avant de poursuivre.) J'ai fait une sacrée chute!

Je rigole, je commence à envisager la situation d'un œil humoristique.

Ses yeux sont brillants et son doigt continue de me caresser. Ce n'est pas tant que c'est bizarre, c'est juste que je ne sais pas quoi dire ni quoi faire. Avant que je ne me décide à prendre une décision, elle retire sa main en souriant et se détourne.

Je lui tourne le dos, les joues en feu, et passe ma main sur le miroir. Elle ne bouge pas, adossée contre le porte-serviettes. J'observe mon reflet et grimace quand mon doigt touche une petite, mais profonde, coupure juste au-dessus de mon œil. Un filet de sang coule le long de mon front. J'attrape une serviette derrière Sophia, puis la presse sur ma peau écorchée en me jurant de ne plus jamais me branler dans une petite douche à moins de porter une armure. J'appuie autant que possible pour stopper l'hémorragie.

Sophia est toujours dans la salle de bains. Devrais-je engager la conversation avec elle ? Je ne sais pas quoi penser de ses caresses. Je ne connais pas les codes pour savoir comment réagir dans ce genre de situation. Est-ce la norme chez les jeunes célibataires ?

Je n'ai eu qu'une seule copine jusqu'à présent, je ne peux donc pas prétendre m'y connaître. Je ne sais pas du tout ce que cette fille pense ni ce qu'elle attend. D'ailleurs, je ne sais pratiquement rien d'elle.

J'ai fait brièvement sa connaissance à Washington, quand sa famille a emménagé près de chez ma mère et de Ken. Je sais qu'elle a quelques années de plus que moi, et qu'elle aime que ses amis l'appellent par son deuxième prénom, Nora. D'ailleurs, je foire à chaque fois et Tessa me reprend systématiquement en soupirant. Je sais qu'elle sent toujours le sucre et le bonbon. Je sais qu'elle vient souvent traîner chez nous parce qu'elle n'aime pas ses colocataires. Je sais qu'elle tient compagnie à Tessa quand je ne suis pas là, et d'une certaine manière, elles sont devenues amies au cours de ces derniers mois. C'est à peu près tout. Ah oui, elle vient juste d'obtenir son diplôme de l'école des Arts culinaires et travaille dans le même restaurant que Tessa.

Et maintenant, je peux ajouter qu'elle aime toucher les ventres nus et humides.

Je me détourne du miroir et lui fais face.

— Tu restes pour t'assurer que je ne fasse pas une commotion cérébrale ?

Elle secoue la tête et me sourit à pleines dents.

Les coins de ses yeux se plissent malicieusement et ses lèvres sont incroyablement gonflées, surtout quand elle y passe sa langue. Ces yeux et cette bouche humide... Elle est canon.

Elle le sait et je le sais.

Obama le sait.

C'est le genre de femme à vous mastiquer puis vous recracher comme un vulgaire chewing-gum, et vous en appréciez pourtant chaque minute. Son index tapote sa lèvre inférieure, et je reste silencieux. Elle n'est quand même pas en train de m'allumer ? Son attitude me laisse perplexe. Non pas que je m'en plaigne mais je reste quand même perplexe.

— J'apprécie que tu t'inquiètes pour moi.

Et je lui fais un clin d'œil. *Est-ce que je viens réellement de faire ça ?* Je me dépêche de détourner le regard, horrifié que mon foutu cerveau m'ait commandé de faire ça. Un clin d'œil ? Je ne suis pas ce genre de mec. J'ai dû avoir l'air d'un débile profond. C'est sûr et certain.

Les yeux de Nora croisent de nouveau les miens, et ses lèvres s'entrouvrent. Elle s'avance vers moi, réduisant davantage le peu d'espace entre nous. Mon corps tressaille et je recule, me cognant le bas du dos contre le lavabo. Ses yeux se posent de nouveau sur mon torse :

— T'es trop mignon.

Le mot « mignon » jure un peu, venant de quelqu'un qui respire le sexe. Cette fille n'est que pur désir, de la courbe de ses lèvres à celle de ses hanches. Moi, je suis toujours le mec mignon et gentil. Aucune femme n'a jamais fantasmé sur moi ou dit que j'étais sexy.

Nora tend sa main vers mon visage, ce qui me fait faire un léger mouvement de recul. Je me demande si elle va me gifler pour l'avoir imaginée nue plus d'une fois. Mais elle ne le fait pas. Sûrement parce qu'elle ne peut pas lire dans mes pensées, même si j'ai l'impression d'être complètement transparent. Elle lève son doigt et tapote le bout de mon nez. Je ferme les yeux de surprise et quand je les rouvre, elle me tourne déjà le dos.

Sans un mot, elle sort de la salle de bains et disparaît dans le couloir.

Je passe ma main sur mon visage en souhaitant effacer les cinq dernières minutes… Bon, peut-être pas les deux dernières.

Quand j'entends Tessa me demander comment je vais, je rejette la tête en arrière, prends une grande inspiration et ferme la porte. Le rideau de douche est foutu et on dirait que la petite pièce a été ravagée par une tornade. Les anneaux en plastique qui maintenaient le rideau sont éparpillés sur le sol, les bouteilles de shampooing et le savon pour le corps de Tessa répandus partout dans la pièce. Tout en remettant de l'ordre, je ne peux m'empêcher de rire devant l'absurdité de la chose. Évidemment, il fallait que ça m'arrive, à moi.

Les vêtements propres que j'ai pris avec moi dans la salle de bains sont trempés. Le t-shirt a une grosse tache humide dans le dos, mais le short ne s'en sort pas trop mal. Je l'enfile et attrape le reste des vêtements mouillés pour les rapporter dans ma chambre. À présent, mes cheveux sont secs à l'exception des racines, encore humides. Je passe la brosse de Tessa sur ma coupe courte et utilise un peigne pour lisser la petite zone de poils sur le visage que j'ai laissés pousser récemment. Son lait pour le corps à la vanille est un peu gras, mais il sent bon, et j'oublie tout le temps d'en acheter. Par chance, je trouve un pansement dans l'armoire et le colle sur ma plaie.

Évidemment, il ne s'agit pas d'un pansement normal. Tessa a acheté ceux de *La reine des neiges* !

Super. De mieux en mieux.

En passant dans le couloir, j'entends le rire bruyant de Nora alors que celui de Tessa est presque inaudible. Elle n'a pas rigolé depuis un moment. Ça m'embête, mais j'ai compris qu'elle avait besoin de gérer sa rupture à sa manière, donc je ne lui mets pas la pression. J'ai un devoir à rendre pour lundi et n'en ai fait que la moitié. Je balance mes habits dans le panier à linge dans l'entrée et me dirige vers la cuisine pour prendre une bouteille d'eau et souhaiter bonne nuit aux filles. J'essaie de faire comme si de rien n'était, genre. Un moment banal, en somme, pour terminer la soirée.

Tessa est assise sur le canapé, les pieds posés sur un coussin, tandis que Nora est allongée sur le tapis, un oreiller derrière la tête, enroulée comme un burrito dans ma couverture Gryffondor jaune et marron. Je jette un œil à la télévision : « Le Meilleur Pâtissier ». Comme d'habitude. Ces femmes ne regardent donc rien d'autre que les chaînes de cuisine et les séries dramatiques pour ados sur le câble ? Bon, j'avoue, j'aime bien en regarder certaines moi aussi. Celle sur les ados chasseurs de démons est ma préférée. Celle-là et l'autre sur la famille d'accueil.

— Je vais me préparer un petit truc à manger, vous voulez quelque chose ?

Je leur pose la question en enjambant les doigts de pied de Nora emmitouflés dans des chaussettes pelucheuses qui dépassent de la couverture.

Tessa se redresse et met le programme sur pause.

— De l'eau, s'il te plaît.

Une femme aux cheveux noirs frisés reste figée à l'écran, la bouche grande ouverte et les mains en l'air. Elle est stressée par des gâteaux qui ont cramé ou un truc du genre. Nora demande :

— Y a-t-il autre chose que de l'eau ?

— On n'est pas un supermarché ! la taquine Tessa.

Nora prend son oreiller et le lance sur Tessa qui sourit et semble presque sur le point de rire, mais elle se reprend. C'est dommage. Elle a un super-rire.

Je ne sais pas trop ce qu'on a, mais je lève le pouce en signe d'approbation et me rends dans la cuisine. Dans le frigo, des rangées de bouteilles sont parfaitement alignées. Oui, Tessa organise même notre frigo et il s'avère que nous avons beaucoup d'autres boissons. Je leur crie :

— Gatorade, thé glacé, jus d'orange !

Je sursaute quand la voix de Sophia surgit derrière moi.

— Beurk, je déteste la Gatorade, sauf la bleue.

Elle critique ma boisson préférée…

— Dégueu ? Comment peux-tu dire ça, Sophia ?

Je lui lance un regard désapprobateur et appuie mon bras sur la porte du frigo.

— Comme ça, répond-elle en souriant et en s'adossant contre le bar. Et arrête de m'appeler Sophia. Si je dois te le redire une fois de plus, je t'appellerai George Strait[1] chaque fois que je te verrai.

Je ne peux contenir mon rire :

— George Strait ? Parmi tous les noms que tu aurais pu me trouver, je ne m'attendais vraiment pas à celui-là.

Elle rigole à son tour. Un rire doux avec des yeux perçants. Ça lui va bien.

— Je sais pas, il me plaît bien.

Soph... – je veux dire Nora – hausse les épaules. J'essaie de me rappeler à quoi ressemble George Strait. Je sais que je l'ai déjà vu, mais je n'ai plus jamais écouté de country depuis que nous avons quitté le Michigan.

Ses cheveux sont rassemblés en queue-de-cheval maintenant et ses longues boucles retombent sur l'une de ses épaules. Elle porte un t-shirt court qui laisse apparaître son ventre et un legging hypermoulant. Pour être franc, j'étais trop concentré sur *ma* zone exposée dans la salle de bains pour remarquer la sienne.

Serait-elle en train de flirter avec moi ? Je ne sais pas trop. Dakota se moquait toujours de mon incapacité à percevoir les jeux de séduction des femmes. J'aime me dire que c'est une manière de me préserver. Si j'étais conscient de toutes les avances, je deviendrais certainement comme l'un de ces gars obsédés de savoir comment les femmes le perçoivent. J'analyserais mes paroles et mes actes en permanence. Je finirais même sûrement par enduire mes cheveux de gel

---

[1]. George Strait est un chanteur américain connu sous le nom de « King of Country ».

pour en faire des piques, comme ce mec de l'émission « Diners and Dives ». Je ne veux pas cacher mes livres de science-fiction ou prétendre que je ne connais pas mot pour mot chaque réplique des Harry Potter. Je ne veux pas essayer d'être cool. Je sais que je ne le serai jamais. Je ne l'ai jamais été, et ça ne me dérange pas. D'ailleurs, je préfère ne pas être en concurrence avec tous ces mecs parfaits et conserver mes livres sur mon étagère et, peut-être, si j'ai de la chance, trouver une femme qui les aimera aussi.

Comme nous n'avons plus de Gatorade bleue, j'essaie de la tenter avec ma préférée, la rouge.

— Tu es tellement calme, dit Nora quand je lui tends la bouteille.

Elle l'examine, lève un sourcil et secoue la tête.

Je reste silencieux.

— C'est toujours mieux que de l'eau, j'imagine.

Sa voix est douce, sans exigence particulière, même si elle a un sérieux problème avec la Gatorade. Je suis curieux de connaître ses opinions. Éprouve-t-elle autant de répulsion envers d'autres boissons sucrées ? Je me rends compte que j'aimerais en savoir plus sur elle. Alors que je prépare mentalement mon plaidoyer pour défendre toutes mes boissons préférées qu'elle pourrait détester, elle dévisse le bouchon de la bouteille et prend une gorgée.

— Pas mal.

Elle hausse des épaules et reprend une autre gorgée en s'éloignant.

Elle est bizarre. Pas bizarre du genre à vivre dans la cave de sa mère et à collectionner des fœtus dans des bocaux. Non, bizarre du genre à être impénétrable. Je n'arrive vraiment pas à comprendre ce que veulent dire ses silences étranges ou ses caresses fugaces.

Mais plutôt que d'essayer de déchiffrer les codes du romantisme féminin, j'attrape ma bouteille d'eau dans le frigo, pars terminer mon devoir dans ma chambre et me couche.

Chapitre 4

Le matin arrive un peu trop rapidement. Je me suis couché vers une heure et réveillé à six. Combien d'heures préconisent les médecins déjà ? Sept ? Donc, il me manque trente pour cent pour atteindre l'objectif. C'est beaucoup, ouais. Mais j'ai pris l'habitude de veiller tard la nuit et de me lever tôt. Petit à petit, je deviens un vrai New-Yorkais. J'absorbe chaque jour ma dose de caféine, commence à prendre mes marques dans le métro et j'ai appris à partager les trottoirs avec les mamans qui promènent leur poussette à Brooklyn.

Comme moi, Tessa a appris tout ça, mais nous différons sur un point important : je donne moins d'argent aux sans-abri que je croise sur le chemin de l'école. Tessa, elle, distribue sur le chemin du retour la moitié des pourboires qu'elle vient de gagner. Non pas que je ne veuille pas les aider, c'est juste que je préfère leur donner du café ou des muffins quand je le peux, plutôt que de l'argent qui servira à entretenir leurs addictions. Je comprends le dévouement de Tessa et l'espoir qu'elle nourrit en tendant un billet de cinq dollars à un homme dans le besoin. Elle espère réellement qu'il s'achètera de la nourriture ou autre chose qui lui servira vraiment. Moi, je n'en suis pas si sûr, mais je ne peux pas vraiment en débattre avec elle. Mon amie et colocataire entretient un lien particulier avec les sans-abri. Le père de Tessa, absent pendant une grande partie de sa vie, a fini dans la rue avant de mourir d'une overdose il y a moins d'un an, sans qu'ils aient vraiment eu le temps de se connaître. Ce fut très dur pour elle et j'imagine que secourir ces étrangers l'aide à cicatriser un peu ses plaies.

Pour chaque dollar donné, elle est récompensée d'un sourire, d'un «merci» ou d'un «Que Dieu vous bénisse». Tessa est le genre de personne qui essaie de tirer le meilleur de chacun de nous. Elle s'investit plus qu'elle ne le devrait et s'attend toujours à ce que les gens soient gentils, même ceux qui ne le seront jamais.

Elle appréhende cette petite mission, dans laquelle elle s'est pleinement investie, comme une compensation à l'échec de sa relation avec son père, ou avec Hardin, qui est l'une des personnes les plus compliquées que je connaisse. Elle n'a peut-être pas pu les aider eux, mais elle peut aider ces gens. Je sais, c'est naïf. Mais c'est ma meilleure amie et c'est l'une des seules choses dans laquelle elle s'est impliquée récemment. Elle ne dort pas. Ses yeux gris sont gonflés quatre-vingt-dix pour cent du temps. Elle lutte pour essayer de surmonter une terrible rupture, la mort de son père, son emménagement dans une nouvelle ville et le fait de ne pas avoir été admise à NYU.

Ça fait beaucoup à supporter pour une seule personne. Quand j'ai fait la connaissance de Tessa il y a un an, elle était totalement différente. Son apparence était la même, une magnifique blonde aux beaux yeux gris, avec une voix douce et un parcours scolaire brillant. La première fois que je lui ai parlé, j'ai eu l'impression de rencontrer la version féminine de moi-même. Un lien s'est tout de suite tissé entre nous, car nous sommes arrivés les deux premiers en classe de littérature, le premier jour à l'université. Puis nous nous sommes rapprochés au fur et à mesure que se développait sa relation avec Hardin. Je l'ai vue tomber amoureuse de lui, et lui d'elle encore plus.

Je les ai vus se déchirer, puis se réconcilier. Je les ai vus devenir tout l'un pour l'autre, puis rien, puis tout de nouveau. J'ai eu du mal à choisir mon camp pendant cette guerre. Ce n'est jamais sans dommages collatéraux. C'était juste trop compliqué et bordélique. Alors depuis, je prends exemple sur Belle Swan et préfère rester neutre.

Gloups, la référence à *Twilight*. Il me faut ma dose de caféine. Pronto.

En entrant dans la cuisine, je découvre Tessa assise à la petite table, son portable à la main.

— Bonjour.

Je lui fais un signe de la tête et allume la machine à expressos. Je suis devenu en quelque sorte un snobinard du café depuis que je travaille au Grind. Ça aide d'avoir une coloc aussi accro que moi. Peut-être pas aussi exigeante mais bien plus dépendante.

— Bonjour, Trésor.

Elle me répond distraitement, levant à peine les yeux de son portable. Puis son regard se porte directement sur l'entaille de mon arcade sourcilière et l'inquiétude se lit sur son visage. Après avoir appliqué de la pommade ce matin, j'ai été content de me débarrasser du pansement Disney.

— Je vais bien, mais putain, ce que c'était gênant !

J'attrape une capsule d'expresso brésilien et l'insère dans la machine. Il n'y a pas beaucoup de place sur le plan de travail et la machine prend à elle seule la moitié de l'espace entre le frigo blanc et le micro-ondes. Mais je préférerais de loin me séparer du frigo plutôt que de ma machine.

Tessa sourit en mordillant sa lèvre, puis couvre sa bouche pour étouffer un rire :

— Un peu.

Je jette un œil à la tasse de café sur la table devant elle. Elle est vide.

— Je te ressers ? Tu travailles aujourd'hui ?

Elle soupire, prend son portable puis le repose.

— Oui.

Ses yeux sont rouges, encore. Injectés de sang à cause des larmes qui ont dû imprégner son oreiller. Je ne l'ai pas entendue pleurer la nuit dernière, mais ça ne veut pas dire qu'elle ne l'a pas fait. Depuis peu, elle arrive de mieux en mieux à masquer ses sentiments. Du moins c'est ce qu'elle croit.

— Je travaille, et j'ai encore besoin de café. (Elle marque une pause) S'il te plaît.

Tessa se racle la gorge, puis baisse les yeux avant de demander :

— Sais-tu quel jour arrive Hardin ?

— Pas encore. Mais ce n'est pas prévu avant plusieurs semaines, il ne m'en a donc pas encore parlé. Tu le connais.

Je hausse des épaules. Si quelqu'un connaît Hardin, c'est bien elle.

— Tu es sûre que ça ne te pose pas de problème ? Parce que, tu sais, je peux lui demander de dormir à l'hôtel.

Je ne veux surtout pas qu'elle se sente mal à l'aise dans l'appartement. Hardin me tuerait pour ça, mais je m'en fous. Elle se force à sourire.

— Non, non. C'est bon. Tu es chez toi.

— Et chez toi aussi, je te rappelle.

Je mets la tasse de Tessa dans le congélateur pendant que l'eau chauffe. Depuis quelque temps, elle ne boit plus que du café glacé. Je soupçonne que même un truc aussi banal que du café chaud lui rappelle Hardin.

— De toute façon, j'ai l'intention de faire des heures supplémentaires au Lookout. J'ai bientôt terminé ma période de formation. Ils me laissent m'occuper des brunchs et des dîners aujourd'hui.

Ma poitrine se serre. J'ai mal pour mon amie et, pour une fois, ma solitude ne me paraît pas si terrible comparée à la sienne.

— Si tu changes d'avis…

— Non. Je vais bien. Ça va bientôt faire quoi… quatre mois, ou plus ? Je vais bien.

Elle ment, mais il n'y aurait rien de bon à lui faire avouer. Parfois, vous devez simplement laisser les gens éprouver ce qu'ils ont besoin d'éprouver. Cacher ce qu'ils pensent devoir dissimuler et faire avec.

Je souffle sur mon café, mais la double dose d'expresso me brûle en descendant dans ma gorge. C'est dense et puissant. J'ai soudain plus d'énergie qu'il y a deux secondes, ces grains d'expresso sont magiques. Oui, je suis au courant que c'est dans la tête, et oui, je m'en fous. Je dépose la petite tasse dans l'évier et attrape mon sweat-shirt sur le dossier de la chaise. Mes baskets de course sont près de la porte, en parfait alignement avec les autres chaussures. Encore une lubie de Tessa.

Je les enfile et sors de l'appartement.

Chapitre 5

Dehors, l'air est vif. Je distingue l'odeur de l'automne même parmi les effluves des sacs-poubelle alignés sur le trottoir. Depuis toujours, l'automne est ma saison préférée. Petit, j'attendais avec impatience les changements de saison pour observer les feuilles jaunes ou verdoyantes devenir mordorées puis virer à l'orange.

La fin de l'été marque le début de la saison de football. En octobre démarre celle de hockey, ce qui tout à coup rend ma vie bien plus intéressante. Déjà tout petit, j'étais fasciné par les cycles des saisons passant de l'été à l'hiver. En attendant le démarrage des championnats de sport, je ratissais les feuilles mortes avec ma mère, puis sautais à pieds joints dans tous ces petits tas avant de les engouffrer dans des sacs plastique sur lesquels étaient imprimées des têtes de citrouille.

Dans la maison de Clarwood, notre petit jardin débordait toujours de feuilles qui tombaient des deux énormes bouleaux de la cour voisine. L'automne dans le Michigan n'a jamais duré assez longtemps pour que je l'apprécie. Au bout du troisième match de football, les gants et les manteaux revenaient déjà en force. Le givre glaçait les pare-brise des voitures et les rues se vidaient le soir.

Contrairement à la plupart des gens, j'ai toujours adoré le froid. Pour moi, le froid est synonyme de sport, de vacances et de montagnes de friandises et autres cochonneries sur le comptoir de la cuisine. Dakota, contrairement à moi, a toujours détesté le froid. Son nez devenait rouge et ses cheveux bouclés se desséchaient, ce qui avait le don de la rendre folle. Mais moi, je la trouvais tellement mignonne, emmitouflée dans ses nombreuses couches de pulls. Cette fille portait des moufles en septembre. Sérieusement.

Je veux dire, de vraies moufles. Je les adorais.

Le meilleur parc pour courir à Brooklyn se trouve être le plus éloigné de mon appartement. McCarren Park relie les deux zones les plus cool de la ville : Greenpoint et Williamsburg. C'est ici que déambulent les grosses barbes et les chemises de bûcheron. On peut les voir, affublés de leurs lunettes à montures noires, rôder dans de minuscules restaurants à peine éclairés pour déguster de délicieux petits plats.

Je ne comprends vraiment pas pourquoi des mecs d'une vingtaine d'années s'habillent comme s'ils en avaient soixante-dix, mais ici la nourriture vaut la peine d'être regardée à travers les montures noires de ces jeunes hommes aux moustaches d'aristos. Mon parc préféré est à environ vingt minutes de chez moi. En général, je m'y rends en courant, enchaîne quelques tours pendant trente minutes, puis ralentis le rythme sur le chemin du retour.

Je passe à côté d'une femme en train d'installer son bébé dans une poussette de jogging. Mon genou me fait mal, mais si elle est capable de courir avec une poussette, je devrais pouvoir m'en sortir. Au bout de deux minutes de course, la gêne dans mon genou se transforme en douleur aiguë. Trente secondes plus tard, elle se répand dans tous mes muscles. Chaque nouvelle enjambée est une souffrance due à ma chute sous la douche. Ce n'est même pas la peine d'insister.

C'est mon jour de congé aujourd'hui. Même si ma jambe fait des siennes, je ne veux pas passer mon premier samedi de libre depuis que j'ai trouvé ce job, assis à ne rien faire dans l'appart. Tessa travaille ce soir, c'était inscrit sur le petit tableau qu'elle a accroché sur le frigo. Je sors mon portable de ma poche, m'assieds sur un banc et décide d'appeler ma mère. Son accouchement est prévu d'un jour à l'autre et je peux sentir son stress d'ici. Elle sera la meilleure maman que ma petite sœur puisse avoir, qu'elle le croie ou non.

Elle ne décroche pas. Super. Ma seule amie est occupée et ma mère ne répond pas, ce qui signifie que je ne sais pas que faire de mon après-midi. C'est officiel, je suis un looser. Mes baskets frappent le sol et je commence à compter mes pas en marchant. La douleur dans mon genou est supportable tant que je ne marche pas trop vite.

— Attention à votre gauche !

Une femme en train de courir avec une poussette hurle en me dépassant.

Enceinte, elle traîne dans sa poussette deux bébés joufflus. À voir leur petite tête sale, j'en déduis que cette femme est débordée. C'est la mode à Brooklyn de courir avec son bébé. J'ai même vu des gens, en début de soirée, traîner leur poussette avec leur bébé jusque dans les bars.

Je n'ai absolument rien à faire. Je suis étudiant, j'ai vingt ans, je vis dans la meilleure ville du monde et je suis complètement désœuvré.

Pauvre de moi. Enfin, je préfère de loin me complaire dans mon malheur et me plaindre de ma vie ennuyeuse que de me faire de nouveaux amis. Je ne sais pas d'ailleurs par où commencer pour me faire des amis. NYU n'est certes pas aussi convivial que l'était WCU, mais si Tessa ne m'avait pas adressé la parole en premier, je n'aurais sûrement pas eu d'amis là-bas non plus. Tessa est la première personne avec qui je me suis liée d'amitié depuis la mort de Carter.

Hardin ne compte pas, car en ce qui le concerne, la situation était bien plus complexe dès le départ. Il avait beau se comporter comme s'il me détestait, je n'étais pas dupe. Sa jalousie envers la relation que j'entretenais avec son père était l'incarnation, selon lui, de tout ce qui allait mal dans sa vie. Il trouvait injuste que je profite de cette nouvelle version améliorée de son père alors que lui ne l'avait connu qu'alcoolique, distant et indifférent. Il m'en voulait de notre passion commune pour le sport. Il détestait que son père ait emménagé avec ma mère et moi dans une grande maison, et il méprisait la voiture que son père m'avait offerte. Je savais qu'il serait l'élément compliqué de ma nouvelle vie, mais je ne me doutais pas que je serais capable de m'identifier à sa colère et de me reconnaître dans sa douleur. Je n'ai pas grandi dans une famille parfaite comme il l'imaginait.

Mon père est mort avant que je puisse apprendre à le connaître et tout le monde autour de moi essayait de compenser son absence. Pendant mon enfance, ma mère me racontait plein d'histoires au sujet de cet homme mort trop jeune. Il s'appelait Allen Michael, d'après elle c'était un homme très apprécié, avec de longs cheveux bruns et des rêves plein la tête. Il voulait devenir une rock star. Ces histoires ont créé un manque encore plus profond chez moi, bien que je ne l'aie jamais connu. C'était un homme humble, m'a-t-elle dit, décédé d'une mort naturelle dans sa vingt-cinquième année alors que j'avais à peine deux ans. J'aurais été heureux de le connaître, mais je n'ai pas eu cette chance. La peine d'Hardin était différente, mais j'ai toujours pensé que les gens ne devraient pas comparer leurs souffrances.

La plus grande différence entre mon éducation et celle d'Hardin, c'est nos mères. La mienne a eu la chance d'avoir un bon travail à la mairie et mon père lui a laissé une assurance-vie sur laquelle nous avons pu nous reposer. Celle d'Hardin travaillait de longues heures mais gagnait à peine de quoi subvenir à leurs besoins. Leur situation était bien pire.

C'est difficile pour moi d'imaginer mon beau-père Ken comme Hardin l'a connu. Pour moi, il a toujours été l'homme gentil, jovial et sobre qu'il est aujourd'hui – et le directeur de l'université, néanmoins. Il a vraiment tout fait pour ma mère et il l'aime de tout son cœur. Il l'aime plus que l'alcool, et c'est quelque chose qu'Hardin ne pouvait pas supporter. Aujourd'hui, il comprend qu'il n'y a jamais eu compétition. Si Ken avait pu, il aurait choisi son fils plutôt que la bouteille, mais parfois les gens ne sont juste pas aussi forts que nous le souhaiterions. Toute la souffrance d'Hardin s'est envenimée jusqu'à se transformer en un feu ardent impossible à contenir. Quand tout a dégénéré et qu'Hardin a découvert que Ken n'était pas son père biologique, le feu s'est emparé de son dernier souffle, le consumant une dernière fois. Après ça, il a fait le choix de prendre le contrôle de sa vie, de ses actes et de lui-même.

Quoi que fasse son thérapeute, ça fonctionne et je suis content pour lui. Les changements dans le comportement d'Hardin ont touché ma mère, qui aime cet enfant colérique comme si c'était le sien.

Je croise un couple main dans la main qui promène leur chien et m'apitoie encore plus sur mon sort. Devrais-je recommencer à sortir avec des filles ? Je ne saurais même pas par où commencer. Je veux les avantages d'avoir une présence permanente sans être tout à fait certain de vouloir sortir avec qui que ce soit maintenant. Hormis Dakota. Tout recommencer à zéro semble si éprouvant et puis ça ne fait que six mois que nous avons rompu. Est-ce qu'*elle* voit quelqu'un ? En a-t-elle envie ? Je n'imagine pas que quelqu'un puisse me connaître aussi bien qu'elle, ou me rendre aussi heureux. Elle me connaît depuis si longtemps, atteindre à nouveau ce niveau d'intimité prendrait énormément de temps.

Il faudrait des années et ce n'est pas comme si je rajeunissais. Mais bon, ce n'est pas ce genre de pensée qui m'aidera à avancer.

Le couple s'arrête un instant pour s'embrasser et je détourne le regard en souriant parce que je suis content pour eux. Je suis content pour ces inconnus qui n'ont pas à passer leurs nuits seuls ou à se branler sous la douche.

Ok, j'ai l'air cynique.

On dirait Hardin.

En parlant d'Hardin, je vais l'appeler, ça m'occupera au moins cinq minutes avant qu'il ne me raccroche au nez. J'extirpe de nouveau mon portable de ma poche et tape son nom. Il décroche avant la seconde sonnerie :

— Ouais ?

Comme c'est aimable de sa part.

— Quel accueil chaleureux !

Je traverse la rue et poursuis mon errance. De toute manière, j'avais l'intention de découvrir ce quartier, donc autant commencer aujourd'hui.

— Aussi chaleureux que je peux l'être. Qu'est-ce que tu veux ?

Un chauffeur de taxi en colère hurle à travers la vitre de sa voiture sur une vieille dame en train de traverser lentement la rue devant lui.

— En fait, je suis en train de t'observer dans le futur.

Il ne rigole pas et ne cherche même pas à comprendre pourquoi je lui dis ça.

— Je m'ennuyais et voulais te parler de ton séjour ici.

— Oui et alors ? Je n'ai pas encore réservé mon billet d'avion, mais je serai là vers le trente.

— Septembre ?

— Manifestement.

Je le vois d'ici en train de lever les yeux au ciel.

— As-tu l'intention de t'installer à l'hôtel, ou chez moi ?

La vieille femme arrive de l'autre côté de la rue et je l'observe emprunter les escaliers qui la mènent sûrement chez elle.

— Que veut-elle que je fasse ?

Sa voix baisse d'un ton, prudente. Il n'a pas besoin de prononcer son nom pour que je devine de qui il parle.

— Elle dit que ça ne la dérange pas que tu restes à l'appartement, mais si elle change d'avis, tu sais que tu devras partir.

Je n'essaie pas de les séparer, mais Tessa est ma priorité dans cette histoire. C'est elle que j'entends pleurer la nuit. C'est elle qui essaie de se reconstruire, de nouveau. Je ne suis pas fou, Hardin est sûrement dans un pire état, mais il a trouvé un système de soutien et un bon thérapeute. Tessa, elle, n'a personne.

— Ouais, je le sais très bien, putain !

Son irritation ne me surprend pas le moins du monde. Il ne supporte pas que quelqu'un, moi inclus, vienne au secours de Tessa. Il pense que c'est sa mission à lui. Bien qu'il soit celui dont je la protège.

— Je ne vais rien faire de stupide. J'ai quelques rendez-vous et voulais passer un peu de temps avec vous deux, peut-être.

— Quel genre de rendez-vous ? Tu comptes emménager ici ?

J'espère vraiment que non. Je ne suis vraiment pas prêt à me retrouver au milieu d'une guerre, une fois de plus. Je pensais avoir encore quelques mois de répit avant que les forces obscures de la folie ne les réunissent de nouveau.

— Bien sûr que non, putain. C'est juste un truc sur lequel je bosse. Je t'en parlerai quand j'aurai le temps de t'expliquer le truc en entier, donc pas maintenant. Quelqu'un m'appelle sur l'autre ligne.

Il raccroche avant que je ne puisse répondre.

Je vérifie l'heure sur mon écran. Cinq minutes et douze secondes, un record. Je traverse la rue et fourre mon portable dans ma poche. Au carrefour, je regarde autour de moi pour évaluer où je me trouve.

Des rangées de maisons en briques rouges et granit sont alignées de chaque côté de la rue. À l'angle, au bout du bloc, une petite galerie d'art expose des photographies de style abstrait aux couleurs vives, suspendues par des cordons derrière la vitrine. Inutile de rentrer à l'intérieur pour savoir qu'elles valent une fortune.

Soudain, une voix crie mon nom de l'autre côté de la rue :

— Landon !

Je regarde de ce côté et aperçois Dakota.

Mon Dieu, cette fille est toujours si peu vêtue. Elle porte le même genre de tenue que la dernière fois, un short en élasthanne moulant et une brassière de sport. Sa poitrine fait plutôt partie des petits formats, mais elle a les seins les plus sexy que j'aie jamais vus. Non pas que j'en aie vu beaucoup, mais les siens sont sublimes.

Elle traverse l'intersection et se dirige droit vers moi. Si ce n'est pas un coup du destin, alors je ne sais pas ce que c'est.

Chapitre 6

Dakota me rejoint, elle enroule immédiatement ses bras autour de mon cou et m'attire vers elle. Notre étreinte dure un peu plus longtemps que d'habitude, puis elle se détache en laissant sa tête posée sur mon bras. Elle paraît bien plus petite que moi avec son mètre soixante, mais ses cheveux la font paraître plus grande. La crinière bouclée sur la photo de son permis de conduire lui a même fait gagner quatre bons centimètres.

Le bout de son nez est un peu rouge et ses cheveux sont particulièrement rebelles aujourd'hui. Il ne fait pas encore très froid, mais l'East River à proximité rafraîchit légèrement l'air. Ses vêtements ne sont pas adaptés à la saison automnale. En fait, elle ne porte pas grand-chose, mais je ne vais pas m'en plaindre.

Dakota me fixe de ses grands yeux bruns.

— Que fais-tu dans le quartier ?

Elle vit à Manhattan et, pourtant, c'est la deuxième fois que je la croise à Brooklyn cette semaine.

— Je cours. J'ai traversé le pont de Manhattan et j'ai poursuivi mon chemin.

Elle me regarde, puis fixe mon front.

— Mon Dieu, que t'est-il arrivé au visage ?

Ses doigts touchent ma peau et je grimace, la douleur est encore assez vive.

— C'est une longue histoire.

Je touche du bout des doigts le point sensible et sens une bosse près de ma coupure.

— Tu t'es battu en chemin ?

Sa plaisanterie et de petits papillons dans le ventre me font réaliser à quel point elle me manque, bien qu'elle soit là devant moi.

Plutôt mourir que de lui dire ce qui s'est réellement passé pour que ma tête soit dans cet état-là. Pareil pour mon genou. Bah, j'ai l'impression d'être un vieux pervers maintenant qu'elle est face à moi alors que c'est toujours à elle que je pense quand je me branle.

— Pas vraiment. Je suis bêtement tombé dans la douche. Mais je préfère de loin et plus prosaïquement ta version ! Ça fait bien plus viril !

Je rigole et vois que ma réponse l'amuse. Elle bascule sur les talons de ses baskets, des muscles joliment développés se dessinent sur ses cuisses. La danse à temps plein lui réussit plutôt bien.

— Alors, qu'est-ce que tu fais par ici ? Tu veux aller prendre un café ? demande-t-elle.

Ses yeux parcourent la rue et se posent sur le couple que j'ai aperçu tout à l'heure. Leurs mains sont entrelacées pour arpenter les rues de Brooklyn. C'est particulièrement romantique de le voir envelopper son manteau autour des épaules de sa femme et de se pencher pour embrasser ses cheveux. Dakota lève les yeux vers moi et je rêverais de connaître les pensées qui traversent son esprit. *Est-ce que je lui manque ?*

Est-ce que la vue de ce couple heureux, main dans la main, lui fait réaliser que je lui manque ?

Elle semble vouloir passer du temps avec moi, là maintenant, *mais qu'est-ce que ça signifie ?* Je n'ai rien à faire de particulier, mais je devrais peut-être faire semblant d'avoir une vie très remplie en plus de l'école et du travail.

— Je suis libre pour le moment.

Je lui réponds avec un haussement d'épaules discret. Elle glisse son bras sous le mien, me demande si je connais un café pas trop loin et m'entraîne. Pendant le trajet, j'essaie de faire une liste des sujets de conversation normaux à lancer pour éviter les blancs.

Parce que, si quelqu'un ici est un pro pour transformer toutes les situations normales en moments gênants, c'est bien moi.

Le Starbucks se trouve à un bloc d'ici ; Dakota reste silencieuse pendant tout le trajet. Quelque chose ne va pas. Je peux le sentir à son comportement affectueux et à son silence.

— Tu as froid ?

J'aurais dû lui demander plus tôt. Elle est à peine vêtue, elle a forcément froid.

Elle lève les yeux vers moi, son nez rouge à la Rudolphe[1] la trahit.

— Tiens.

---

1. *Rudolphe, le renne au nez rouge* est une histoire populaire américaine, puis une chanson. Rudolphe est le neuvième renne du Père Noël qui, grâce à son nez rouge d'une luminosité incroyable, le guide durant sa distribution de cadeaux.

Je m'écarte doucement d'elle, retire mon sweat-shirt et le lui tends.

À ma grande surprise, elle respire le tissu gris, comme elle avait l'habitude de le faire avant. Au lycée, elle était obsédée par le fait de porter mon sweat à capuche. Je devais en racheter un chaque semaine parce qu'elle me les piquait tous.

— Tu portes toujours Spicebomb, affirme-t-elle.

C'est elle qui m'a acheté le premier flacon de ce parfum pour notre premier Noël ensemble. Ensuite, elle m'en a offert un chaque année.

— Ouais. Certaines choses ne changent pas.

Je l'observe enfiler mon sweat. Ses boucles accrochent dans l'encolure et je l'aide à faire glisser le tissu sur sa chevelure.

Elle observe le symbole imprimé sur le devant et caresse le motif en triangle de ses jolies mains aux ongles non vernis.

— Les Reliques de la Mort. Non, certaines choses ne changent pas, murmure-t-elle.

J'attends un sourire de sa part, mais il ne vient pas.

— C'est parce que tu aimes l'odeur, ou parce que tu cherches à te planquer de moi ?

Dakota rigole enfin, mais de nouveau, quelque chose ne colle pas. Elle est déconnectée aujourd'hui.

Je lui ouvre la porte, elle entre et lâche mon bras. Je lui propose :

— Tu t'installes et je m'occupe des cafés.

C'est ce que nous faisions toujours quand nous étions à Saginaw. Elle choisissait une table près de la fenêtre et je nous commandais les deux mêmes boissons. Deux frappuccino moka, une extra-dose de sucre liquide pour elle et une dose de café en plus pour moi. Je prenais aussi deux parts de cake au citron et elle mangeait toujours le glaçage sucré sur les rebords du mien.

Mes goûts ont évolué depuis ce temps et je ne pourrais plus me résoudre à boire ce milk-shake sucré déguisé en café. Je commande son frappuccino, un allongé pour moi, et deux parts de cake au citron. En attendant l'appel de mon nom, je jette un œil à la table où se trouve Dakota. Elle regarde dans le vide, le menton appuyé sur sa main.

— Un moka frap et un Americano pour… London! hurle la jolie serveuse en écorchant mon prénom.

Elle est pleine d'entrain lorsqu'elle pose les boissons sur le comptoir, comme tous les autres employés qui travaillent dans cette enseigne.

Dakota se redresse un peu quand j'arrive près de la table et lui tends son grand gobelet en plastique. Elle examine le mien.

— C'est quoi?

Tandis qu'elle porte mon gobelet à ses lèvres, je m'installe en face d'elle et essaie de la prévenir :

— Tu vas détester…

Trop tard. Elle ferme les yeux, le visage contracté. Elle ne recrache pas, mais ce n'est pas l'envie qui lui manque. Ses joues sont gonflées du mélange d'eau et d'expresso. Elle ressemble à un adorable petit écureuil qui se force à avaler. Je glisse sa boisson près d'elle pour qu'elle ait un autre goût dans la bouche.

— Beurk! Comment tu peux boire ça? On dirait du goudron, beurk.

Elle a toujours eu une petite tendance à tout exagérer.

— Moi, j'aime bien.

Je prends une gorgée de mon café brûlant en haussant les épaules.

— Depuis quand tu bois du café bizarre ?

— Il n'est pas bizarre, c'est seulement un expresso et de l'eau.

Je ricane, mais défends ma boisson.

— Moi, ça me paraît bizarre.

Quelque chose se cache derrière ses mots, je ne sais pas quoi exactement, mais c'est comme si elle m'en voulait d'un truc que j'ignore avoir fait. Comme si nous sortions toujours ensemble.

— Je t'ai pris du cake au citron aussi. Deux parts.

Je lui tends le sachet en papier kraft, mais elle secoue la tête et le repousse en le faisant glisser vers moi.

— Je ne peux plus manger ces trucs-là.

Elle fronce le nez. Je me rappelle qu'elle se plaignait des changements alimentaires imposés par son académie. Elle doit suivre un régime strict et le cake au citron n'en fait pas partie.

— Désolé.

Je grimace et replie les coins du sachet. Je l'emporterai et le mangerai plus tard à l'appart quand elle ne pourra plus être témoin de ma gourmandise. Après un long silence, je lui demande :

— Alors, comment tu vas depuis tout ce temps ?

C'est comme si aucun de nous ne savait comment se comporter quand nous ne sortons pas ensemble. Pourtant, nous avons été amis pendant des années avant notre histoire, à l'époque où je traînais avec son frère chez eux. Un frisson parcourt mon dos en attendant sa réponse.

— Ça va.

Elle soupire et ferme les yeux pendant un instant. Je sais qu'elle ment. Je tends le bras vers elle et pose ma main près de la sienne. Ça ne serait pas approprié de la toucher, mais j'en ai tellement envie.

— Tu peux me parler, tu sais. Tu es en sécurité avec moi, tu te souviens ?

La première fois que je l'ai vue pleurer, elle était sur les marches à l'entrée de sa maison, du sang dans les cheveux. Ce jour-là, je lui ai juré que je la protégerais toujours. Ni le temps ni une rupture n'y changeront rien, jamais.

Mais ce n'est pas ce qu'elle voulait entendre. Ses yeux me supplient en silence. Elle repousse ma main.

— Arrête. Je n'ai pas besoin d'être protégée, Landon, j'ai besoin… En fait, je ne sais même pas de quoi j'ai besoin… Ma vie est vraiment en train de s'écrouler, putain, et je ne sais pas quoi faire.

Son regard s'assombrit, dans l'attente de ma réponse. Sa vie est en train de s'écrouler ? Mais qu'est-ce que ça veut dire ?

— Comment ça ? C'est ton école ?

— Tout, la moindre petite chose merde dans ma vie.

Je ne la suis pas. Sûrement parce qu'elle ne me donne aucune information qui me permettrait de l'aider.

Vers l'âge de quinze ans, j'ai compris que je ferais tout ce qui serait en mon pouvoir pour m'assurer qu'elle aille bien. Je suis le médiateur. Celui qui arrange tout, pour tout le monde, et en particulier pour cette voisine aux cheveux bouclés dont le père est un connard et le frère peut à peine prononcer un mot à la maison sans finir couvert de bleus. Et nous voilà, cinq ans plus tard, loin de cette ville moche, loin de cet homme, et comme elle l'a dit, certaines choses ne changent vraiment jamais.

— Donne-moi au moins un indice pour que je comprenne ce que tu veux dire.

Mes mains recouvrent les siennes, mais elle les retire comme je m'y attendais. Je la laisse faire. Je l'ai toujours laissée faire.

— Je n'ai pas obtenu le rôle pour lequel je me suis entraînée si dur pendant les deux derniers mois. Je sentais qu'il était fait pour moi. Mes résultats scolaires ont même dégringolé parce que je passais un temps fou à me préparer pour cette audition.

Elle lâche tout d'une seule traite, puis ferme de nouveau les yeux.

— Que s'est-il passé à l'audition ? Pourquoi n'as-tu pas eu ce rôle ?

J'ai besoin qu'elle me donne plus d'éléments pour reconstituer ce puzzle avant de pouvoir trouver une solution.

— Parce que je ne suis pas blanche.

Sa réponse comprime la petite bulle de colère contenant les seules choses que je ne peux pas arranger. Je ne peux pas réparer la bêtise, pourtant j'aimerais bien, vraiment.

— Ils ont dit ça ?

J'essaie de garder mon calme, même si ça me démange. Ils n'ont quand même pas osé dire ça à une élève ?

Elle secoue la tête et soupire de colère.

— Non, ils n'ont pas eu besoin de le dire. Absolument tous les rôles principaux ont été attribués à des Blanches. J'en ai tellement marre.

Je cale mon dos contre la chaise en bois et prends une autre gorgée de café. Je lui demande timidement :

— Tu en as parlé à quelqu'un ?

Nous avons déjà eu cette conversation plusieurs fois. Être un couple mixte dans le centre-ouest des États-Unis n'a pas dérangé notre voisinage ni personne à l'école. Enfin presque. Il est déjà arrivé plusieurs fois que quelqu'un nous demande pourquoi nous étions ensemble.

Pourquoi tu ne sors qu'avec des Blancs ? lui demandaient ses amis.

Pourquoi tu ne sors pas avec une Blanche ? me demandaient des filles vulgaires avec leur eye-liner blanc et leurs stylos à gel pailleté qui dépassaient de leur sac faussement siglé trouvé chez Kmart. Je n'ai rien contre Kmart, j'ai toujours apprécié ce magasin avant qu'il ne ferme. À l'exception des sols poisseux, ça, c'était horrible.

Dakota fait du bruit avec sa paille pendant quelques secondes. Quand elle retire sa bouche, de la crème reste collée sur le coin de sa lèvre. Je lutte pour ne pas l'essuyer doucement avec mon pouce.

— Tu te souviens quand nous restions assis au Starbucks à Adrian pendant des heures ?

Elle change de sujet. Je ne la force pas à poursuivre la conversation précédente. Je ne l'ai jamais forcée.

J'acquiesce et elle rigole.

— Et nous leur donnions toujours de faux noms. Et la fois où cette femme était furieuse parce qu'elle n'arrivait pas à épeler Hermione et qu'elle ne voulait plus écrire nos noms sur les gobelets ?

Elle éclate franchement de rire à présent et, soudain, je me revois à quinze ans, courant derrière Dakota qui venait de voler le marqueur de la dame. Il neigeait ce jour-là et nous étions couverts de gadoue le temps d'arriver à la maison. Ma mère était abasourdie quand Dakota a hurlé que nous étions en train d'échapper à la police en nous précipitant dans les escaliers de mon ancienne maison.

— On pensait que les flics n'auraient pas de temps à perdre avec deux ados voleurs de marqueur.

Je me mets à rire, comme elle.

Quelques clients jettent un œil dans notre direction, mais comme la salle est bondée, ils vont vite trouver quelque chose de plus divertissant à observer qu'un étrange rendez-vous entre deux ex.

— Carter nous avait dit que la dame n'avait jamais vu de pires clients.

En l'entendant prononcer le nom de Carter, des picotements se propagent dans ma nuque.

Dakota a dû apercevoir quelque chose dans mon regard, car elle pose sa main sur la mienne. Je la laisse toujours faire.

Tout comme elle, je préfère changer de sujet.

— On a passé de bons moments dans le Michigan.

Dakota incline la tête, et la lumière au-dessus de nous fait briller ses cheveux. Elle ne pourrait pas être plus belle qu'à cet instant. Je n'avais pas réalisé à quel point j'étais seul. Personne ne m'a touché ni embrassé depuis des mois. Personne ne m'a pris dans ses bras à l'exception de Tessa et de ma mère et ce, depuis la dernière visite de Dakota à Washington.

— Ouais, c'était bien. Jusqu'à ce que tu me laisses tomber en dernière année.

Ses mots me frappent en plein visage. Je n'arrive pas à savoir si elle plaisante ou non. Quelque chose me dit que non.

Chapitre 7

Je me demande si l'expression sur mon visage traduit ce que je ressens. Je ne serais pas surpris que ce soit le cas. Je la regarde, perplexe, et attends qu'elle revienne sur ses propos, mais elle me demande, impassible :

— Quoi ?

Elle ne peut quand même pas penser que...

— Je ne voulais pas partir... Ce n'est pas comme si j'avais eu le choix.

Je parle à voix basse en espérant qu'elle perçoive la sincérité de mes paroles.

Le mec de la table d'à côté nous regarde une seconde, puis reporte son attention sur son ordinateur.

Je saisis ses mains posées sur la table et les presse doucement entre les miennes. Je sais ce qu'elle est en train de faire. Elle est contrariée par son école, alors elle projette sa colère et son stress contre moi. Elle a toujours eu cette fâcheuse habitude, et je l'ai toujours laissée faire.

— Tu l'as quand même fait. Tu es parti, Carter n'était déjà plus là, mon père...

— Je ne serais parti nulle part si j'avais eu mon mot à dire. Ma mère déménageait, et rester dans le Michigan pour passer ma dernière année de lycée n'était pas une raison suffisante. Tu le sais bien.

Je lui parle doucement, comme je le ferais avec un animal blessé.

Sa colère s'apaise instantanément, puis elle soupire :

— Je sais. Désolée.

Ses épaules s'affaissent, et elle lève les yeux vers moi.

— Tu peux toujours tout me dire, tu te rappelles.

Je sais ce que ça fait de se sentir tout petit dans une si grande ville. Elle ne m'a parlé d'aucune de ses amies hormis Maggy, et maintenant je sais qu'elle fréquente Aiden, pour une mauvaise raison qui m'échappe encore. Mais je ne suis pas certain de vouloir la questionner à ce sujet vu sa manière de se comporter avec lui...

Dakota jette un regard vers la porte et soupire de nouveau. Je ne crois pas avoir déjà entendu quelqu'un soupirer autant de toute ma vie.

Elle hausse des épaules, et je remarque qu'elle a la chair de poule. Elle doit avoir froid avec si peu de vêtements sur le dos.

— Je vais bien. Ça va aller. J'avais juste besoin de vider mon sac.

De vider ton sac ? Bien essayé, Dakota, mais ça ne me suffit pas.

— Tu ne vas pas bien, petit pois.

J'utilise son ancien et affectueux surnom.

Sa moue se transforme tout à coup en un sourire timide. Je me recule sur mon siège pour nous laisser le temps de revenir à notre intimité. Elle s'est adoucie, enfin. Je me sens plus à l'aise quand nous sommes ainsi. Quand nous sommes nous-mêmes.

La chaise de Dakota racle le sol quand elle la rapproche de la mienne.

— Vraiment ? C'est un coup bas, tu le sais très bien.

Je souris, puis reste silencieux. Je n'avais pas l'intention d'utiliser ce petit nom à mon avantage, pas cette fois. Ce surnom sort de nulle part. Je l'ai appelée comme ça un jour, par accident, sans savoir pourquoi, et il est resté. Elle a craqué à ce moment-là et elle craque encore maintenant. Ça m'a échappé sur le moment, mais je ne peux pas dire que je le regrette quand je la vois enrouler sa main autour de mon bras avant d'y poser sa tête. Ce surnom débile, stupide et imprévu a toujours eu cet effet sur elle. Et moi, j'ai toujours adoré ça.

— Tu es devenu tellement costaud. (Sa main presse mon biceps.) Depuis quand es-tu aussi musclé ?

J'ai fait beaucoup de musculation et j'espérais qu'elle le remarquerait, mais je me sens un peu intimidé tout à coup. Les mains de Dakota parcourent mon bras de haut en bas, et je repousse doucement ses cheveux bouclés de mon visage. Je finis par lui répondre d'une voix douce qui m'étonne moi-même :

— Je ne sais pas.

Ses doigts continuent de caresser ma peau en traçant des formes invisibles, ce qui me donne la chair de poule.

— J'ai pas mal couru et il y a une salle de sport dans mon immeuble. Honnêtement, je n'y vais pas souvent, en revanche, je cours presque tous les jours.

C'est si agréable d'être touché. J'avais oublié jusqu'à cette sensation d'avoir de la compagnie, de se laisser aller au contact d'une autre personne. Soudain, le souvenir des ongles de Nora le long de mon ventre me fait frissonner. Les caresses de Dakota sont différentes, plus douces. Elle sait exactement comment me toucher et ça me fait du bien. Les caresses de Nora m'envoyaient des décharges électriques, alors que là je me sens apaisé.

Pourquoi est-ce que je pense à Nora ?

Dakota continue de me caresser alors que j'essaie de chasser Nora de ma tête.

Cette subite attention me met mal à l'aise, mais ça fait du bien de savoir que tous mes efforts sont reconnus. Mon corps s'est complètement transformé ces dernières années, particulièrement les deux dernières, et je suis content qu'elle apprécie.

Elle a toujours été la plus jolie de notre couple et peut-être que ma nouvelle apparence lui donnera envie de me toucher encore plus. Peut-être même qu'elle voudra passer plus de temps avec moi.

Cette pensée est affligeante et superficielle, mais là maintenant, c'est la seule chose qui me raccroche à Dakota.

Elle est encore plus belle maintenant, et j'imagine qu'elle va l'être davantage en devenant femme. Comme tout le monde, nous avions l'habitude de nous demander de manière naïve et pleine d'espoir à quoi nous ressemblerions plus tard. Nous voulions grandir ensemble. « On aura deux enfants », me disait-elle, même si moi j'en voulais plutôt quatre. Tout semblait si différent à l'époque. Cette idée de pouvoir devenir la personne que nous rêvions d'être avait l'air si réelle.

Quand on est immergé dans une petite ville du Midwest américain, les lumières vives des grandes villes semblent hors d'atteinte pour la plupart des gens. Pas pour Dakota.

Elle, elle a toujours eu envie, et surtout besoin, de plus.

Sa mère aspirait à devenir actrice et s'était installée à Chicago dans l'espoir d'intégrer une production théâtrale et d'être une grande star. Ça n'a jamais eu lieu. La ville l'a engloutie. Elle a commencé à sortir tard le soir et à devenir accro aux substances qui lui permettaient de tenir toute la nuit. Elle n'en est jamais sortie et Dakota a toujours été déterminée à accomplir le rêve de sa mère.

Dakota se penche plus près de moi, ses cheveux chatouillent mon nez et je m'enfonce encore plus profondément dans mon siège

— Demain, mon pétage de plombs me paraîtra comique.

Sa remarque soudaine vient à point pour changer de sujet. Je suis content. Je lui dis que je suis d'accord avec elle pour dire que demain est un autre jour, et lui rappelle que, si elle a besoin de quoi que ce soit, elle ne doit pas hésiter à me le faire savoir.

Nous restons assis en silence pendant quelques minutes, quand le portable de Dakota se met à sonner. Pendant qu'elle répond, j'attrape une serviette en papier sur la table et en fais des confettis. Finalement elle gazouille :

— J'y serai, garde-moi une place.

Elle se lève brusquement et jette son sac sur son épaule.

— C'était Aiden.

Puis elle prend une grande gorgée de son frappuccino. Ma poitrine se serre et je me lève à mon tour.

— Il y a une audition et il va me garder une place. C'est pour une pub pour l'école sur Internet. Je dois y aller, mais merci pour le café. Il faut qu'on remette ça bientôt !

Elle pose sa main sur mon épaule avant de m'embrasser sur la joue.

Et elle disparaît dans un tourbillon. Devant moi, son frappuccino à moitié plein semble se moquer de ma solitude.

Chapitre 8

Tout le long du chemin de retour, je n'arrête pas de ressasser ce qui vient de se passer, en mode :

A) *C'était bizarre.*
B) *Je ne peux pas blairer cet Aiden avec ses cheveux blancs flippants et ses longues jambes – qu'est-ce qu'il lui veut, putain ?*
C) *Il essaie sûrement de l'entraîner sur une mauvaise pente, mais je ne vais pas le laisser faire !*

En ouvrant la porte de l'appartement, je suis assailli par une forte odeur de vanille. Soit Tessa a de nouveau abusé de son lait pour le corps, soit quelqu'un s'active aux fourneaux. L'odeur de pâtisserie m'est tellement familière et ça fait si longtemps que je n'ai pas humé les petites douceurs sucrées préparées par ma maman. La maison de mon enfance était toujours merveilleusement parfumée : cookies chauds aux pépites de chocolat, feuilletés au sirop d'érable – et je n'ai pas vraiment envie de ressentir ce genre de sensations avec un lait corporel ; ce ne serait qu'un leurre de ce que je viens de ressentir avec Dakota…

Je jette mes clés sur la table en bois de l'entrée, mais je grimace lorsque mon porte-clés des Red Wings érafle le bois. Ma mère m'a donné cette table quand je suis parti de Washington pour emménager à New York et m'a fait promettre d'y faire attention. C'était un cadeau de ma grand-mère. Elle tient par-dessus tout aux objets qui lui rappellent sa défunte mère sachant qu'il ne reste plus grand-chose depuis qu'Hardin a saccagé une vitrine remplie de vaisselle précieuse.

Ma mère me disait tout le temps que ma grand-mère était une femme adorable. Pourtant, je ne garde qu'un seul souvenir d'elle et je peux vous dire qu'elle était tout sauf adorable. Je devais avoir environ six ans à l'époque et j'avais volé une poignée de cacahuètes dans un énorme bac d'un supermarché du centre-ville. J'avais la poche et la bouche pleines, assis sur le siège arrière de son break. Je ne me rappelle pas pourquoi je les avais volées ni même si je comprenais la nature de mon acte, mais quand elle s'est retournée vers moi, elle m'a trouvé en train de décortiquer les coquilles pour en dévorer l'intérieur. Au moment où elle a freiné brutalement, j'ai failli m'étrangler avec un morceau de coquille. Croyant que je faisais semblant, ça l'a rendue encore plus furieuse.

J'ai craché les petites boules coincées dans ma gorge et essayé de reprendre mon souffle quand elle a violemment braqué pour faire demi-tour en plein milieu de la voie, ignorant les klaxons des automobilistes en colère, pour me ramener là-bas. Elle m'a obligé à tout avouer et à m'excuser non seulement auprès de l'employé mais aussi auprès du manager. J'étais humilié, mais je n'ai plus jamais rien volé.

Elle est morte quand j'étais encore à l'école primaire, laissant derrière elle deux grandes filles, que tout opposait. Les autres informations sur elle, je les ai obtenues de Tante Reese qui semblait dire que c'était une vraie tornade, comparée au reste de la famille. Personne ne s'embrouillait avec quelqu'un qui portait le nom de Tucker, le nom de jeune fille de ma mère, au risque de devoir en découdre avec Grand-Mère Nicolette.

Tante Reese, veuve d'un policier, porte des cheveux blonds volumineux, ce qui en impose. J'adorais passer du temps avec elle et son mari, Keith, avant qu'il ne décède. Elle était drôle et reniflait comme un cochon quand elle rigolait. Oncle Keith, quant à lui, me donnait toujours des cartes de hockey quand je le voyais. Je me souviens d'avoir souhaité plusieurs fois qu'il soit mon père. C'est triste, je sais, mais parfois j'avais juste besoin d'une figure masculine. Aujourd'hui encore, je me souviens des cris déchirants de ma tante dans les couloirs, et du visage pâle de ma mère et de ses mains qui tremblaient quand elle m'a dit : « Tout va bien, remonte dans ta chambre, mon chéri. »

La mort de Keith a bouleversé tout le monde, surtout Reese. Sa maison a même failli être saisie, car elle était *tellement triste* qu'elle n'avait plus le goût de vivre et encore moins la force de payer les factures avec le chéquier de l'assurance-vie entaché du sang de son mari.

Elle n'entretenait plus la maison, ne cuisinait plus et ne s'habillait plus. En revanche, elle s'occupait toujours de ses enfants. Elle leur donnait le bain et prenait soin d'eux. Leurs petits ventres tout ronds prouvaient qu'elle faisait passer ses enfants avant tout le reste. La rumeur dit que Reese aurait donné tout l'argent à la mort de Keith à sa fille aînée, issue de son précédent mariage. Je ne l'ai jamais rencontrée, je ne pourrais pas dire si c'est vrai ou pas.

Avec seulement deux ans d'écart, Reese et ma mère ont toujours été très proches. Ma tante Reese n'est venue rendre visite à ma mère qu'une seule fois depuis que nous avons emménagé à Washington, mais elles se parlaient beaucoup au téléphone. Pourtant, la mort de ma grand-mère n'a pas eu l'air d'affecter Reese de la même manière que ma mère. Ma mère avait fait son deuil en douceur, en préparant beaucoup de gâteaux. C'était dur pour elle, et cette table que je viens juste d'érafler est la seule chose de leur mère qui reste aux deux sœurs.

Fils indigne que je suis.

— Il y a quelqu'un ?

Tessa crie depuis la cuisine, interrompant le cours de mes pensées.

Je me penche pour défaire mes lacets avant de poser un pied sur l'impeccable parquet ancien. Tessa a passé toute la semaine dernière à polir le parquet de notre appartement et j'ai rapidement pris l'habitude ne plus porter mes chaussures à l'intérieur. À chaque trace de pas, je jure qu'elle passe vingt minutes par terre, sa petite brosse à la main.

Avec tous les trucs dégueulasses qui traînent dans les rues de New York, c'est probablement mieux ainsi.

— Est-ce qu'il y a quelqu'un ?

Sa voix est plus proche maintenant. Quand je lève la tête, Tessa se tient à quelques mètres de moi et ajoute :

— Tu m'as fait peur.

Son regard croise le mien. Elle est très nerveuse depuis le cambriolage chez les voisins la semaine dernière. Elle n'en parle pas, mais j'en suis sûr rien qu'à ses regards inquiets vers la porte chaque fois que le parquet craque sous les pas de quelqu'un.

Tessa porte un t-shirt WCU, et son legging noir est couvert de ce qui semble être de la farine.

— Désolé. Tu vas bien ?

Les sombres cernes sous ses yeux sont les preuves des pleurs qui provenaient de sa chambre, la nuit dernière.

— Oui, bien sûr. Je suis en train de cuisiner, que pourrait-il arriver de mal à quelqu'un qui cuisine ?

Elle me lance un sourire avant de tourner les talons. Sa voix se transforme en un rire désabusé.

— Nora est là aussi, dans la cuisine.

Mon cerveau bloque sur la seconde partie de sa phrase.

— Ma mère serait fière de toi.

Je lui adresse un sourire et balance ma veste sur le fauteuil.

Tessa jette un regard dessus, mais décide de laisser courir, pour cette fois. En dehors de la question ménage, c'est une super-colocataire. Elle passe peu de temps à l'appart et me laisse respirer, et quand elle est ici, j'apprécie sa compagnie. C'est ma meilleure amie et elle traverse une mauvaise passe en ce moment.

Nora crie depuis la cuisine :

— Génial !

Tessa lève les yeux au ciel et, devant mon regard interrogatif, m'indique la cuisine d'un signe de tête, puis ajoute d'un ton sarcastique, tandis que je la suis dans la cuisine :

— Merci mon Dieu.

L'odeur de vanille s'intensifie à chaque pas. Tessa se dirige immédiatement vers ce que nous appelons l'îlot central de la cuisine sur lequel sont empilés une dizaine de moules à gâteaux, au moins. Tessa m'explique la raison de sa réjouissance.

— Elle a dû réussir sa fournée.

Nora confirme :

— Nous avons pris possession de ta cuisine.

Ses yeux verts rencontrent les miens un instant avant de reporter son attention sur le désordre.

— Salut, Sophia Nora de Laurentiis !

J'ouvre le frigo pour prendre de l'eau. En entendant « Sophia », Tessa ouvre la bouche pour me corriger, puis semble comprendre ma petite blague et ne dit rien. De son côté, Nora me lance un « Hé, Landon » en levant à peine les yeux de ce qu'elle est en train de faire.

J'essaie de ne pas fixer les coulures de glaçage violet sur le devant de son t-shirt noir, bien que son haut plutôt petit moule sa poitrine et que le glaçage violet scintille...

Regarde ailleurs, Landon.

J'observe la pagaille violette devant elle, sauf que ce n'est pas un bazar. C'est un quatre-quarts violet recouvert de grosses fleurs pourpres et blanches. Le centre du glaçage des fleurs est jaune et saupoudré de paillettes. Le gâteau ressemble presque à un faux tellement le glaçage est réussi et détaillé. On dirait que les fleurs sucrées dégagent un vrai parfum et, avant que je réalise ce que je suis en train de faire, je me penche pour les respirer.

Un petit ricanement sort de la bouche de Nora, qui me fait tourner les yeux vers elle. Elle m'observe comme si j'étais un personnage de dessin animé. Elle est vraiment très belle. Ses pommettes saillantes la font ressembler à une déesse. Elle est exotique avec sa peau bronzée et ses yeux noisette. Dieu qu'elle est belle ! Sa chevelure est si sombre et si brillante sous l'éclairage vacillant du plafond.

Il faut que je répare ce plafonnier.

Des coups à la porte d'entrée interrompent ma réflexion. Tessa sourit.

— J'y vais. C'est sublime non ?

Elle donne un petit coup de spatule sur la hanche de Nora et se dirige vers la porte. Je suis content de la voir sourire.

Nora rougit et baisse la tête. Elle cache ses mains derrière son dos.

— En effet. Je suis d'accord.

Ce disant, je me dirige vers elle, passe ma main sous son menton et soulève son visage vers moi. Elle déglutit et, à mon contact, entrouvre légèrement ses lèvres pulpeuses. Ma colonne vertébrale me picote quand elle sursaute.

Pourquoiiii ? Mais pourquoi est-ce que je la touche comme ça ? Je suis débile.

Et embarrassé.

Un débile embarrassé.

On dirait que cela devient une habitude quand elle est dans les parages. Pour ma défense, c'est elle qui a commencé l'autre jour avec ses caresses sorties de nulle part quand elle a touché mon ventre.

Les yeux de Nora sont toujours posés sur moi. Elle n'a pas l'air totalement satisfaite de sa création culinaire, quelque chose semble l'ennuyer. J'ai la sensation qu'il en faut beaucoup pour satisfaire cette jeune femme.

— Quoi ?

Nora m'interroge parce que je la fixe. Je hausse les épaules.

— Rien.

Je passe ma langue sur mes lèvres et ses yeux examinent mon visage avant de se poser sur ma bouche.

Son énergie est magnétique. Cette femme a quelque chose d'incroyablement électrique. Avant que j'aie le temps de réfléchir, elle se rapproche de moi et pose sa main derrière mon cou. Au début, sa bouche est dure, ses lèvres s'écrasent sur les miennes. Après avoir digéré la surprise de son geste, ma bouche s'ouvre pour l'accueillir. Ses lèvres sont brûlantes et sa langue glisse sur la mienne, rendant ce baiser inoubliable. Je lutte pour ne pas l'attirer contre moi et préfère me laisser envahir par son baiser. Les mains de Nora descendent le long de mon cou à présent. Ses mains sont petites, mais pas le moins du monde délicates. Ses ongles sont longs et fuchsia aujourd'hui. Elle doit changer régulièrement de vernis. Ses mains s'ouvrent et massent les muscles tendus de mes épaules.

Elle m'embrasse, me cherche, m'embrasse de nouveau.

L'embrasser, c'est comme être en contact avec de la cire chaude. Comme la vive brûlure d'une piqûre soudaine, une brûlure qui se transforme rapidement en son contraire, en quelque chose de très différent, plus doux. Mes mains trouvent ses hanches et je pousse son corps contre le plan de travail.

Elle pousse des petits gémissements tandis que ses dents mordillent ma lèvre inférieure. Mon corps répond au sien sans que je puisse l'en empêcher. J'essaie de reculer d'un pas pour ne pas appuyer contre elle la preuve de mon excitation, mais elle ne me laisse pas faire. Elle agrippe le haut de mon sweat et m'écrase contre son corps alangui. Elle porte un haut près du corps et un legging encore plus moulant. Je sais qu'elle peut sentir chaque centimètre de mon corps contre elle.

— Mon Dieu.

Ses mots prononcés dans ma bouche me font soupirer.

Elle se retire et je ressens instantanément un vide.

Son vernis rose tapote le bout de mon nez. Elle me sourit, les joues rouges et les lèvres gonflées.

— Eh bien, c'était inattendu.

Sa main couvre sa bouche, puis elle pince sa lèvre inférieure entre son pouce et son index.

Inattendu ? Vraiment ?

Je fais le mec détendu, adossé au plan de travail. Je pose mes coudes sur la pierre froide et cherche quelque chose d'intelligent à dire. Mon corps est encore en ébullition. De silencieuses décharges électriques parcourent mes veines et elle, elle semble totalement indifférente.

Qu'est-ce que ça veut dire ?

Je tente de rester comme elle, imperturbable. Du moins, pour l'instant.

— Pourquoi tu m'as embrassé ?

Elle m'observe, les yeux brillants, et prend une grande inspiration. Le bas de son t-shirt est légèrement remonté sur la courbe bronzée de sa hanche. Tout me perturbe chez elle.

— Pourquoi ?

Nora semble vraiment perplexe lorsqu'elle répète ma question. Ses cheveux s'échappent de derrière ses oreilles et elle les remet en place. Son cou s'offre à moi, suppliant que mes lèvres touchent sa peau.

— Ce n'est pas ce que tu voulais ?

« *Si* » sonnerait désespéré.

« *Non* » grossier.

Je ne sais pas quelle est la bonne réponse. Ce n'est pas comme si j'avais voulu qu'elle m'embrasse. D'un autre côté, je ne voulais pas *non plus* qu'elle ne le fasse pas. Je suis perdu, je sens que si j'essaie de lui expliquer, tout semblera encore plus confus.

Soudain, elle a de nouveau l'air de s'ennuyer. Je vois que le feu qui l'entourait se transforme en douce chaleur. J'ai fait une bourde.

Nora change complètement de sujet :

— Tu devrais sortir avec moi et mes colocs ce soir.

Ok…

Une partie de moi aimerait poursuivre cette discussion sur notre baiser et comprendre pourquoi elle m'a embrassé, mais je vois bien qu'elle n'a clairement pas l'intention d'en parler, donc je n'insiste pas. Je ne veux pas la mettre mal à l'aise ou lui donner l'impression de ne pas avoir apprécié.

J'essaie d'apprendre à me comporter comme un adulte. Ça devient de plus en plus facile chaque mois, mais parfois j'oublie que ce besoin d'immédiateté est un truc que seuls les plus jeunes ressentent. Si nous étions ados, le fait qu'elle m'embrasse nous aurait automatiquement engagés l'un à l'autre. Mais une relation entre adultes est bien bien plus complexe que ça.

C'est un processus bien plus lent et compliqué. Voilà comment ça se passe en général : vous rencontrez quelqu'un grâce à vos amis, vous rentrez dans un jeu de séduction, puis vous allez à un rendez-vous. Au deuxième, généralement vous vous embrassez. Au bout du cinquième rendez-vous, vous couchez ensemble. Puis vous attendez le douzième avant de commencer à dormir l'un chez l'autre de manière régulière, un an encore avant que vous n'emménagiez ensemble et deux autres nouvelles années avant de vous marier. Vous achetez une maison, et un bébé arrive.

Parfois, les deux dernières étapes sont inversées, mais la plupart du temps c'est comme ça que ça se passe. Du moins, à la télévision et dans les films d'amour. Évidemment, pas pour les gens comme Hardin et Tessa, qui n'ont clairement pas cherché sur Google le *Guide des 101 rendez-vous amoureux* et ont emménagé ensemble au bout de cinq mois seulement.

— C'est un non ? insiste-t-elle.

Je secoue la tête en essayant de me rappeler de quoi nous parlions. Ses colocs... Ah oui, sortir avec ses colocs.

Je jette un œil vers le salon en entendant Tessa parler avec quelqu'un, et quand je me retourne vers Nora, elle est en train de s'étirer, les bras en l'air, dévoilant encore un peu plus de sa peau. Elle est grande et bien foutue. Elle doit faire au moins un mètre soixante-treize.

C'est agréable de la regarder, c'est sûr.

— Vous sortez où ?

Je ne dis pas non, je suis juste curieux.

— Franchement, je n'en ai aucune idée.

Elle tire son portable de sa poche arrière et glisse ses doigts sur l'écran.

— Je vais leur demander. On a un groupe de discussion, mais je l'évite d'habitude parce qu'il est principalement utilisé par trois filles surexcitées qui passent leur temps à s'envoyer des photos sexy de mecs à poil.

Je rigole.

— Tout à fait le genre de discussions que j'aime.

Je me rétracte aussitôt et observe l'effet de mon humour dans ses yeux. Pourquoi ma bouche ne veut-elle pas juste rester fermée quand elle est là ? J'ai besoin d'un filtre pour m'empêcher de dire des trucs débiles. En même temps, je suppose que si je ne disais rien d'embarrassant, je n'aurais pas grand-chose à dire.

— Eh bien…

Elle rit. Mon embarras s'évanouit à ce son instantanément. C'est léger, comme si elle était parfaitement insouciante. J'ai envie de l'entendre encore.

— Oui je sais, parfois j'en fais un peu trop.

Je le reconnais sur le ton de la plaisanterie.

Elle lève son menton vers moi.

— Sans blague !

Ses lèvres sont boudeuses et me testent. C'est comme si elles me suppliaient de les embrasser encore. La sonnerie de son portable retentit et je reconnais tout de suite le générique d'une série.

— *Parks and Rec* ? Je n'aurais pas cru c'était ton genre.

Je la taquine. J'adorais cette série jusqu'à ce qu'Internet la vole aux vrais fans pour en faire une sorte de truc intello dont je ne comprends plus le concept. Elle ignore l'appel. Son portable sonne de nouveau et Nora appuie immédiatement sur le bouton «ignorer». Un instant, j'imagine lui demander de quoi il s'agit, juste pour m'assurer que tout va bien. Je ne peux pas m'en empêcher. C'est devenu une vraie manie, de m'assurer que tout le monde va bien. Avant que je mette mon nez dans les affaires de Nora, Tessa réapparaît dans la cuisine, suivie par un jeune homme portant une veste de travail rouge et une ceinture de sécurité.

— Ce monsieur est là pour réparer le vide-ordures.

L'homme lui sourit et la regarde un peu trop longuement à mon goût.

Puis il me sourit.

— Nous avons un vide-ordures?

C'est nouveau ça. Les deux filles se regardent et font cette chose que les femmes font toujours avec leurs yeux pour dire «Ah les mecs!», comme dans les années cinquante. Ce n'est pas juste! J'aide à faire la cuisine, je remplis le lave-vaisselle, je lave les plats, j'essuie les couverts si Tessa n'est pas plus rapide que moi. Donc, ce n'est pas comme si j'étais un pauvre mec qui ne sait même pas qu'il existe un vide-ordures parce qu'il est trop fainéant. Je ne l'avais juste pas remarqué. Ou jamais utilisé. Maintenant que j'y pense, je crois que je n'ai jamais utilisé de vide-ordures de ma vie.

Nora attrape son portable sur le comptoir. Il s'allume comme s'il sonnait encore, mais elle a dû activer le mode silencieux. Elle ferme les yeux et soupire.

— Je dois y aller.

Ses yeux sont de nouveau rivés à son portable. Elle l'enfonce dans la poche de sa veste posée sur le dossier de la chaise.

Je m'approche pour l'aider et tiens sa veste derrière elle pendant qu'elle l'enfile. Le dépanneur vient de remarquer Nora et l'observe prendre Tessa dans ses bras, puis m'embrasser sur la joue. Quelque chose de chaud et d'acide bouillonne en moi alors qu'il fixe son cul. Il n'essaie même pas de cacher son intérêt évident. Non pas que je lui reproche de vouloir regarder, mais franchement, un peu de respect.

Avant que j'enseigne les bonnes manières à ce monsieur, Nora me fait un petit signe de la main et me dit :

— Je t'enverrai un texto quand je saurai où on va !

Je mentirais si je disais que je ne suis pas intéressé, et aussi un peu inquiet qu'elle ne m'envoie rien. Je ne sais pas quelles sont les probabilités pour qu'elle me mente. Je ne connais pas les statistiques. Mon Dieu, voilà que je compare mes rencards au sport. Encore. J'en suis arrivé à la conclusion que ce n'était pas si différent, du coup je n'arrive plus les envisager sous un autre angle.

Mais pourquoi suis-je déjà en train d'en conclure que Nora veut sortir avec moi ? Parce qu'elle m'a embrassé, puis proposé de sortir ce soir ?

Oui, c'est exactement ça. Je ne saurais dire si mes progrès pour devenir adulte sont en pleine régression ou pas.

Une fois Nora partie, Tessa ressemble à un petit écureuil qui vient juste de trouver un tas de noix caché sous une feuille.

— C'était quoi ça ?

Ça, c'est sa curiosité. Je suis tellement habitué à ses questions intrusives que ça ne me dérange même plus.

Je passe ma main sur mon menton, tirant doucement sur les poils qui poussent, et lève la main en signe de défense.

— Je n'en ai pas la moindre idée. Elle vient juste de m'embrasser. J'ignorais même qu'elle savait comment je m'appelle…

— Elle a fait *quoi* ?

Tessa s'étrangle. Ce petit potin va occuper Tessa Young pendant plusieurs jours. Il est évident que je vais en entendre parler. Ma mère en entendra certainement parler aussi.

Le dépanneur incline la tête sur le côté comme s'il était au théâtre. Il pourrait être un peu plus subtil. Mais bon, si je réparais des appareils toute la journée, j'aimerais qu'il arrive des choses comiques ou divertissantes pour faire passer les longues heures un peu plus vite, pour illuminer un peu ma journée. Ce serait comme ajouter une touche de couleur à un tableau en noir et blanc.

— Je ne savais pas non plus ! Bon, je savais qu'elle connaissait ton nom.

Tessa reste au premier degré, comme toujours.

— Je ne sais pas. Je suis aussi surpris que toi.

Quelque chose ne va pas dans la manière qu'a Tessa de me regarder, comme si elle essayait de dissimuler sa désapprobation. Je ne sais pas quoi penser. Je suppose que c'est parce qu'Hardin lui manque, mais je me trompe sûrement. Je n'ai pas le moindre indice pour m'éclairer.

Au lieu d'encourager ces commérages, qu'ils en vaillent la peine ou non, je resserre le cordon de mon sweat et me précipite vers la porte.

Tessa crie dans mon dos.

— Je n'en ai pas terminé avec toi, Landon Gibson !

Et d'une certaine façon, tout ceci me donne l'impression d'être une sorte de criminel en cavale.

Chapitre 9

Je referme la porte de l'appartement derrière moi et manque bousculer un homme dans le couloir.

Au moment où il passe devant moi, sa capuche tombe et dévoile son visage. Je ne le connais pas. Il porte un manteau noir et un pantalon coupe-vent gris. Il me fait un petit signe de tête, plutôt sympathique, et remonte sa capuche.

Notre immeuble compte au moins trente appartements et j'ai déjà croisé pratiquement chaque personne et chaque couple résidant ici, mais pas cet homme. Peut-être qu'il vient tout juste d'emménager ?

— Pardon ! Excusez-moi !

Je m'écarte de son chemin, mais il ne fait que grogner en guise de réponse.

En atteignant le coin de la rue, je commence à courir. Je m'attends à ressentir une douleur au genou, mais c'est supportable aujourd'hui. La douleur sourde et lancinante s'est atténuée.

J'augmente ma vitesse. Mes Nike frappent le sol pratiquement sans aucun bruit. Je me souviens qu'au tout début, quand j'ai commencé à courir, mes jambes me brûlaient et ma poitrine semblait sur le point d'exploser. J'ai persévéré et n'ai rien lâché – j'avais besoin d'une bonne hygiène de vie, et c'est chose faite. Pas autant que les mères qui courent avec leurs poussettes dans Brooklyn, prennent des shots d'herbes au petit déjeuner et nourrissent leurs bébés de chou et de quinoa. Mais une vie active saine.

Courir me permet de me vider l'esprit, même si je pense parfois à ma mère et au bébé, à Tessa et Hardin, ou si je rumine la défaite des Detroit Red Wings face aux Chicago Blackawks. Aujourd'hui, j'ai plein de choses en tête.

D'abord, le comportement de Dakota. Elle qui ne m'adressait quasiment plus la parole depuis notre rupture agit maintenant comme si nous allions nous revoir tous les jours.

Elle semblait tellement perturbée par son audition... J'aurais aimé pouvoir faire quelque chose. Je ne peux tout de même pas me rendre dans l'une des académies de ballet les plus prestigieuses au monde, frapper à la porte et les traiter de racistes sans fournir de preuve. Surtout avec l'ambiance de folie qui règne actuellement dans le pays. La dernière chose que je souhaite, c'est lui attirer des problèmes alors qu'elle essaie de construire sa carrière.

D'habitude, quand je l'aide, c'est dans des situations bien différentes. Sa carrière est un point sur lequel je ne peux absolument pas intervenir. Les obstacles que nous avions à surmonter ensemble ont l'air si lointains à présent, ils appartiennent au passé. Nos problèmes semblaient beaucoup plus graves à l'époque, beaucoup plus sensibles. Du coup, je ne sais absolument pas comment gérer les questions pratiques du quotidien comme la scolarité ou les choix de carrière.

C'est l'une de ces rares fois où je souhaiterais être Hardin, juste pendant une heure. Je me précipiterais au campus, tambourinerais à la porte et réclamerais justice pour elle. Je les obligerais à reconnaître que Dakota est la meilleure ballerine de leur école, bien qu'elle m'ait rappelé qu'elle n'est pas encore « ballerine », et qu'elle leur est indispensable. Qu'elle est la meilleure.

Le ballet pour Dakota, c'est comme le hockey pour moi, mais multiplié par dix. Mon école ne proposait pas de cours de hockey, et quand ma mère m'a inscrit pour jouer dans un centre de loisirs local, j'ai passé les deux pires heures de ma vie. J'ai vite compris que c'était un sport que j'aimais regarder, mais auquel je n'aimais pas jouer.

Dakota pratique la danse depuis toute petite. Elle a commencé par prendre des cours de hip-hop, puis de jazz et, ado, s'est finalement décidée pour la danse classique. Croyez-le ou non, commencer le ballet à l'adolescence est un énorme désavantage et, dans certains milieux, on considère qu'il est déjà trop tard. Mais Dakota a balayé ces préjugés dès sa première audition à l'École de ballet américain. Ma mère lui avait envoyé de l'argent pour qu'elle puisse passer cette audition. C'était son cadeau d'anniversaire. Elle a pleuré de gratitude et promis à ma mère qu'elle ferait de son mieux pour être à la hauteur et la rembourser un jour.

Ma mère ne voulait pas être remboursée. Elle voulait simplement voir notre adorable petite voisine se sortir de sa triste condition et réussir sa vie. Dakota est arrivée en courant à la maison avec une lettre qu'elle agitait au-dessus de sa tête. Elle hurlait et sautait partout, à tel point que j'ai dû soulever son petit corps et la maintenir assez longtemps immobile pour qu'elle cesse de hurler la bonne nouvelle dans mes oreilles. Elle était si heureuse et j'étais tellement fier. Son école n'était peut-être pas le Joffrey Ballet School, mais elle était tout de même extrêmement bien classée. Oui, j'étais sacrément fier d'elle.

Tout ce que je veux, c'est qu'elle soit heureuse et que son talent soit reconnu. J'aimerais tellement tout arranger pour elle, mais cela me semble injouable. Aussi frustrant que ça puisse être, je n'arrive pas à trouver une solution réaliste à ce problème spécifique. J'aurais dû lui demander quels étaient ses autres soucis. Il doit forcément y en avoir d'autres…

Je garde cette pensée pour plus tard et me concentre à présent sur le cas Nora. Décidément, je n'arrive pas à m'y faire. Elle ressemble plus à une Nora qu'à une Sophia ; et par chance, je ne suis pas aussi nul qu'Hardin avec les prénoms. Il refuse d'appeler Dakota autrement que Delilah, même devant elle. Je dois cesser de ruminer sur Hardy.

Hardy.

J'éclate de rire. Voilà comment je le surnommerai la prochaine fois qu'il appellera Dakota Delilah.

En passant devant l'épicerie, je remarque une femme, les bras chargés de sacs en papier, en train de me fixer. Je dois arrêter de rire et stopper cette manie de toujours me référer à Hardin. Ou Hardy.

J'éclate de rire à nouveau.

Il me faut encore un café.

Grind se trouve à seulement vingt minutes d'ici en courant, mais dans la direction opposée à mon appartement par rapport au parc…

Pas grave, le café en vaut la peine. Vous pouvez prendre un café à peu près partout dans le coin, mais pas un bon café – beurk, les deli cafés sont les pires et de toute façon j'ai besoin de vérifier que le planning de la semaine prochaine est à jour. Je fais donc demi-tour pour courir vers le *coffee shop.* Je passe devant la femme chargée de ses courses et l'observe au moment où l'un de ses sacs lui glisse des mains. Je me précipite vers elle pour l'aider mais ne suis pas assez rapide, le sac marron se déchire et des boîtes de conserve roulent sur le trottoir. Elle en est si contrariée qu'elle semble sur le point de hurler, juste pour obtenir mon aide.

Je ramasse un bocal de soupe au poulet avant qu'il ne dévale la rue. Un autre sac se déchire et, cette fois, elle se met à jurer de rage tandis que les articles se répandent sur le sol. Ses cheveux sombres dissimulent son visage, mais je devine qu'elle a la trentaine. Elle porte une robe ample qui camoufle un petit ventre rebondi. Elle est sûrement enceinte, mais je me garde bien de lui poser la question.

Deux ados traversent la rue et se dirigent droit vers nous. Pendant un instant, j'ai cru qu'ils venaient nous aider.

Mais non. C'est à peine s'ils nous jettent un regard alors que nous essayons, tant bien que mal, de réparer le désastre. Sans l'ombre d'un geste envers nous, ils se contentent de lever les pieds pour enjamber un paquet de riz qui se trouve en travers de leur chemin. D'une certaine manière, ne pas écraser les choses sur votre chemin est une grande démonstration de gentillesse pour cette ville. Je demande à l'inconnue :

— Vous habitez loin d'ici ?

Elle regarde le trottoir et secoue la tête.
— Non, juste à un bloc d'ici.
Ses mains hâlées recoiffent ses cheveux tandis qu'elle grogne de dépit.
— Hum, ok. Reprenons le contrôle de la situation.
J'évalue d'un regard la montagne d'articles qui déborde des deux sacs. Réalisant que je n'ai pas de sac en rab dans mes poches, je retire mon sweat-shirt et le plie de manière à pouvoir y ranger les courses. Tout ne rentrera peut-être pas, mais ça vaut le coup d'essayer.
— Merci.
Elle est complètement essoufflée. Elle se retourne pour m'aider, mais je l'en empêche.
Une voiture klaxonne, puis une autre. L'un des vrais avantages de vivre à Brooklyn c'est (d'habitude) l'absence de klaxons. À Manhattan, cette petite île agressive, c'est le chaos, mais je me vois bien passer toute ma vie à Brooklyn où j'enseignerais dans une école publique et où je fonderais une famille. D'habitude, mon rêve se passe dans d'autres villes, plus calmes. Il faudrait déjà que je commence par sortir avec une fille, ça risque donc de prendre un certain temps. Disons juste que c'est mon plan à cinq ans…
Ok, dix ans.
Je coince une bouteille d'huile sous mon bras.
— Je l'ai. Tout va bien.
Je regarde ses yeux gonflés. Elle m'observe maintenant, pas très sûre de pouvoir me faire confiance, ou pas. Oui, *vous pouvez me faire confiance,* j'ai envie de lui dire. Pourtant, je sais que si je lui dis, ça produira l'effet complètement inverse. Le vent se lève un peu, faisant chuter instantanément la température. J'accélère mes mouvements et une fois que tous les articles

sont à l'intérieur du sweat, je noue les manches, finalisant mon plus beau sac improvisé. Je complète le tout avec une boîte de crackers et une box pour le déjeuner.

En me relevant, je pose le sweat-shirt qui sert de sac dans ses mains. Ses yeux s'adoucissent.

— Vous pouvez garder le sweat, j'en ai plein d'autres.

— Un jour, vous rendrez une femme vraiment heureuse, jeune homme.

C'est tout ce qu'elle me dit, avant de récupérer les sacs de courses qui ne se sont pas déchirés, de repositionner le sweat dans ses bras et de s'éloigner. Je suis flatté du compliment, mais comment sait-elle que je suis célibataire ? Est-ce que je pue la solitude et le désespoir ?

Probablement.

— Vous êtes sûre que ça va aller ? Je peux vous aider à les porter jusque chez vous.

Je m'assure que ma proposition est faite sur un ton assez posé pour que cela sonne comme une offre et pas comme un ordre. Elle risque de mettre du temps pour arriver chez elle si elle doit porter les sacs comme ça.

Elle secoue la tête et jette un œil derrière moi, dans la direction qu'elle m'a indiquée précédemment.

— C'est juste là. Je vais m'en sortir.

J'entends un petit accent dans sa voix, mais je ne saurais dire lequel. Alors qu'elle s'éloigne, je réalise qu'en fait, elle n'a pas besoin de mon aide – elle transporte sans problème les sacs et le sweat-shirt rempli de ses courses. Je suppose que je dois le prendre comme une sorte de métaphore envoyée par le cosmos pour me montrer que je n'ai pas besoin d'aider tout le monde, comme Auguste et sa cigarette dans le film *Nos étoiles contraires*. Bon, nos métaphores ne sont pas semblables, mais quand même. Son cas était bien pire que le mien, le pauvre.

Je la laisse donc se débrouiller toute seule et poursuis mon trajet vers le sud, en direction de Bushwick. J'adore le quartier dans lequel je vis. Il est à proximité de tous les trucs cool de Williamsburg et les loyers y sont plutôt abordables. Le nôtre reste quand même élevé – ça m'a choqué quand je suis arrivé ici et c'est plus que ce que ma mère me donne. Et si notre secteur continue d'augmenter à ce rythme, il doublera en un rien de temps. Malgré tout, la vie n'y est pas aussi chère que je le craignais. Ce n'est pas donné non plus, mais les rumeurs qui disent qu'une bouteille de lait coûte dix dollars à New York City sont complètement fausses. Enfin, en partie. Le Russe qui tient l'épicerie de quartier en bas de chez moi a sérieusement tendance à augmenter ses prix, mais c'est tellement pratique qu'il soit à moins d'une minute de l'appartement. Bien sûr, je pourrais marcher deux minutes et en trouver un autre. Ce que je préfère dans cette ville, c'est le nombre infini d'options, entre les magasins de proximité, les restaurants, en passant par les gens, il y a toujours une multitude de choix possibles.

Chapitre 10

Lorsque j'arrive au Grind, Posey est derrière le comptoir en train de verser un seau de glace dans le bac. Jane, l'employée la plus ancienne du Grind, nettoie le sol en béton teinté ; sur son visage bronzé se lit un profond ennui. Elle plonge la serpillière dans le seau et répand l'eau savonneuse sur le sol. Au fond de la salle, une petite fille se lève d'une table et s'approche de Jane tandis qu'elle étale la serpillière pour absorber l'eau sale.

Les cheveux bruns bouclés de la petite fille forment comme un casque sur sa tête. Je jette un œil aux tables, à la recherche de ses parents, mais la salle est plutôt vide. Sur dix tables, seules deux sont occupées. Il y a deux filles avec leur ordinateur et leurs manuels scolaires éparpillés sur la table, et un mec avec quatre gobelets d'expresso vides devant lui.

Posey remarque ma présence et m'accueille avec un sourire.

La petite fille, qui doit avoir dans les quatre ans, s'assied sur le sol et sort quelque chose de sa poche. Une petite voiture rouge qu'elle fait rouler sur le sol mouillé. Je vois son regard s'illuminer. Jane lui dit quelque chose que je ne saisis pas.

— Lila, arrête, s'il te plaît.

Posey soulève la tablette et sort de derrière le comptoir. Elle s'approche de la fillette et s'agenouille à son niveau. La petite fille saisit la voiture rouge avant que Posey ne puisse l'attraper. Elle la serre fort contre sa poitrine tout en secouant énergiquement la tête.

— Veux voiture.

Sa voix est fluette. Posey tend la main et la pose sur sa joue. Son pouce caresse la peau de la petite fille, ce qui a pour effet de l'apaiser instantanément. Elle doit être très proche de Posey.

Sa sœur, évidemment. Cette petite brune doit être sa jeune sœur dont elle parle si souvent.

— Tu peux garder la voiture, mais s'il te plaît, ne la pose pas dans l'eau. Okay ?

La voix de Posey est différente quand elle parle à la fillette. Plus douce. Elle tapote le bout du nez de la gamine qui rigole. Elle est si mignonne. Sa petite voix l'est plus encore.

— 'Kay.

Je me dirige vers elles et m'assieds à la table à côté. Jane achève de donner un dernier coup de serpillière, puis me salue rapidement avant de se retirer dans la réserve pour terminer l'inventaire. Posey jette un œil dans la salle pour évaluer la situation, puis s'approche des deux tables pour s'assurer que tout va bien avant de revenir vers nous.

— S'il te plaît, ne dis pas à Jacob que je l'ai emmenée travailler avec moi.

Posey se glisse sur la chaise devant moi. Je lui réponds avec un sourire :

— Bien sûr que non. Jacob peut être un vrai con parfois.

Elle se racle nerveusement la gorge, pour se justifier :

— Ma grand-mère avait un rendez-vous et je ne pouvais pas appeler pour prévenir.

Je me tourne vers la petite.

— Dis donc, tu en as de la chance, toi. Tu passes toute la journée avec ta grande sœur.

Posey sourit et acquiesce de la tête, un éclair de soulagement sur le visage.

La petite Lila ne se retourne pas au son de ma voix. La clochette de la porte retentit, alertant Posey de l'arrivée de nouveaux clients. Elle regarde Lila et, d'un signe de tête, je lui fais comprendre que je peux m'asseoir avec la petite en l'absence de Jane. Posey accueille deux hommes en costume. Je me retourne pour surveiller la fillette qui joue avec sa voiture, mais elle ne me prête aucune attention.

Le jouet la fascine. Elle est tellement mignonne quand elle fait rouler la petite Camaro sur le sol bétonné. Bien qu'elle soit clairement assez grande pour marcher, elle rampe à quatre pattes derrière, ses petites baskets s'allumant quand ses pieds touchent le sol.

Elle sourit, ses doigts minuscules manipulent la voiture pour la faire tourner dans tous les sens.

— Elle est sacrément cool, ta voiture !

Sans me regarder, elle me répond :

— Voiture.

Posey nous jette un regard en versant une brique de lait de soja dans un shaker. Je lui adresse un sourire et vois ses épaules se détendre. Elle se fend d'un sourire discret avant de retourner à son travail. Ses ongles sont décorés de petits points jaunes, elle porte souvent ce genre de motifs. Ils sont courts et, manifestement, c'est elle qui les a vernis. J'observe ses mains tandis qu'elle verse un récipient de thé vert prêt à l'emploi dans le gobelet rempli de lait de soja et de glace. Elle mélange la boisson et sa tête s'agite frénétiquement d'avant en arrière. Je me tourne vers Lila, qui ne lâche pas des yeux sa petite Camaro en plastique. La petite fille soulève la voiture dans les airs et la contemple avec émerveillement en murmurant :

— Vroum.

Je reste assis sans bruit à l'observer pendant que Posey essuie les bouteilles de sirop avec un chiffon humide. Huit tables sur dix sont sales. Je me dirige vers le local à ordures et, à l'intérieur du placard, j'attrape la bassine près de la poubelle. Lila continue de psalmodier les mots « voiture » et « vroum » tandis que je commence à nettoyer la première table. Un pourboire de trois dollars.

Pas si mal. Vous seriez surpris du nombre de clients qui laissent leur table dans un sale état mais ne pensent jamais à donner un pourboire à la personne en charge de la nettoyer. Je ne sais pas si c'est de l'impolitesse ou de l'ignorance. C'est comme les chauffeurs Uber. On s'imagine qu'ils reçoivent automatiquement leur pourboire en totalité, mais non. Même si vous cochez les quinze pour cent au moment de payer[1], ils ne toucheront pas cet argent. Il faut le leur donner en liquide, m'a un jour expliqué un mec à Manhattan. Mais bon, il disait qu'il venait de France alors que son

---

1. Aux États-Unis, c'est le client qui rajoute sur la facture le montant du pourboire (ou « tip »), qu'il veut laisser. Il représente de 15 à 25 % du total.

accent sonnait clairement allemand… Peut-être qu'il mentait après tout…

Quoi qu'il en soit, les serveurs dans les cafés devraient être bien mieux rémunérés en pourboires. Le message d'intérêt public étant délivré, passons à autre chose.

Sur la table suivante, au moins quatre sachets de sucre ont été ouverts pour faire un tas. Je suis impressionné de voir que les sachets ont été pliés de manière à créer des petits personnages. Un cure-dent avec, à son bout, un morceau de serviette en papier est planté au sommet de la montagne de sucre, comme un drapeau. J'essaie de me rappeler à quoi ressemblait la personne assise ici. En fait, c'était une fille. Ou une femme. Je n'ai pas bien vu son visage, mais qui que ce soit, je la trouve géniale.

— Lila.

J'attire l'attention de la petite fille. Elle lève la tête mais reste allongée sur le sol.

— Tu veux venir voir un petit spectacle ? C'est trop cool.

Je lui montre la montagne de sucre et regarde la fausse épée au bras d'un des personnages en sachet de sucre.

Elle balbutie un «non». Je n'en suis pas vraiment surpris, j'écrase la pile de sucre avec ma lingette, détruisant la création. Je poursuis le nettoyage des tables restantes tout en gardant un œil sur Lila. Alors que je donne le dernier coup sur l'une des deux tables restantes, Posey sort de derrière le comptoir et vient se camper devant moi.

— Tu n'étais pas obligé de faire ça.

Le brun de ses yeux est à peine perceptible tant ils sont injectés de sang. Ses cheveux blond vénitien sont décoiffés et son jean, trop court pour ses jambes, s'arrête juste au-dessus de ses chevilles. Elle porte un t-shirt ample qui pendouille sur ses hanches. Je lui demande :

— Tu vas bien ?

Elle balaie la salle du regard et acquiesce en soupirant avant de s'asseoir à la table près de sa sœur.

— Juste crevée. Le travail, l'école, la routine.

Son sourire enjoué contraste avec ses épaules courbées. Elle n'aime pas se plaindre, je l'ai déjà remarqué. J'ai toujours trouvé que ceux qui avaient le plus de raisons de se plaindre ne le faisaient jamais.

— Si tu as besoin que je te remplace ou quoi que ce soit d'autre, dis-le-moi. Ça ne me dérange pas d'aider, j'ai un peu de temps libre ce semestre.

En fait, je n'ai pas beaucoup de temps libre, mais j'ai envie de l'aider, si je le peux. Elle a clairement plus de choses à gérer que moi et je souhaite qu'elle se sente le mieux possible.

Elle secoue la tête. Des mèches de cheveux roux s'échappent d'un minuscule élastique noir bien trop petit pour retenir l'ensemble. À la lumière, ses cheveux semblent plus flamboyants, comme si c'était une teinture rousse. Sa carnation ne révèle rien à ce sujet, hormis une nuée de taches de rousseur rassemblées sur ses joues et sur l'arête de son nez.

— J'ai besoin de faire des heures. Mais si tu connais quelqu'un capable de faire des bulles de savon pour contenir un petit diablotin de quatre ans pendant que je travaille, je ne dis pas non.

Elle me sourit. Son tablier est sale, éclaboussé de taches de café et de traînées blanches de crème fouettée. Je lui rends son sourire et nous observons tous les deux Lila, toujours allongée sur le sol. Elle continue :

— Elle est autiste.

Au fond, je m'en étais douté quelques minutes après l'avoir rencontrée. Je n'étais juste pas allé au bout de ma réflexion.

— Nous ne connaissons pas encore le degré de sévérité, mais elle n'apprend à parler que maintenant... À quatre ans.

— Eh bien, parfois, ce n'est pas trop grave.

Avec un sourire, je lui donne un petit coup d'épaule, essayant de trouver un soupçon de légèreté à quelque chose d'aussi inquiétant. Elle décroise les bras et son visage s'éclaire d'un large sourire.

— C'est vrai.

Posey pince sa lèvre inférieure entre ses doigts. Elle se penche tout près de sa petite sœur et pose ses mains sur ses genoux. Je n'entends pas ce qu'elle chuchote à son oreille, mais je vois que ça rend Lila heureuse.

Je regarde l'horloge, il est bientôt six heures. Si je dois sortir avec Nora et ses amies, il faut que je repasse à l'appartement, que je prenne une douche et que je me rase. En fait, je ne suis pas stressé, c'est juste que je ne sais pas ce qu'elle pense de moi. Est-ce qu'elle embrasse souvent les gens comme ça ? Si c'est le cas, ça ne me dérange pas, mais j'aimerais juste avoir une idée de ce qu'elle ressent ou de la manière dont elle envisage ses relations. Elle s'était déjà montrée entreprenante, mais jamais jusque-là elle ne m'avait donné le moindre indice qu'elle allait m'embrasser ce matin-là.

Elle était si sûre d'elle quand elle s'est penchée vers moi. Le souvenir du goût de sa langue me fait frémir. Maintenant, mon corps entier la réclame, je dois faire quelque chose pour y remédier. Cette fois, je n'arracherai pas le rideau de douche, et pas question de m'écrouler sur les fesses, de me couper le front ou de me tordre le genou. Du sexe sans risque ! Je resterai en sécurité dans mon lit. Avec la porte verrouillée à double tour. Et même avec ma commode devant la porte.

Je jette un œil à Posey qui est retournée s'asseoir à la table. Le portable à l'oreille, elle fronce des sourcils. Je l'observe secouer la tête et murmurer quelque chose avant de raccrocher. Je ne veux pas me mêler de ce qui ne me regarde pas ni lui demander si tout va bien. Si elle veut m'en parler, elle le fera.

— Tu as besoin de quelque chose avant que j'y aille ?

Je passe derrière le bar pour vérifier mon planning et préparer mon expresso. Double expresso. Un instant, j'envisage d'en faire un triple, mais ça ne me semble pas être une bonne idée du tout.

Posey devrait bientôt avoir terminé sa journée maintenant. Elle me remercie et me dit que tout va bien. J'adresse un petit signe de main à Lila et Posey, et crie au revoir à Jane, assez fort pour qu'elle m'entende du fond de la salle.

Chapitre 11

Je pousse la lourde porte du *coffee shop* pour sortir quand mon portable se met à vibrer dans ma poche. Dehors, la nuit tombe. Alignés le long des murs, d'énormes sacs-poubelle pleins à craquer semblent sur le point de déverser leurs ordures sur les trottoirs de Brooklyn. Tous les jours c'est le même spectacle, mais je ne m'y habituerai probablement jamais. À Manhattan, c'est sûrement pire, avec toutes ces boutiques et ces millions de gens qui partagent les mêmes rues étroites aux trottoirs minuscules. Impossible de vivre dans cette ville à moins d'aimer se faire bousculer, klaxonner ou solliciter quotidiennement.

Je suis sidéré de voir que les gens arrivent à vivre dans de si petits appartements, aux cuisines et aux fenêtres microscopiques. Chez moi, les pièces sont plus grandes que ce à quoi je m'attendais et la salle de bains est plutôt confortable. De toute manière, je savais que je n'aurais pas les moyens de vivre dans les quartiers chers de Brooklyn où les surfaces dépassent de loin les quarante-cinq mètres carrés de mon appartement. Mon beau-père Ken m'aide à payer notre loyer, mais j'ai mis un peu d'argent de côté depuis que je travaille et j'ai bien l'intention de le rembourser un jour. Du moins en partie. Je suis un peu gêné qu'il m'aide à payer mes factures. Si je suis quelqu'un de plutôt responsable, c'est en partie grâce à lui et à ses leçons sur la manière de gérer les dépenses et l'argent quand on est étudiant. Je ne gaspille mon argent ni dans l'alcool ni dans les sorties, je paie mes factures et m'achète de temps en temps des livres ou des billets pour des matchs de hockey.

Avoir un parent qui occupe une fonction importante à l'université a évidemment facilité ma vie sur le campus. Ça m'a aidé sur tous les plans. On me donnait des coups de main dans toutes les matières et j'ai même pu assister à des cours censés être complets. Ken avait évidemment bien plus d'influence à Washington Central qu'à NYU, mais c'est toujours utile de connaître les conditions d'admission.

Je me demande souvent ce que serait devenue ma vie si ma mère était restée dans le Michigan. Aurais-je été capable de la laisser seule pour partir à New York avec Dakota ? Je crois que j'aurais été moins enclin à déménager si elle n'avait pas eu Ken et son groupe d'amies à Washington. Ma vie aurait été si différente si elle ne l'avait pas rencontré.

Parfois, je me dis qu'en dehors de certains aspects évidents, New York n'est pas *si* différente de Saginaw. Le soleil est souvent caché à Manhattan, privant ainsi de lumière les habitants de la ville. J'ai tellement eu l'habitude de vivre dans des villes sombres aux ciels couverts que lorsque le soleil brille ici, à Brooklyn, mes yeux me brûlent durant la moitié du trajet pour me rendre au travail. Je me suis acheté une paire de lunettes de soleil, que j'ai vite égarée. Pourtant, le soleil montre suffisamment le bout de son nez à Brooklyn pour que j'en aie besoin. Cela fait d'ailleurs partie des nombreuses autres raisons pour lesquelles j'ai choisi de vivre ici plutôt qu'à Manhattan. En automne, particulièrement au mois de septembre, les gratte-ciel assombrissent tout ce qui se trouve alentour. Et plus vous vous éloignez des buildings, plus le ciel s'illumine.

Une petite masse trapue, enveloppée dans plusieurs couches de manteaux et coiffée d'un chapeau, passe près de moi sur le trottoir. L'homme pousse un caddie rempli de cannettes métalliques et de bouteilles en plastique. Il porte de gros gants marron défraîchis et couverts de crasse. Des touffes de cheveux gris s'échappent de son bonnet écossais rouge et vert et ses yeux sont à moitié clos. Le temps et les épreuves de la vie l'ont tant usé qu'il semble sur le point de s'effondrer. Il regarde droit devant lui, sans me prêter attention. Il me fend le cœur.

La pauvreté dans certains coins de la ville est ce que j'ai le plus de mal à gérer. Ma mère me manque, mais devoir affronter le regard triste et honteux d'un homme au visage marqué, assis devant la devanture d'une banque en train de mendier, un morceau de carton à la main, pour s'acheter à manger, ce genre de chose m'est vraiment insupportable. Bien évidemment, ce doit être encore plus terrible pour *eux* de rester adossés à un immeuble qui recèle des millions de dollars, à observer, le ventre vide, des hommes en costume dépenser vingt dollars pour une salade bio pendant leur pause déjeuner, alors qu'eux meurent de faim.

Il y a peu de sans-abri à Saginaw. La plupart des pauvres ont tout de même un toit au-dessus de leur tête. La façade de leurs vieilles maisons s'effondre presque, les murs s'effritent à cause de la moisissure et leurs lits sont infestés de petites bêtes qui les dévorent pendant la nuit, mais au moins, ils ne sont pas à la rue. La plupart des gens que je connais à Saginaw font tout ce qu'ils peuvent pour s'en sortir, même si ça reste très difficile. Les parents de mes amis étaient tous ouvriers ou fermiers, mais la fermeture progressive des usines ces dix dernières années les a privés de leur travail. En dehors de l'héroïne, la ville ne produit plus rien de profitable. Les familles qui avaient un bon train de vie il y a dix ans ont désormais à peine de quoi subsister. Le taux de chômage n'a jamais atteint un tel record, il en va de même pour les crimes et les problèmes de drogue. Les jours heureux se sont envolés en même temps que leurs emplois, et je doute qu'ils reviennent jamais.

C'est ce qui distingue le plus ma ville natale de la Grosse Pomme. L'espoir qui grouille dans New York fait toute la différence. Des millions de personnes viennent s'installer dans l'une des plus grandes villes du pays, juste animées par ce sentiment : l'espoir d'un avenir meilleur. Ils s'attendent à être plus heureux, à se voir offrir de grandes opportunités, à vivre de nombreuses expériences et – par-dessus tout – à faire fortune. Les rues sont pleines de gens qui, après avoir quitté leur pays d'origine, construisent un nid et une nouvelle vie pour leur famille, ici, en ville. C'est assez incroyable quand on y pense.

Les gens bouclent leurs valises et viennent s'installer ici. De folles statistiques parlent de plus d'une centaine de personnes par jour. Le métro est ouvert 24h/24h – que dis-je, absolument tout est ouvert

24h/24h – les grosses Ford et les tracteurs n'occupent pas la moitié de la route comme dans le Michigan. Les petits bâtiments communaux marron que nous appelions « centre-ville » à Sanigaw ne sont rien comparés aux gratte-ciel vertigineux de New York City.

En fait, plus j'y pense et plus je me dis que New York et Sanigaw n'ont absolument rien en commun. Ça ne me dérange pas. J'essaie peut-être de leur trouver des similitudes pour me rassurer sur le fait que vivre ici ne me changera pas... Que, même si j'évolue en grandissant, je resterai moi-même, juste différemment.

Mon portable vibre de nouveau. Je le sors de ma poche et vois le nom de ma mère s'afficher deux fois sur l'écran. Mon pouls s'accélère, mais je suis soulagé quand je lis les messages. Le premier est un lien vers un article qui parle de l'inauguration d'un nouveau bar à Toronto sur le thème d'Harry Potter et le second m'informe du poids de ma petite sœur. Elle est encore toute petite, mais l'accouchement n'est prévu que dans quatre semaines. Le dernier mois devrait laisser le temps à ma petite Abby de grossir un peu.

La vision de ma petite sœur toute fripée portant un bandeau rose et agitant ses petits bras potelés me fait sourire. Je me demande l'effet que ça fera d'être frère, surtout à mon âge. Je suis trop vieux pour avoir quoi que ce soit en commun avec cette petite fille, mais j'espère devenir le meilleur grand frère possible, celui que j'aurais tant voulu avoir plus jeune. Ken et ma mère vont devoir s'habituer au fait d'avoir de nouveau un petit bébé, alors que leurs deux autres enfants sont grands et indépendants. Ma mère n'arrêtait pas de me dire qu'elle avait hâte d'avoir sa propre maison, mais je savais qu'elle se sentirait seule sans moi. Elle et moi, ça a toujours été pour le meilleur et pour le pire.

En attendant de voir le feu afficher la silhouette blanche lumineuse, je me dis que je suis vraiment chanceux d'avoir une maman comme elle. Elle n'a jamais contesté mon déménagement, elle s'est toujours pliée à tous mes caprices depuis que je suis petit. Elle était le genre de maman à se déguiser avec moi, des mois avant Halloween. Elle m'a même dit un jour que si je le voulais, je pouvais partir vivre sur la lune. Plus jeune, je me disais souvent que si je courais assez vite, je pourrais atterrir là-bas. J'aurais bien aimé.

Le feu change enfin et une femme perchée sur des talons vertigineux s'efforce de traverser la rue devant moi. Je ne comprends pas l'intérêt de s'infliger une telle torture simplement pour paraître plus grande. Les feux aux intersections changent rapidement ici, en général, les piétons ont moins de trente secondes pour traverser. J'envoie un rapide texto à ma mère en lui promettant de l'appeler ce soir, puis je range mon portable dans ma poche. Je lirai l'article sur ce bar plus tard.

J'ai toujours rêvé d'aller à Toronto. C'est à seulement une heure de vol d'ici, alors pourquoi je n'irais pas pendant les vacances d'hiver ? Seul, sûrement, même si une petite voix coquine à l'intérieur me suggère d'y aller avec Nora – je parie que ça serait amusant de voyager avec elle. Je la connais peu, mais elle semble avoir été dans bien plus d'endroits que moi ou, du moins, avoir une meilleure connaissance du monde. On peut tellement apprendre dans les livres. J'en suis la preuve. J'adorerais voyager, sans plus tarder.

Je me vois déjà avec Nora en petit bikini sur une plage paradisiaque, au milieu de nulle part, son cul rebondi dépassant de son maillot de bain. Mais qu'est-ce qui me prend ? Elle m'a à peine adressé deux mots depuis cette étrange soirée, et pourtant je n'arrive pas à la sortir de ma tête.

Le Deli en bas de mon immeuble est toujours désert et, parfois, je me sens mal pour Ellen, la jeune fille russe qui tient la caisse. Ça m'inquiète de la savoir assise ici toute seule la nuit. Quand j'entre, la clochette de la porte retentit et Ellen lève la tête de son gros manuel pour m'adresser un sourire poli. Ses cheveux courts et ondulés sont coincés sous un bandeau fin, assorti à son pull rouge à pois blancs.

— Salut.

Je me dirige vers le rayon frais au fond du magasin.

— Salut Ellen.

Je m'empare d'une bouteille de lait et vérifie la date d'expiration car il m'est déjà arrivé plus d'une fois de repartir d'ici avec des produits périmés. Je cherche ensuite une Gatorade bleue pour la prochaine fois où Nora passera à l'appartement, mais ils n'en ont pas. Je ne suis pas pressé, j'irai jusqu'au prochain magasin après.

Pour la seconde fois de la journée, je me dis que j'aurais dû prendre un des *tote bags* que Tessa conserve près de la porte d'entrée. Elle essaie de dissuader tout le monde d'utiliser des sacs plastique et à peine ai-je passé la porte qu'elle me rappelle tous les dégâts qu'ils causent sur l'environnement. Cette fille regarde beaucoup trop de reportages à la télévision. Bientôt, elle va boycotter le port des chaussures ou je ne sais quoi d'autre.

Ellen referme son manuel quand j'arrive près d'elle, elle semble un peu stressée. J'attrape un paquet de chewing-gums sur le comptoir, je regrette vraiment de ne pas avoir pris ce *tote bag* imprimé d'une aubergine qui tient une carte de vœux où est écrit : « Je vous souhaite une bonne année, sans amandes ni prunes ! » devant des fruits secs et des prunes qui s'enfuient.

Les blagues sur les fruits font rire Ellen autant que moi, ce qui me la rend encore plus sympathique. Peut-être qu'une petite blague l'aurait fait sourire.

— Comment vas-tu ?

— Ça va, je révise.

La vieille caisse enregistreuse émet un signal sonore quand Ellen tape le prix du lait, puis celui des chewing-gums. Je sors ma carte bancaire et la fais glisser dans le lecteur.

— Tu es toujours en train de réviser.

C'est vrai ça, chaque fois que je viens ici, je la trouve seule derrière le comptoir en train de lire un manuel ou de remplir des fiches.

— Il faut que j'aille à l'université.

Elle hausse les épaules et détourne ses yeux marron des miens.

À l'université ? Elle est au lycée et travaille souvent tard le soir. Même les jours où je ne rentre pas dans le magasin, je peux l'apercevoir qui travaille à travers la vitre.

— Quel âge as-tu ?

Je ne peux m'empêcher de lui poser la question. Ok, ce ne sont pas mes affaires et je ne suis pas beaucoup plus vieux qu'elle, mais à la place de ses parents, je serais un peu inquiet de savoir que ma fille adolescente travaille seule, la nuit, dans un magasin de Brooklyn.

— J'aurai dix-huit ans la semaine prochaine.

Elle fronce les sourcils. Sa réaction est plutôt anormale pour une adolescente de son âge. Logiquement, elle devrait sauter de joie à l'idée de se rapprocher de l'âge d'or, ses dix-huit ans.

— C'est super.

Elle me tend mon ticket de caisse, les sourcils toujours froncés, puis elle me donne un stylo rouge relié à un bloc-notes par un bout de ficelle marron. Je signe et le lui rends. L'imprimante de la caisse semble faire des siennes maintenant, et mon reçu reste coincé à l'intérieur. Elle se confond en excuses avant d'éteindre la machine, et je lui réponds que ce n'est pas grave.

— Je ne suis pas pressé.

Je n'ai nulle part où aller, hormis l'appart pour réviser ma géologie. Elle arrache le rouleau de papier resté bloqué, puis le jette dans une poubelle derrière le comptoir.

Maintenant que j'y pense, je réalise que je n'ai jamais vu Ellen insouciante comme devrait l'être une jeune fille de son âge. Parfois, il m'arrive d'oublier que la plupart des gens n'ont pas la chance d'avoir une mère comme la mienne – sans blague, c'est le cas pour presque tous les jeunes qui m'entourent, en fait. Enfant, je n'ai pas eu de figure paternelle mais, honnêtement, ça ne m'a pas dérangé plus que ça. Ma mère était présente, elle. Chacun réagit de manière différente en fonction de sa propre expérience et de sa personnalité. Prenons l'exemple d'Hardin, ses épreuves l'ont affecté d'une certaine manière et il a dû emprunter une autre voie que la mienne pour tenter de les comprendre. On se fiche de savoir pourquoi, l'important c'est qu'il ait pris ses responsabilités et qu'il se soit bougé le cul pour évoluer et s'améliorer.

À douze ans, j'ai commencé à compter les années et les mois qui me séparaient de mon dix-huitième anniversaire. Pourtant, je n'avais pas l'intention de quitter immédiatement la maison, car ça tombait au tout début de mon année de terminale. Il n'était pas non plus prévu que je parte de chez moi avant d'avoir terminé mes études, mais Dakota a commencé à émettre l'idée d'un éventuel emménagement avec elle à New York lors de *son* année de terminale à elle.

Après des mois passés à demander mon transfert, essayer d'obtenir une bourse pour intégrer NYU, chercher un appartement qui soit facile d'accès en métro pour rejoindre l'université, me faire à l'idée de laisser derrière moi mes meilleurs amis, ma mère enceinte et mon beau-père, la vie de Dakota a finalement pris une tout autre direction, sans m'en avertir.

Je suis quand même content d'avoir emménagé ici, de devenir un homme, un vrai citoyen, avec des responsabilités et des plans pour l'avenir. Je suis loin d'être parfait, à peine capable de faire mes lessives, et je dois encore m'accrocher pour payer mes factures à temps, mais bon, j'apprends à mon rythme et commence même à y prendre goût. Tessa m'aide beaucoup. Elle aime, plus que les autres, que les choses soient propres et ordonnées, mais nous faisons tous les deux le ménage et nous nous répartissons les tâches de manière équitable. Jamais je n'ai laissé de chaussettes dans le salon ou oublié de récupérer mon linge sale et humide dans la salle de bains après ma douche.

J'ai bien conscience de partager mon appartement avec une femme avec qui je n'ai aucun rapport intime, donc je fais bien attention à toujours baisser la lunette des toilettes et ne flippe pas à la vue d'une serviette hygiénique dans la poubelle. Je m'assure d'être seul à l'appart quand je me masturbe, et je fais en sorte de ne laisser aucune preuve derrière moi.

Bon, la soirée d'hier n'est pas forcément représentative de ce dernier point. Cet échange avec Nora me trotte dans la tête.

Après avoir éteint et rallumé la machine à deux reprises, puis changé les rouleaux de papier, Ellen imprime mon ticket de caisse. Je décide de m'attarder encore un peu. Je sens qu'elle n'a pas beaucoup de rapports avec le monde extérieur, en dehors des personnages de ses livres d'histoire.

— Tu prévois quelque chose de particulier ?

Je suis vraiment curieux, et ça la fait pouffer de rire et enflamme ses joues. Sa peau pâle devient toute rouge et elle secoue la tête.

— Moi ? Non, je dois travailler.

En fait, je me doutais bien qu'elle n'aurait rien de prévu hormis rester assise sur son tabouret derrière la caisse.

— Bien, de toute façon fêter son anniversaire coûte une fortune.

Je lui adresse un grand sourire. Elle en esquisse un en retour, avec un éclair de joie dans le regard. Elle redresse légèrement son dos et ses épaules.

— Oui, c'est vrai.

Je lui souhaite une bonne soirée, lui conseille de ne pas trop réviser quand même, puis referme la porte derrière moi. Bon sang, je me demande ce que ça fait de vivre dans une grande ville à dix-sept ans. Je n'arrive pas à l'imaginer.

Sur le chemin du magasin au bout du bloc de maisons, je lis l'article sur le bar dont ma mère m'a passé le lien, puis l'appelle. Elle me dit que Ken vient tout juste de rentrer d'une conférence qu'il donnait à Portland, et elle me le passe car il souhaite discuter des résultats du match des Giants. Grâce à leur défaite, je remporte notre petite guéguerre et en profite pour le narguer un peu. Nous prenons rapidement des nouvelles l'un de l'autre et je raccroche pour les laisser dîner.

J'avais l'habitude de dîner tous les soirs avec eux. Nous parlions de l'actualité, de mes cours et de sport, entre autres. Bien que je sois content de ces précieux instants passés avec eux avant mon déménagement, il faudrait tout de même que je songe à me faire de nouveaux amis.

Chapitre 12

Après avoir acheté non pas une mais trois Gatorade bleues, je rentre à l'appart.

Au pied de mon immeuble, un camion assez bruyant tourne au ralenti en plein milieu de la rue. Le Deli du rez-de-chaussée reçoit des livraisons à toute heure de la nuit; quant aux éboueurs, ils passent vers trois heures du matin presque chaque nuit et le bruit infernal des ordures se déversant dans la benne métallique me réveille à chaque fois. J'ai fait récemment le meilleur achat de ma vie avec une de ces machines acoustiques qui reproduisent les sons de la mer, de la forêt tropicale ou de la nuit dans le désert, et le seul mode que j'utilise, c'est *bruit blanc*. Ça m'a changé la vie. Tessa aime bien cette machine, mais comme elle a grandi près d'une voie de chemin de fer, les bruits rythmés lui manquent pendant la nuit si elle l'utilise.

J'attends patiemment que l'ascenseur arrive au rez-de-chaussée et je monte dans la cabine. Elle est toute petite, elle peut contenir au maximum deux personnes de taille normale, plus un sac de courses. D'habitude, ça ne me dérange pas de prendre les escaliers, mais aujourd'hui mon genou me lance à nouveau.

En atteignant le troisième étage, l'ascenseur commence à grincer et à émettre des bruits bizarres. Avec le stress de cette soirée, je ne peux pas m'empêcher de me demander quand ce vieil ascenseur va me coincer pendant des heures. Et si ça arrivait, je ne pourrais pas passer la soirée avec Nora…

Mais non, ça va être cool ce soir.

« Ça sera même génial. » Je me parle à voix haute en rangeant les courses et les Gatorade dans le frigo.

« *C'est tout à fait normal de sortir avec une fille et ses colocs, même si je ne les connais pas.* » Je continue à me parler en prenant une douche bouillante. Une douche standard, durant laquelle aucun rideau ni aucun ego ne sera mis à rude épreuve. Une douche que j'apprécie particulièrement. Tout ce qu'il y a de plus normal. Je n'ai aucune raison d'être nerveux.

Mais alors que j'essaie de m'en convaincre, un petit imprévu vient compromettre mes plans. Je m'allonge sur le lit, les cheveux encore humides de la douche et consulte mes messages. Je fais défiler deux textos, un de Tessa qui me prévient qu'elle va faire des heures supplémentaires à son travail. Elle me dit aussi que Nora va bientôt m'appeler avec les détails pour ce soir, et qu'elle nous rejoindra dès qu'elle aura terminé.

L'autre SMS est de Dakota. Je le lis, puis le répète à voix haute, un peu désorienté.

Tu fais quoi ce soir ?

Je fixe l'écran et attends un peu avant de répondre. Je ne peux pas lui dire que j'ai l'intention de sortir avec quelqu'un d'autre, surtout pas avec une autre fille. Ce n'est pas que je veuille mentir, mais je préférerais faire autrement. Je ne vois vraiment pas l'intérêt de lui révéler ce que je m'apprête à faire. Je ne sais même pas s'il y a réellement quelque chose à lui dire. Nous ne sortons pas ensemble, Nora et moi sommes seulement amis, peu importe le nombre de fois où je pense à elle.

Malgré tout, je lui mens.

Je révise mes cours. Et toi ?

Je ferme les yeux avant d'appuyer sur «Envoyer». Je me sens tout de suite coupable d'avoir menti, mais il est trop tard pour revenir en arrière.

Je branche mon portable sur le chargeur, puis me dirige vers le placard pour commencer à me préparer pour ce soir. J'en sors un jean bleu foncé déchiré aux genoux. Ce jean est plus moulant que ceux que je porte d'habitude, mais j'aime le rendu sur moi. Il y a deux ans, je n'aurais jamais pu rentrer dans un de ces jeans sans ressembler à un cupcake dégoulinant. Pire qu'un cupcake, un muffin. Un horrible muffin.

Immobile et les yeux fixés sur mon placard, j'essaie de me focaliser sur la moindre notion de mode que j'aurais enfouie dans un coin de mon cerveau. Rien ne vient. J'ai des elfes, des sorciers, des palets de hockey et plein de guerriers en tout genre à l'intérieur de mon crâne, mais pas de conseils de mode. Il n'y a rien dans mon placard hormis quelques chemises boutonnées, d'autres à carreaux et de trop nombreux sweats à capuche WCU. Je me dirige vers ma petite commode, ouvre le tiroir du haut et choisis un boxer gris, un des rares qui ne soient pas troués. Il fait lourd dans ma chambre, je me penche pour ouvrir la fenêtre.

Le second tiroir contient des t-shirts, la plupart avec des inscriptions sur le devant. Est-ce que j'aurais dû aller faire du shopping ?

Où est Tessa quand j'ai besoin d'elle ?

Je n'ai vraiment pas l'habitude de me préparer pour sortir en boîte. D'habitude, je porte des t-shirts basiques avec des jeans ou des pantalons classiques et, depuis mon emménagement à Brooklyn, je n'ai acheté que quelques vestes pour compléter ma garde-robe. Franchement, je sais déjà à peine comment m'habiller tout seul.

Je ne sais pas dans quel genre de boîte nous sortons ni comment Nora sera habillée. En fait, je n'y connais pas grand-chose aux boîtes, de manière générale. Elle m'a seulement donné le nom de l'endroit, sans plus de détails.

J'opte pour un t-shirt gris, l'enfile et roule les manches décidément trop longues, puis saute sur mes jambes pour enfiler mon boxer.

Mes cheveux ont poussé et bouclent légèrement sur mon front, mais je n'arrive pas à me décider à les couper. J'emprunte le spray de Tessa pour tenter de coiffer cette tignasse indisciplinée. Le look débraillé me plaît assez, mais j'aimerais vraiment ne plus avoir ces zones de peau imberbe sur les joues.

Le temps de m'habiller et de me faire une coiffure à peu près correcte, je reçois un texto de Nora.

La seule chose inscrite est l'adresse avec un émoticône en forme de cœur.

Je me sens tout excité… et encore plus nerveux.

Je le suis encore plus quand je vois l'heure et que je réalise que je dois vraiment me grouiller si je ne veux pas arriver en retard. J'enfile rapidement mes boots marron. Quand je rentre l'adresse dans le plan de mon portable, je suis soulagé de constater que je peux y être en dix minutes à pied. Je profiterai du trajet pour déstresser et trouver des sujets de conversation intéressants à partager avec Nora et ses amies. Sont-elles du genre à parler politique ? J'espère que non, ça finit toujours mal.

Je suis tellement stressé que je ne remarque même pas la réponse de Dakota.

Chapitre 13

En arrivant devant, l'endroit me paraît plus petit que ce à quoi je m'attendais.

Une fois, je suis allé en boîte au sud de Détroit et elle faisait facilement le double de la taille de l'immeuble en briques devant lequel je me trouve aujourd'hui. Le style de cette boîte ne ressemble en rien à celui des films dans lesquels il y a toujours un mec hyper-musclé et dissuasif pour contrôler l'entrée. Avec son petit calepin et son oreillette, il détient le pouvoir de flatter ou de briser l'ego de femmes qui, en temps normal, ne lui donneraient même pas l'heure. Un simple signe de sa part, quand il décroche le cordon en velours violet, suffit à justifier les deux heures qu'elles ont mises à se préparer. Si on te fait attendre plus longtemps, tu n'es rien. Enfin, c'est ce qu'il veut te faire croire, et ça craint vraiment.

Pourtant, tout cela n'est qu'une vaste farce. Le mec finit par s'endormir seul et ne se sent pas mieux dans sa peau le lendemain matin. Sa toute-puissance ne dure que quelques heures. Passé ce délai, il se déteste toujours autant et reste frustré de ne pas avoir décroché le super-job qu'il méritait ou cette femme sexy qu'il n'a pas fait l'effort de respecter. Ça m'attriste un peu de savoir qu'en 2016 ce qui compte pour autoriser, ou pas, l'entrée des gens en boîte, c'est toujours l'apparence. Je fais de mon mieux pour ne pas entretenir ce système, mais c'est plus facile à dire qu'à faire, et dans certains milieux, c'est uniquement comme ça que ça marche.

Cela dit, je suis hyper-soulagé que cette boîte n'ait pas l'air d'être de ce genre. Le petit immeuble en briques rouges est situé au coin d'une rue, juste à côté d'une rangée de *food trucks* stationnés sur un terrain vague. La chaussée n'est pas aussi encombrée que le trottoir, il n'y a que quelques taxis verts et une Tesla.

Alors que j'observe la carrosserie noire de la Tesla briller sous les lumières, une main attrape mon bras. Je me retourne, c'est Nora.

Ses yeux sont maquillés d'une ombre à paupières grise. Elle porte un jean noir si moulant qu'il semble directement peint sur sa peau. Ses hanches sont dissimulées sous un t-shirt noir qui porte l'inscription ADIDAS. On dirait qu'elle l'a découpé elle-même avec une paire de ciseaux pour lui faire un décolleté en V. Par-dessus, elle porte un blazer noir et, aux pieds, des tennis blanches. Son look est plutôt casual, mais les pièces sont parfaitement accordées.

On ne joue pas dans la même cour.

Elle est beaucoup trop belle.

Trop sexy.

Trop tout.

Plusieurs personnes se joignent à nous sur le trottoir, alors que nous attendons pour entrer.

— Elles sont déjà installées à une table.

J'inspecte les lieux et, tout en suivant Nora, j'envoie un texto à Tessa pour lui dire que je suis sur place. Je suis un peu gêné de la harceler par texto pour qu'elle sorte avec nous. Je sais qu'elle aurait préféré rester au lit à lire les passages surlignés de ses livres favoris. Elle serait enfouie sous la couette, à pleurer sur les erreurs et les regrets des personnages, souhaitant que la fin de son histoire ressemble à celle de ses romans.

Mais rester allongée au lit à se lamenter n'est pas bon pour elle. Et puis, ça ne me dérangerait pas de voir un autre visage familier dans ce territoire inconnu.

Quand la porte du club s'ouvre, une musique électro entraînante résonne jusque dans la rue. J'aime bien ce rythme, lent et énergique à la fois, doux mais recherché.

Je me dépêche et fais un grand pas pour me rapprocher de Nora et engager la conversation. Dans l'entrée, je lui demande :

— Tu viens souvent danser ici ?

Elle pose son index sur mes lèvres.

— Personne ne danse ici.

Elle me sourit comme les mères le font avec leurs enfants quand elles doivent leur expliquer une chose évidente.

Je regarde autour de moi et comprends que ce n'est pas du tout une boîte. Eh merde ! Pourquoi n'ai-je pas regardé sur Google avant ? La salle est pleine à craquer, c'est typiquement le genre d'endroit cool pour traîner : petites tables en bois, lumières tamisées, ambiance industrielle. Des groupes de jeunes s'agglutinent au bar, rigolant et buvant des cocktails maison. Un homme aux cheveux blancs agite un shaker rempli d'un liquide fluorescent. Tout le monde l'acclame en l'observant verser sa mixture sur des glaçons. Un nuage de fumée s'évapore du gobelet en grésillant. Impressionnant.

En avançant vers le bar, j'observe Nora dont l'expression, d'abord curieuse, devient complètement sceptique.

— *Eh barman ! C'est le plus vieux tour du monde !*

Elle crie assez fort pour que le barman l'entende.

Je balaie la salle du regard et remarque que tous les visages se tournent vers nous. Elle ne cille pas ; quand l'homme se retourne pour chercher l'origine de cette intrusion, elle le fixe droit dans les yeux.

— Grrr, j'aurais dû savoir que c'était toi !

Son visage singe une expression d'agacement profond. À la façon dont il la regarde, je suis sûr qu'il la connaît suffisamment pour se permettre de la provoquer.

Brièvement et sans véritable raison, je me demande s'ils sont déjà sortis ensemble ou si c'est le cas aujourd'hui.

Elle s'appuie contre le bar et lui sourit :

— Salut, Mitch.

Elle se sert du comptoir comme d'une étagère pour y étaler sa poitrine et, bien sûr, il le remarque. Il semble même apprécier. Je le vois plonger effrontément le regard dans son décolleté.

Ce petit t-shirt est vraiment très échancré. Je dois reconnaître que son décolleté en V attire l'œil, de même que son foutu jean noir. Je n'ai jamais vu une fille aussi belle dans une tenue aussi simple.

Tessa, que je n'avais pas vue arriver, me glisse à l'oreille :

— Ne prends pas cet air renfrogné, ça ne te va pas du tout.

Ma contrariété se voit tant que ça ? Je redresse la tête et tente de réfléchir. Je n'ai jamais été quelqu'un de jaloux. Avec sa tendance à flirter et le désir qu'elle suscitait chez les garçons de notre lycée, Dakota aurait rendu n'importe qui complètement dingue de jalousie. Elle s'est juste toujours arrangée pour que je n'aie jamais l'impression de devoir me battre pour elle. Elle a toujours été avec moi, de sorte que je ne ressentais pas le besoin de me montrer jaloux ou de faire des histoires.

Détournant mon attention de Nora, je me tourne vers Tessa.

— Tu es arrivée quand ?

— À l'instant, c'était complètement mort au travail.

Elle soupire et hausse les épaules comme si elle préférait être n'importe où plutôt qu'ici. Elle porte sa tenue de travail, un pantalon noir et une chemise blanche. Son tablier dépasse de son sac à main. On dirait un petit soldat en uniforme.

Tout excité, le barman se pavane, les cheveux parfaitement gominés, le sourire jusqu'aux oreilles. Il doit certainement être sympa. Il a des épaules de rugbyman et la carrure d'Adam Levine. Petit gabarit, mais musclé. La combinaison des deux est bizarre, mais je peux comprendre qu'on puisse le trouver attirant.

Nora tend les bras et il se penche vers elle pour l'enlacer. Le bar est le seul élément qui les retient de se fondre l'un dans l'autre. Je détourne le regard, mais du coin de l'œil, je vois qu'ils continuent de s'étreindre.

J'observe la salle tout autour. Toutes les boissons sont écrites en lettres capitales sur un grand tableau derrière le bar. *Letters To Your Lover* contient du gin, de la framboise et autre chose que je n'arrive pas à lire, le *Knot-So-Manhattan* est une liqueur forte composée d'un mélange de whisky, d'absinthe et d'alcools amers. Un petit nœud dessiné à la main est gribouillé à côté de la liste des ingrédients.

Je poursuis la lecture de ces cocktails extravagants. Puisque Nora a vingt-cinq ans et qu'elle connaît le barman, je suppose qu'il n'y aura aucun problème pour qu'on nous serve de l'alcool. Je ne bois pas souvent, un pack de six bières me fait en général un mois, mais ce soir, je ne dirais pas non à un verre si on me l'offre. En soirée avec Tessa, il est arrivé plusieurs fois qu'on nous propose la carte des cocktails et que nous en commandions, sans être contrôlés. Ok, parfois nous nous laissons complètement aller.

Tessa parcourt la salle du regard en tirant sur le bas de sa chemise blanche trop grande pour elle.

— Je vais aux toilettes.

J'acquiesce et reste debout, mal à l'aise, à attendre que Nora se souvienne de ma présence.

Je fixe Mitch, qui m'apparaît de plus en plus attirant et de plus en plus insupportable. Il ne devrait pas être en train de préparer des verres, ou un truc dans le genre ? Maintenant, tout se joue entre moi, Nora-Sophia et l'un des plus beaux mecs qui n'ait jamais existé.

Les mecs comme lui ont été créés juste pour que les mecs comme moi se sentent minables. Ses dents sont parfaitement alignées et plus blanches qu'une paire de baskets neuves. De nouveau, je leur jette un coup d'œil en me balançant sur mes boots, je lutte pour ne pas les fixer. J'aurais peut-être dû faire un petit arrêt aux toilettes, avec Tessa, vous savez comme les filles font…

Alors que je m'apprête à bouger, Nora se détache de Monsieur Sexy – qui, soit dit en passant, est bien trop attirant pour bosser dans un si petit bar – et glisse son bras sous le mien. Ses mains sont froides, je les prends entre les miennes et les frotte l'une contre l'autre. Je sens la chaleur monter immédiatement, jusque dans mes joues qui s'enflamment de cette initiative. Heureusement qu'il fait sombre ici.

Elle lève les yeux vers moi, le regard curieux. Puis elle regarde nos mains, mes gestes et sourit. Les lustres du plafond projettent des ombres au sol et dessinent des rayons lumineux sur son corps. La peau de son cou et de sa poitrine scintille sous le lent mouvement des lumières. Elle ne me lâche pas du regard et je la fixe aussi, sans pouvoir m'en détacher.

Je jette un œil à Monsieur Sexy. Il ne fait plus attention à nous. Je suis presque déçu. Qu'est-ce qui cloche chez moi ? Je dois arrêter de parler autant à Hardin. Il est en train de me transformer en connard.

En connard névrosé.

— On va s'asseoir ?

Nora a toujours les yeux posés sur moi. C'est un peu troublant de maintenir longtemps ce contact visuel avec quelqu'un, surtout quand il s'agit d'une belle fille à qui j'ai déjà exprimé mon attirance. Quand elle m'a embrassé, mon corps a réagi comme si j'allais me damner juste pour avoir sa langue dans ma bouche.

Elle se retourne vers le bar, remercie l'autre mec et me tend un verre avec un brin de réglisse rouge enroulé en forme de nœud et un bâtonnet au bout duquel se dresse un petit gratte-ciel. On dirait que c'est en bois. Je trouve ça assez cool. Sur le verre de

Nora, il y a un petit mot clipsé sur le bord. Je suppose que c'est une minilettre. Encore plus cool.

Nora continue de me regarder et je me rappelle qu'elle voulait s'asseoir, ce qui me va. J'aimerais bien m'éloigner de la foule agglutinée au bar. Les rangées de tables sont elles aussi bondées, mais au moins on peut s'asseoir. La musique est agréable, basse et régulière, avec un bon tempo. Il n'y a pas de piste de danse. C'est un petit bar à cocktails avec un choix restreint à la carte, mais ce n'est pas une boîte de nuit. Je n'en reviens toujours pas de ne pas m'être renseigné sur cet endroit plutôt que de m'imaginer des choses.

Nora enroule ses doigts autour de mon poignet et me traîne vers le fond de la salle. L'espace s'assombrit à mesure que nous nous éloignons du bar, puis elle s'arrête à une table occupée par plusieurs filles qui lèvent les yeux et nous sourient. Ça me surprend toujours autant de voir la promiscuité des gens dans cette ville. Les petites tables alignées sont si proches les unes des autres que l'on peut capter malgré soi les conversations. Mais ici la musique est assez forte, ça ne devrait donc pas poser de problème. Quelques sièges sont libres autour de la table et Nora me fait signe de m'installer sur le dernier. Elle s'installe en face et lève son verre pour trinquer avec moi. J'écarte la réglisse et la petite construction en bois avant de boire une gorgée.

Putain, ça a un goût d'essence. J'aurais dû m'en douter ! Je lui souris, mais secoue la tête et agite mes mains au-dessus du verre.

— Je vais m'abstenir de le boire.

Elle rigole en se couvrant la bouche et acquiesce.

— Je ne t'en voudrais pas ! Il les fait *très fort*.

Elle pousse un verre d'eau vers moi en souriant, puis attrape mon verre pour le sentir. Elle fronce le nez devant l'odeur trop forte et repousse le verre à l'extrémité de la table, loin de moi.

J'apprécie qu'elle se fiche que je choisisse de boire ou pas. Nora prend une autre gorgée de son cocktail et lèche les petits grains de sucre rose sur le rebord de son verre. Puis elle détache et entrouvre le rabat de la petite enveloppe. À peine a-t-elle commencé à lire que je m'empare de la carte. Elle râle et lève les yeux au ciel. Ses doigts jouent avec la fine chaîne autour de son cou pendant que je découvre en même temps qu'elle le contenu.

Il est écrit : **Cher Amour, n'ouvre pas de nouvelle porte tant que l'ancienne n'est pas fermée.**

Je me marre et lui rends la lettre. C'est un bon coup marketing. Je me demande si les messages changent souvent et, si oui, à quelle fréquence.

Au moment de me présenter à ses amies, Nora semble un peu mal à l'aise.

— Melody.

Nora montre du doigt une Asiatique. Son épais trait d'eye-liner dessine une parfaite ligne droite qui se termine en virgule.

— Salut.

Le regard de Melody glisse de Nora vers moi.

La fille à côté s'appelle Raine, puis Scarlett. Ensuite, il y a Maggy, mais rapidement tous les visages se confondent, je n'ai qu'une envie, rester seul pour discuter avec Nora. Je veux en savoir davantage sur elle, genre qu'est-ce qu'elle fait depuis qu'elle est arrivée de Washington, comment elle aime son café ou quelle est sa saison préférée. En fait, j'aimerais simplement apprendre à la découvrir un peu plus, car même si nous nous connaissons depuis un certain temps, nous n'avons jamais vraiment passé de temps ensemble.

Je remarque que Maggy dit quelque chose et tapote l'épaule de la fille à côté d'elle. Et tout à coup, ça fait tilt dans ma tête. Je fais le rapprochement.

Maggy, c'est Maggy.

Ce qui signifie que...

La fille à qui elle a tapé sur l'épaule se retourne et se décompose quand elle me voit. Mon esprit doit être en train de me jouer des tours. Dakota me fixe, les yeux écarquillés et les lèvres pincées.

— Landon?

J'ai pourtant l'impression qu'elle a remarqué ma présence bien avant que je ne remarque la sienne.

Ses yeux sont rivés sur moi, dissipant d'un seul coup toute l'excitation que j'ai ressentie depuis que je suis entré ici. C'est dans ce genre de moment que j'aimerais désespérément trouver un portail spatio-temporel pour m'engouffrer dedans et me téléporter loin, très loin. N'importe où sauf ici. J'accepterais même d'être projeté en plein cœur de la bataille du Gouffre de Helm. Malheureusement pour moi, je n'ai pas encore trouvé le moyen de me retrouver dans ma saga préférée.

Quand j'avais seize ans, ma tante m'a offert un Lego du *Seigneur des anneaux,* et j'ai essayé de reproduire exactement la scène de la bataille. C'était trop compliqué. Dakota y avait passé plus de temps que moi, posant de minuscules arcs et des flèches sur au moins cinquante elfes. Elle était meilleure que je ne l'étais au Lego et elle est bien meilleure que je ne le suis pour trouver les mots pour s'exprimer. Et voilà, je suis ici et elle est en train de nous fixer, moi, Nora, puis moi de nouveau. Je l'observe assembler les pièces du puzzle et réaliser que c'est Nora qui m'a amené ici.

Ses yeux en amande rétrécissent jusqu'à former deux petites fentes, puis elle se tourne vers Nora et lui dit, exaspérée :

— C'est lui, le mec sexy ?

Le mec sexy ? Quoi ?

Je regarde vers le bar, j'ai envie de me cacher derrière. Je sens que ça va mal se passer pour moi.

Nora lève les yeux vers Dakota et lâche un petit rire narquois.

— Me fais pas chier, Dakota.

Elle lui tire la langue.

Oh non ! Elle ne réalise vraiment pas ce qui est en train de se passer. La voix de Nora est différente lorsqu'elle s'adresse à Dakota, les mots qu'elle emploie sonnent de manière désagréable.

Tessa s'approche de nous, et quand elle remarque que Dakota se dresse devant Nora et moi, elle aussi semble perdue. Mes pouvoirs pour régler les problèmes se sont soudainement évaporés et je reste assis là, comme un idiot, sans savoir que dire.

Dakota reporte son attention sur Nora, et j'essaie de trouver quelque chose pour tout expliquer et donner un sens à la situation. Je ne veux pas d'une scène. Tout sauf provoquer un drame ici.

— Alors, depuis combien de temps vous vous fréquentez, vous deux ?

— On ne se fréquente pas.

Mais au moment où je prononce ces mots, la voix de Nora couvre la mienne :

— Depuis très récemment, c'est tout nouveau.

Nora me regarde et ma poitrine s'effondre. Elle semble troublée par ma réponse.

Récemment ? Qu'est-ce qu'elle veut dire par *récemment* ? Est-ce qu'on sort ensemble ? C'est de ça qu'il s'agit ?

Elle ne m'a embrassé qu'une seule fois, et en dehors de quelques minutes seuls quand Tessa était sous la douche, ou sur le trajet de retour du travail, nous n'avons pas passé de temps ensemble. Nous avons à peine parlé, en fait.

Les larmes montent aux yeux de Dakota et je la vois préparer ses arguments. Elle échafaude des accusations, élabore des théories pour tenter de comprendre la situation. Je n'ai jamais été confronté à son côté colérique, et dans un sens, j'en ressens une pointe de satisfaction.

En fait, nous nous disputions rarement. Elle hurlait souvent, mais pas contre moi. Jamais contre moi.

Je ressens le besoin de lui répéter :

— On ne sort pas ensemble.

Les trois autres filles à la table se mettent à chuchoter, probablement en train d'inventer leur propre version de la comédie qui se déroule sous leur nez.

Je regarde Nora qui commence à comprendre.

— Vous vous connaissez, tous les deux ?

— *Si on se connaît ?*

À présent, la voix de Dakota est grave, prudente, même si elle agite fébrilement ses mains d'avant en arrière entre Nora et moi.

S'il te plaît, portail. Je n'attends qu'une chose, putain, que tu m'aspires et m'éjectes le plus loin possible d'ici.

138

Dakota me regarde comme si j'étais une sorte de prédateur qu'elle doit fuir. Je déteste ça. Elle est loin, à l'autre bout de la table, mais je peux quand même voir d'ici à quel point elle est furieuse. Ses doigts agrippent le rebord de la table, les yeux sont exorbités, en attente de ma réponse.

— Oui, *on se connaît*. Depuis très longtemps même.

Je sens que Dakota commence à jouer la comédie.

Elle essaie de se montrer détachée de tout ça, elle la joue cool, calme même, pour que la petite clique, Nora et moi ne puissions voir à quel point elle est touchée. Elle attrape un des verres devant elle et l'avale sans même regarder ce qu'il contient.

Les épaules de Nora se soulèvent et retombent en profondes respirations mais sans rien dire. Tout le monde a maintenant les yeux rivés sur moi.

Un regard furieux.

Un regard impatient.

Deux autres en colère.

Tessa continue de fixer son portable, elle ne m'est d'aucune aide.

Ça fait trois regards furieux… et un soupir exaspéré.

Dakota attrape son sac sur la chaise et me bouscule en passant. J'essaie de la saisir par l'épaule, mais elle sursaute et trébuche presque sur la chaise près de moi.

Je la regarde partir. Quand je me retourne, je suis de nouveau face à Nora.

— C'est toi, le putain de mec. L'ex-geek du Michigan.

Sa voix est calme, sans émotion, avec juste une pointe de gêne. Je me lève de ma chaise.

L'ex-geek ?

C'est ça qu'elle pense de moi ?

C'est comme ça que Dakota parle de moi ? Comme ça qu'elle me décrit à ses nouvelles copines ?

Je regarde vers la sortie et repère la veste blanche de Dakota tout près de la porte. Elle l'ouvre et disparaît.

Je n'ose imaginer comment elle doit se sentir. Elle pense que je sors avec Nora et que je lui ai menti tout à l'heure à propos de mes devoirs.

Voilà exactement la raison pour laquelle je ne mens jamais. Comment ai-je pu penser que c'était une bonne idée de mentir ? J'aurais dû savoir qu'il y aurait des conséquences. Rien de bon ne sort d'un mensonge, jamais. En dehors de quelques mensonges inoffensifs, du genre faire croire que je me souviens des drames entre ses copines ou les rares fois où j'ai fait semblant de savoir de quoi elle parlait, je n'ai jamais eu besoin de lui mentir.

Une main se pose sur mon épaule pour me forcer à me retourner. De nouveau face à Nora, je vois bien qu'elle me provoque, me mettant au défi de choisir.

Comment pourrais-je la choisir, elle ? Je la connais à peine.

Nora ne dit pas un mot et reste immobile. Elle ne communique qu'avec le regard. Si je pars avec Dakota, est-ce qu'elle ne voudra plus jamais m'adresser la parole ?

Et pourquoi cette simple idée me dérange-t-elle autant ?

Je ne peux pas laisser Dakota partir seule, aussi tard dans la nuit. Elle est contrariée et j'ai l'impression de sous-évaluer son instabilité. L'autodestruction est son pire ennemi.

— Je suis désolé.

Ce sont les seuls mots que j'ai le temps d'adresser à Nora avant de me lancer à la recherche de Dakota dehors, dans la nuit.

Chapitre 14

En sortant du bar, j'aperçois Dakota sur le trottoir, la main levée pour héler un taxi. Je me précipite vers elle et abaisse son bras.

— Ne me touche pas !

À cause du froid, un nuage de buée sort de sa bouche quand elle me crache ces mots à la figure. Je retire ma main et me poste en face d'elle, mais elle garde les bras baissés, puis les croise sur sa poitrine en signe de défense.

Je commence alors à me justifier. Ou, du moins, mes mots se précipitent pour essayer.

— Ce n'est pas du tout ce que tu crois.

Dakota se détourne de moi. Elle ne me laissera pas la possibilité de m'expliquer, elle ne l'a jamais fait. Doucement, je saisis son bras, mais elle s'écarte violemment, comme si je l'avais brûlée. J'ignore les regards insistants des passants autour de nous et me replace face à elle.

— *Conneries !* Tu te fous de ma gueule, Landon ?

Elle crie et je peux dire à son haleine imprégnée d'alcool et à ses yeux injectés de sang qu'elle a bu bien plus qu'un verre ce soir. Depuis quand boit-elle comme ça ? Ou même boit-elle tout court, d'ailleurs ?

Je la revois à seize ans. Ses cheveux bouclés remontés en chignon, assise en tailleur sur son lit, elle porte un short de sport et des chaussettes montantes, celles avec les rayures rouges horizontales. Nous sommes en train de compléter nos dossiers d'inscription pour les universités tout en mangeant une pizza. Sa maison est calme pour une fois. Son père n'est pas là, et Carter est sorti avec Jules. Elle me confie qu'elle n'a jamais été saoule de sa vie mais qu'elle aimerait bien voir l'effet que ça fait.

Sa première expérience ne s'est pas tout à fait passée comme elle l'avait prévu ; l'alcool n'a pas si bon goût, contrairement à ce que les personnages de *Gossip Girl* laissent croire. Dix minutes après cette découverte, et trois gorgées de vodka à quarante degrés plus tard, elle s'était retrouvée la tête dans la cuvette des toilettes, à jurer qu'elle ne boirait plus jamais de sa vie pendant que je lui tenais les cheveux. Avant de remettre la bouteille dans le congélateur rempli à ras bord de son père, j'en avais vidé la moitié avant d'y ajouter de l'eau en me disant naïvement que si l'alcool était dilué, son agressivité le serait aussi.

Apparemment, la vodka ne gèle pas, contrairement à l'eau. Le lendemain matin, Carter était arrivé à l'école avec un œil au beurre noir et une côte endolorie par ma faute.

Plus jamais je n'ai refait cette erreur.

— C'est la copine de Tessa. Je la connais à peine. Je sais qu'on pourrait croire que…

Dakota me coupe la parole, sans même me regarder.

— Ça fait des semaines qu'elle parle de toi !

Sa voix forte et cassante claque comme un fouet puis passe à l'aigu pour imiter Nora :

— *Il est teeellement mignon !*

Les passants dans la rue nous observent tandis que j'essaie de la calmer. Un mec avec un bonnet sur la tête me lance un regard genre «*Je compatis, mec*» en passant près de moi avec sa petite amie. Une petite amie discrète qui ne semble pas le haïr, lui. Veinard.

Je tente de me défendre, mais ne fais que bafouiller.

— Je ne sais pas ce qu'elle t'a raconté, mais je n'ai rien…

Dakota lève la main pour me faire comprendre de la fermer. Sa robe se soulève sur ses hanches et laisse entrevoir la ligne de ses collants. Plus elle s'agite en faisant les cent pas sur le trottoir, et plus sa robe remonte. Elle ne s'en rend même pas compte.

Quelques secondes encore à piétiner dans tous les sens, puis elle se retourne vers moi, les yeux écarquillés, comme si elle semblait se souvenir de quelque chose.

— Oh mon Dieu ! Elle t'a embrassé ! Elle nous l'a dit !

Elle avance pour traverser le trottoir et bouscule un homme en train de promener son saint-bernard.

— Elle parlait de toi ! C'était toi depuis le début, putain !

Mon Dieu, Nora a-t-elle tout raconté à Dakota dans les moindres détails ?

Dakota lève de nouveau la main pour héler un taxi.

— Ne t'approche pas de moi !

Je l'attrape par le coude pour la calmer. Je n'en ai parlé à personne, et je sais me montrer prudent pour aborder ce genre de sujet. Je ne m'attendais pas à ce que ces deux-là partagent leurs histoires sur moi. Je n'aurais jamais cru que je plaisais assez à Nora pour qu'elle puisse ne serait-ce que mentionner mon nom auprès de ses amis. Et quand bien même elle l'aurait fait, je n'aurais jamais pu imaginer que Dakota puisse être sa coloc. Comment le monde peut-il être aussi petit ?

— Je viens avec toi. Tu as bu combien de verres ?

Elle me fusille du regard, ses yeux sont étincelants maintenant. Elle ne me répond pas, mais je m'y attendais. Les taxis jaunes sont plutôt rares dans ce coin de Brooklyn. Je prends mon portable dans ma poche et lui dis :

— Je vais commander un Uber. Je lui demanderai de te déposer chez toi.

Elle ne m'en empêche pas, ce qui est plutôt bon signe.

Je décide de rester silencieux en attendant la voiture. Elle ne s'apaisera pas tant que nous ne serons pas éloignés de la foule. C'est un énorme malentendu. J'ai besoin de calme et de me retrouver seul avec elle pour être capable de m'expliquer.

Après trois minutes de silence absolu, Daniel, le chauffeur de la Prius bleue, noté cinq étoiles, s'arrête le long du trottoir et je pose mes mains sur les épaules de Dakota pour la guider vers la voiture. Elle se dégage et trébuche du trottoir en se dirigeant vers l'autre portière. Une autre voiture passe au même moment sur la route. Je me rue vers elle, la tire en arrière puis la fais monter dans la voiture. Elle grogne et marmonne quelque chose comme quoi je ne dois pas la toucher. Je fais le tour de la voiture et grimpe de l'autre côté.

La nuit risque d'être longue. Je rentre mon adresse plutôt que la sienne dans l'application, car même si ça risque de l'énerver davantage, je doute qu'elle veuille croiser Nora ce soir.

— Comment ça va les jeunes, ce soir ?

Dakota ignore la question de Daniel et pose sa main sur sa joue avant de s'appuyer contre la vitre.

— Très bien.

Inutile de le mêler à ce bordel. Il a l'air plutôt sympa et sa voiture sent bon le caramel.

— Parfait, ça commence à se rafraîchir dehors. Vous trouverez des bouteilles d'eau derrière si vous avez soif, et aussi des chargeurs.

Je comprends mieux pourquoi il est si bien noté.

Je regarde Dakota. Peut-être qu'elle voudrait de l'eau. Mais rien de ce qui se passe à l'intérieur de la voiture ne semble l'intéresser. Je réponds au chauffeur :

— Non merci, mais c'est gentil de le proposer.

Notre chauffeur lance un regard dans le rétroviseur et semble prendre conscience de la situation. Il monte légèrement le volume de sa musique et conduit en silence durant le reste du trajet. Je lui mettrai cinq étoiles.

— Où est-ce qu'il nous emmène ?

Dakota semble finalement s'intéresser à ce qui se passe ici. Je regarde par la vitre. Nous venons juste de dépasser le Grind et sommes à mi-chemin de mon appartement.

— Chez moi. Je ne sais même pas où tu habites…

Et la raison pour laquelle je l'ignore, c'est tout simplement parce qu'elle n'a gardé presque aucun contact avec moi depuis qu'elle a emménagé ici, et m'a encore moins invité chez elle. A-t-elle vraiment le droit de me faire une telle scène pour cette histoire ? Je n'arrive pas à savoir si elle se comporte de manière complètement irrationnelle, comme je le suppose, ou si j'ai mérité ce silence glacial.

Elle râle, mais ne répond rien. Sûrement parce que j'ai visé juste en supposant qu'elle ne voudrait pas croiser Nora ni ses autres colocs qui n'ont pas manqué une miette de la scène gênante au bar. J'ai l'impression qu'elles entretiennent ce genre de relation amies-ennemies dont m'a parlé une fois Tessa lorsque nous regardions un épisode de *Pretty Little Liars*.

Tessa ! Merde, je l'ai abandonnée là-bas. Je sors mon portable et lui envoie un texto pour m'excuser. Dakota m'observe du coin de l'œil et s'imagine sûrement que j'écris à Nora. Je lui dis d'un air penaud :

— Je préviens juste Tessa que je suis parti…

Daniel *cinq étoiles* se gare devant mon immeuble et me lance un dernier coup d'œil sympathique. Je sors mon portefeuille et lui tends un billet de cinq dollars. Dakota se dépêche de sortir de la voiture et quand je pose un pied sur le trottoir, je l'entends claquer la portière.

— Laisse-moi t'aider.

Je tends la main vers l'encombrant sac à main avec lequel elle semble se débattre. Les lanières, enroulées autour de ses épaules, sont empêtrées et forment un nœud de cuir marron. Elle hausse les épaules et reste immobile pour me faire comprendre qu'elle m'autorise à l'aider. Je démêle rapidement les lanières en essayant de ne pas la toucher, et une fois que c'est fait, je prends le sac. Sans le vouloir, elle bascule sur moi tandis que nous nous dirigeons vers l'entrée de l'immeuble. La mousse végétale sur les murs en briques semble plus dense ce soir, plus oppressante.

Dakota s'écarte de moi et titube vers l'entrée. Je tiens la porte ouverte, et elle pousse un soupir de soulagement en pénétrant dans la chaleur du hall. Mon immeuble n'a peut-être pas de portier ni de système de sécurité sophistiqué mais il est toujours propre et les couloirs sentent souvent les produits désinfectants. Pas sûr que ce soit une bonne chose, mais c'est mieux que rien.

Nous marchons en silence dans le couloir et je réalise qu'elle n'est jamais venue chez moi non plus. Quand je me suis installé ici, au tout début, nous avions prévu un dîner, juste histoire de renouer, mais elle avait annulé une heure avant. J'avais préparé un vrai repas, avec quatre plats différents. Tessa m'avait filé un coup de main, bien sûr. J'avais aussi écumé toutes les boutiques de Brooklyn pour trouver sa boisson préférée, le *blue cream soda,* que j'avais fini par trouver après une heure de recherche. Je m'étais même retenu de le boire avant qu'elle n'arrive. Bon, j'en avais bu deux, mais il lui en restait quatre.

Les chaussures plates de Dakota couinent sur le sol en béton. Je ne me rappelle pas avoir déjà mis autant de temps pour rentrer chez moi. L'ascenseur semble prendre une éternité.

Nous arrivons enfin. Une fois ma porte déverrouillée, Dakota passe devant moi pour entrer. Je pose son sac sur la table et me débarrasse de mes chaussures. Elle avance de quelques pas jusqu'à se retrouver au milieu de la pièce.

Le salon semble tellement plus petit avec elle dedans. On dirait un bel ouragan, une tempête de vagues et de fureur. Quand ses poumons se remplissent d'air, sa poitrine se gonfle et se dégonfle de manière saccadée.

Je m'avance vers elle, droit dans l'œil du cyclone. Je ne devrais pas savoir comment l'approcher ni de quelle manière l'apaiser.

Pourtant, je le sais.

Je sais qu'il faut que je m'avance tout doucement vers elle et que je passe mes bras autour de sa taille. Quand je le fais, mes bras retrouvent leur rôle de bouclier, pour la protéger comme toujours, envers et contre tout. Contre moi, en l'occurrence.

Mes doigts ne devraient pas se souvenir de lui redresser doucement le menton pour la regarder droit dans les yeux. Mais ils ne peuvent pas oublier. L'atmosphère est électrique, alors je chuchote :

— Il faut qu'on en parle.

Dakota prend une grande inspiration en évitant mon regard. Je m'agenouille pour être à sa hauteur. Elle regarde ailleurs, mais je ne lâcherai pas tant qu'elle ne m'aura pas écouté. Alors, je commence :

— Il y a un certain temps, j'ai rencontré Sophia, euh, Nora à Washington.

— À *Washington*? Tu la fréquentes depuis tout ce temps?

Elle hoquette à la fin de sa question et se dégage de mon étreinte.

Je me demande si je devrais lui proposer quelque chose à boire. Je ne pense pas que ce soit le bon moment, mais le hoquet indique généralement que la personne va être malade, non?

Où est-ce que j'ai entendu ça? C'est dans un moment comme celui-ci que j'aimerais en savoir plus sur l'alcool et ses effets sur le corps.

Son orteil accroche une pile de manuels sur le sol, ce qui la fait trébucher. Elle fait quelques pas mal assurés vers le canapé. Mieux vaut prévenir que guérir, je ferais bien de lui apporter de l'eau, après tout.

Je secoue la tête.

— Non, non, non. Elle est venue plusieurs fois parce que ses parents sont voisins de ma mère et de Ken.

Je sais, on dirait que c'est un mensonge, mais c'est la vérité.

— Je la connais à peine. Elle faisait des gâteaux avec ma mère et maintenant c'est l'amie de Tessa…

— Ta mère ? Elle a rencontré *ta mère* ?

Dakota hurle, il semble que tout ce que je lui dis ne fasse qu'empirer la situation.

— Non, enfin, oui. Comme je viens de te le dire, ses parents vivent à côté des miens. Je ne l'ai pas invitée à dîner en famille ou quoi que ce soit dans le genre.

J'espère que quelque chose va faire tilt dans sa tête et qu'elle va comprendre que ce n'est pas ce qu'elle imagine.

Dakota se retourne vers moi puis ses yeux parcourent le salon. Je l'observe se diriger vers le canapé et s'asseoir sur l'accoudoir le plus proche de la porte. Je retire ma veste et la pose sur le dossier de la chaise, puis tends la main pour prendre sa veste, mais elle n'en porte pas. Comment ai-je pu ne pas le remarquer ? Je me souviens d'avoir regardé la ligne de ses collants et le galbe de son soutien-gorge à travers le fin coton de sa robe. Je n'ai pas l'habitude de la voir porter des vêtements si moulants.

C'est ça l'excuse de mon manque d'attention ? Être un pervers qui n'a remarqué à aucun moment qu'elle ne porte pas de veste ? Ça ne m'a même pas traversé l'esprit de lui proposer la mienne – mais qu'est-ce qui m'arrive ?

En attendant sa réponse, je me dirige vers le radiateur pour augmenter la température. Avec un peu de chance, ça la rendra somnolente. Puis je me rends dans la cuisine et nous sers à chacun un verre d'eau.

Quand je reviens dans le salon, elle remue la tête, les yeux dans le vague, et semble en pleine réflexion.

— Je ne sais pas pourquoi, mais je te crois. Est-ce que je devrais ? Je veux dire, aussi vite ? Juste comme ça ?

Elle pose son menton sur son bras et regarde à travers la pièce.

— Je ne pensais pas que ça me dérangerait autant que tu sortes avec quelqu'un d'autre.

Je ne m'attendais pas du tout à ce qu'elle l'admette. Le temps que j'intègre cette information, certaines choses m'apparaissent plus claires. Évidemment, j'ai compris dès le début de leur petit crêpage de chignon que ça ne lui plaisait pas de me voir avec Nora, mais pour une raison ou une autre, je pensais qu'elle était surtout contrariée que je lui aie menti au sujet de ce que je faisais ce soir. Qu'elle se sente mal de me voir sortir avec une fille – même si ce n'est vraiment pas le cas – n'est pas la première raison qui m'ait traversé l'esprit, vu le contexte. C'est *elle* qui a rompu avec *moi* il y a six mois et qui ne m'a plus calculé depuis.

Une part de moi a envie de lui crier : « Où est la logique dans tout ça !? » Mais une autre part me dit que son ressenti est peut-être légitime après tout. J'essaie du mieux que je peux d'appréhender la situation de son point de vue à elle, avant de réagir. Je sais que si je lui dis vraiment tout ce que j'ai sur le cœur, mes mots la blesseront. Surtout si je reste campé sur mes positions. Pourtant, je suis furieux moi aussi. Elle pense vraiment qu'au bout de six mois, elle peut se permettre de me hurler dessus parce que je sors avec une fille qui n'est même pas ma petite amie ? J'aimerais tellement lui balancer tout ça, lui dire qu'elle a tort – et que j'ai raison – et que je suis hyper-énervé aussi ! Mais c'est bien le problème avec ce genre de colère impulsive. Vider mon sac me soulagerait sur le moment, mais je me sentirais mal ensuite. La colère n'a jamais réglé aucun problème, bien au contraire.

Malgré tout, j'aimerais vraiment pouvoir m'exprimer. Au lieu de quoi, je prends une grande gorgée d'eau.

La colère est un sentiment que je connais bien.

Celle dont je parle n'a rien à voir avec la colère peu douloureuse de tomber sur votre ex avec quelqu'un d'autre. Ni la colère énervée parce que votre voisin vient d'emboutir votre voiture avec la sienne. Celle que je connais vous foudroie quand vous voyez votre meilleur ami avec l'œil fendu parce que son père a entendu un type dans un bar chuchoter que son fils a regardé un autre garçon de manière un peu trop insistante.

Cette colère-là suinte à l'intérieur de vous avant de vous changer en lave bouillante emportant tout sur son passage. Elle survient quand les bleus de votre ami ont la forme d'un poing et que vous ne pouvez rien faire, au risque de causer encore plus de dégâts.

Quand vous avez expérimenté ce genre de colère, il devient très difficile de sortir de vos gonds juste pour quelques broutilles. Ce n'est pas mon genre de mettre de l'huile sur le feu, je suis plutôt l'eau qui éteint les flammes, la pommade qui apaise les brûlures.

Les petits soucis du quotidien vont et viennent. Je cherche toujours à éviter à tout prix les conflits, jusqu'à ce qu'une situation devienne trop dure à supporter ou trop importante pour l'ignorer. Je suis nul pour les bagarres. Je n'arrive pas à remporter une dispute pour me sortir d'affaire. Ma mère disait souvent que j'étais né avec un précieux cadeau, l'empathie, mais que cela pouvait vite devenir un défaut plutôt qu'une qualité.

Je n'y peux rien. Je ne supporte pas de voir d'autres personnes souffrir, même si me contenir *me* coûte aussi.

J'essaie tant bien que mal de comprendre la colère de Dakota, quand elle rompt enfin le silence.

— Je ne dis pas que tu ne dois sortir avec personne.

Je m'assieds sur l'accoudoir à l'autre bout du canapé. Elle boit une longue gorgée d'eau.

— C'est juste que c'est trop tôt. Je ne suis pas prête pour ça.

Trop tôt ?

Ça va faire six mois.

Je peux voir à son expression que Dakota est parfaitement sérieuse, et j'hésite entre argumenter ou juste laisser couler. Elle est plutôt saoule et je sais à quel point elle est stressée ces derniers temps entre son académie et tout le reste. Je suis assez perspicace pour savoir dans quelles batailles m'engager, et je ne me vois pas transformer celle-ci en guerre.

Ce qu'elle attend de moi n'est pas juste et je m'en veux de retomber aussi facilement dans le rôle du mec compréhensif, une fois encore. Je lui laisse toujours tout passer... Mais est-ce si grave ? Nous sommes en train de discuter tranquillement. Personne ne crie ou ne perd son sang-froid. Je veux que ça reste ainsi. Et puis, si elle me livre quelques-uns de ses secrets, je suis preneur. Gentiment, je lui demande :

— Et quand seras-tu prête ?

Tout à coup, elle se redresse, sur la défensive. Je savais qu'elle le serait. Je la fixe du regard, lui faisant comprendre qu'elle n'a aucune raison d'être contrariée, que nous sommes seulement en train de discuter. Sans jugement.

Ses épaules se détendent.

— Je sais pas. Je n'y ai jamais vraiment réfléchi... Je croyais qu'il te faudrait plus de temps pour m'oublier.

— Pour t'oublier ?

Je suis inquiet de la santé mentale de cette fille. Qu'est-ce qui aurait bien pu lui faire croire que je puisse l'oublier ? Mon baiser avec Nora ? Ce n'est pas comme si elle m'avait laissé le choix de passer à autre chose.

Mais bon, j'aurais vraiment préféré qu'elle ignore ce baiser. Non pas que je veuille le cacher, mais il est parfois préférable de taire certaines choses. Je garde quand même mes distances, laissant deux coussins entre nous.

— Je ne t'ai pas oubliée. Mais tu ne m'as pas vraiment laissé le choix, Dakota. Tu ne m'as pratiquement plus adressé la parole depuis que tu as déménagé. Tu m'as quitté, tu te rappelles ?

Je la regarde. Elle fixe le sol.

— Tu voulais te recentrer sur toi quand tu es partie, et je l'ai accepté. Je t'ai laissée respirer et tu n'as rien fait pour m'en empêcher. Tu n'as pas cherché à avoir de mes nouvelles. Pas une fois tu ne m'as appelé en premier, ou répondu du premier coup. Et maintenant, là, tu te comportes comme si j'étais le méchant de l'histoire parce que je suis sorti avec quelqu'un.

Oups. Je regrette déjà de ne pas m'être mordu la langue avant de parler.

Je n'avais vraiment pas l'intention de me disputer avec elle. Je voulais simplement parler à cœur ouvert.

Elle me lance un regard assassin.

— Donc tu *sors* bien avec elle.

C'est tellement frustrant, putain. Après tout ce que je viens de lui dire, c'est la seule chose qu'elle ait retenue.

J'essaie de comprendre les raisons qui la poussent à m'accuser de la sorte, mais je ne sais pas ce que Nora a bien pu lui raconter. J'ai passé toute la soirée à lui répéter que Nora et moi n'étions pas ensemble, mais elle n'écoute rien. Et ensuite, elle me coince avec une consigne dont elle ne m'a jamais parlé auparavant : ne pas sortir avec une autre fille.

Si les rôles étaient inversés, je lui ferais confiance. Je la connais assez pour savoir qu'elle ne me mentirait pas. Elle complique les choses. Pourquoi complique-t-elle tellement les choses ?

— Arrête de me mentir !

Elle agite les mains dans tous les sens, les bracelets en argent à ses poignets s'entrechoquent dans un bruit métallique.

— Je comprends, Landon. Elle est belle, plus âgée et très entreprenante. Les hommes adorent ce genre de connerie. Toi aussi, tu aimes ça et tu m'as remplacée.

Je pourrais rester assis ici, à la laisser se monter la tête toute seule, mais je peux aussi me rappeler qu'elle est saoule, bouleversée et très stressée ces derniers temps.

En soupirant, je me déplace vers l'accoudoir du canapé où elle se trouve et m'agenouille sur le tapis devant elle. Je regarde son visage impassible.

— Jamais je ne te mentirais pour un truc comme ça. Je te dis la vérité.

Je prends ses mains dans miennes. Elles sont froides et cette fraîcheur me rappelle quelque chose. Je suis projeté dans le passé quand nous avions quinze ans et que nous flirtions. Ses mains étaient si froides qu'elle les avait glissées sous mon t-shirt et posées contre mon ventre chaud. Nous nous embrassions, encore et encore, sans pouvoir nous arrêter. Le temps d'arriver à l'intérieur, nous étions frigorifiés. Mais nous nous en fichions complètement.

— Je peux te demander quelque chose ?

Sa douce voix me trouble.

Je ne peux pas lui résister.

Je suis sous son emprise.

Je l'ai toujours été avec elle.

— Toujours.

Dakota prend une grande inspiration et, d'une main, coince une mèche de cheveux derrière son oreille. Je retourne son autre main et dessine des lignes sur sa peau, sur sa cicatrice. Aussitôt, elle tressaille et je peux sentir la douleur lancinante cachée derrière le souvenir.

— Est-ce que je te manque, Landon ?

Ses mains sont douces et légères dans les miennes.

Cet instant me semble si familier et si étrange à la fois. Comment ça se fait ?

Est-ce qu'elle me manque ?

Évidemment qu'elle me manque.

Elle me manque depuis que j'ai emménagé à Washington. Je lui ai déjà dit à quel point elle me manquait. Je le lui ai même exprimé bien plus de fois qu'elle ne l'a fait elle-même.

Je me rapproche et presse ses mains entre les miennes, en lui retournant la question.

— Est-ce que *je* te manque ?

Je poursuis, sans lui laisser le temps de me répondre :

— J'ai besoin de savoir, Dakota. Je pense qu'il est plus qu'évident que tu me manques. Tu m'as manqué depuis que je suis parti du Michigan. Tu me manquais déjà avant que tu ne viennes me rendre visite et tout de suite après, dès que tu repartais. Je pense que le simple fait de traverser tout le pays pour être avec toi prouve que tu me manques.

Elle semble réfléchir à mes mots l'espace d'un instant. Elle m'observe pendant une seconde, puis regarde derrière moi.

Le bruit du tic-tac de l'horloge sur le mur retentit dans le silence.

Elle ouvre enfin la bouche pour parler.

— Mais est-ce que je te manquais ? Ou était-ce juste l'idée que tu t'en faisais, l'habitude que tu en avais ? Parce qu'il y avait des moments où je sentais précisément que je ne pouvais rien faire sans toi et je détestais ça. Je voulais me prouver à moi-même que j'étais capable de me débrouiller seule. Après la mort de Carter, je me suis accrochée à toi, et quand tu es parti, il ne m'est resté plus rien. Tu étais mon refuge, et tu me l'as enlevé en partant. Mais ensuite, quand tu m'as annoncé que tu viendrais t'installer à New York avec moi, j'ai eu l'impression que j'allais me retrouver prise au piège avec toi dans cet abri. Que je resterais une gamine pour toujours. Que je ne vivrais jamais de nouvelles expériences, que rien d'imprévisible ne pourrait jamais m'arriver avec toi à mes côtés pour me protéger.

Au moment où je les assimile, ses mots me détruisent. Ils appuient sur la partie la plus sensible de mon être, la petite voix dans ma tête qui s'inquiète constamment de ce que les autres peuvent penser de moi. Je ne veux pas être un mec ennuyeux. Cela fait vingt ans maintenant que je suis le gars sympa, même dans les pires moments, et je n'arrive toujours pas à saisir pourquoi les femmes préfèrent les drames à la simplicité.

Ce n'est pas parce qu'un homme ne colle pas son poing dans la figure d'un mec qui vous drague qu'il se fiche de vous. Ne pas faire preuve de jalousie maladive ou ne pas s'énerver quand vous parlez à un autre homme ne signifie pas qu'il est désintéressé ou faible. Cela signifie simplement qu'il sait se contrôler, qu'il est respectueux et éduqué pour être une personne socialement adaptée. Qu'il comprend le besoin de chacun d'avoir de l'espace et de chaque femme d'avoir la possibilité d'être indépendante.

Je ne comprendrai jamais pourquoi les mecs bien sont si mal perçus par toutes les filles de mon âge que je côtoie de près ou de loin.

Pourtant, quand on y pense, ce sont souvent eux qui finissent par être des maris. Après avoir enchaîné les relations toxiques avec des bad boys sexy pendant un temps, la plupart des femmes finissent par vouloir troquer leur moto contre une Prius.

C'est-à-dire moi.

Je suis la version humaine d'une Prius.

Dakota serait une Range Rover, robuste et luxueuse, bien que très belle.

Nora serait une Tesla, élégante, novatrice et rapide. Aux lignes harmonieuses et racées.

Dakota reprend :

— Jusqu'à ce que je te quitte. Après ça, l'aventure a commencé. J'étais seule pour naviguer dans cette grande ville et gérer tous les ennuis qui vont avec.

Et qu'est-ce qui ne tourne pas rond chez moi, putain ?

Je suis là, à quelques centimètres de Dakota, ses mains dans les miennes. Nora n'a rien à faire là. Ce n'est vraiment pas le moment de penser à elle, à ses yeux dans lesquels il est impossible de ne pas se perdre, à sa lèvre inférieure plus charnue que celle du dessus.

Et puis soudain, je réalise un truc : penser à Nora est bien moins compliqué qu'essayer de comprendre la logique de Dakota. Je ne sais absolument pas quoi dire à mon ex, là maintenant. Elle me dit que j'en ai trop fait pour elle, que d'une certaine façon, je l'empêchais de se débrouiller seule, mais j'ai trop peur de l'énerver en lui livrant le fond de ma pensée. Impossible d'insister sur le fait que je ne l'ai *pas* enfermée dans une boîte. Que j'étais un refuge, mais jamais une prison. Pas intentionnellement du moins. Que tout ce que j'ai toujours voulu, c'était l'aider par tous les moyens, elle et son frère.

Dakota change de position sur le canapé. Elle coince ses pieds sous ses fesses, ses mains toujours dans les miennes, et attend ma réponse.

La seule chose que je puisse faire, c'est lui dire la vérité en essayant d'être le moins agressif possible.

— Tu ne peux pas me demander de m'excuser d'avoir été trop gentil avec toi.

— Je ne te demande pas ça.

Elle soupire et passe sa langue sur ses lèvres.

— Je dis juste qu'à ce moment-là, j'avais besoin de prendre du recul par rapport à toi et à nous.

Elle balance nos mains d'avant en arrière.

À ce moment-là ? Elle parle au passé, comme si notre rupture était quelque chose de... révolu ? D'oublié ?

Je me penche vers elle et la regarde dans les yeux.

— Qu'essaies-tu de me dire ? Que tu ne veux plus de cette rupture ?

Elle mordille sa lèvre inférieure en réfléchissant à ma question.

Le plus étrange, c'est que je ne sais même pas quoi en penser ? Si cette même conversation avait eu lieu une semaine plus tôt, j'aurais vécu les choses de manière complètement différente. Je n'aurais pas été si hésitant, mais plutôt surexcité, reconnaissant et fou de joie. Maintenant, ça me fait bizarre. Ça ne se passe pas vraiment comme je l'avais imaginé.

Dakota ne me répond toujours pas, et à sa manière de regarder partout dans la pièce et de contracter ses épaules, je sens que sa réponse n'annonce rien de bon.

— Je peux avoir un peu d'eau ?

Dakota garde sa réponse pour elle.

J'acquiesce et me lève, la fixant une fois de plus dans l'espoir qu'elle réponde. D'un côté, je me dis que je devrais insister, que je devrais m'assurer qu'elle ne veuille vraiment pas changer l'état de notre relation. Est-ce que tout reprendrait comme avant facilement ? Combien de jours faudrait-il avant qu'elle retombe naturellement dans mes bras et oublie son besoin d'aventure ?

J'attrape son verre et, une fois dans la cuisine, ouvre le petit tiroir près du frigo où se trouve le Tylenol. Si ses hoquets et sa perte d'équilibre témoignent de la quantité de verres qu'elle a bus, elle risque de sentir affreusement mal demain matin. Je dévisse le flacon, fais tomber trois cachets dans ma main, puis remplis le verre d'eau. Il y a un moule à gâteau dans l'évier. À côté, sur le plan de travail, trône la pièce montée recouverte de glaçage violet et de fleurs qu'elle et Tessa ont confectionnées cet après-midi.

Nora a laissé des traces d'elle partout, dans tout l'appartement.

Je me demande si je devrais en couper une part avant de retourner dans le salon. Je pourrais en couper deux, une pour chacun de nous, mais je doute que son régime strict lui permette d'en manger. Je soulève un coin du film transparent et plonge mon doigt dans le glaçage.

Dakota entre dans la cuisine juste au moment où je mets mon doigt dans ma bouche.

Merde.

— Vraiment Landon ?

Ses lèvres se fendent d'un large sourire et je m'appuie contre le comptoir face à elle. Elle regarde le gâteau, puis moi. Hausser les épaules en souriant est tout ce qui me reste à faire.

Je prends le verre d'eau et le lui tends. Elle l'inspecte un moment en réfléchissant à ce qu'elle va dire, j'en suis sûr. Puis Dakota presse ses lèvres contre le verre tandis que je retourne à mon délicieux gâteau.

— Tu n'as jamais pu résister à une gourmandise.

Sa voix est chaude et sucrée comme le glaçage qui fond sous ma langue.

— Il y a beaucoup de choses devant lesquelles je ne pourrais jamais résister.

Je regarde Dakota qui baisse les yeux au sol. Avec les doigts, je détache un morceau du gâteau qui s'émiette, et un peu de glaçage coule sur le plan de travail. Un autre coup d'œil à Dakota et je relance la conversation en plaisantant.

— Au moins, je fais du sport maintenant.

Petit, j'ai toujours été un peu plus enrobé que la moyenne. La faute aux gâteaux de ma maman et aussi parce que je n'avais pas très envie d'aller jouer dehors. Je me souviens d'avoir voulu rester enfermé les week-ends à la maison avec ma mère. Je mangeais beaucoup de sucreries et ne me dépensais pas assez pour mon âge. Quand le docteur a évoqué mon problème de poids à ma mère, j'avais tellement honte que je me suis juré de ne plus jamais surprendre cette conversation. J'ai quand même continué à manger ce que je voulais, mais je suis devenu plus actif qu'auparavant. J'étais un peu embarrassé de demander de l'aide à ma tante Reese, mais dès le lendemain elle est arrivée à la maison avec, dans son coffre, un vélo d'appartement et des petits haltères. Je me souviens de m'être moqué de sa tenue de sport rose et jaune des années quatre-vingt et de sa paire de manchettes en lycra assortie.

Même si nous étions parfaitement ridicules, nous avons tous les deux retrouvé une vie saine. Ma mère s'y est mise aussi, mais juste pour s'amuser car elle a toujours été mince. Reese était plus ronde que ma mère, mais elle est devenue une vraie machine de guerre. Ensemble, nous avons perdu tous nos kilos en trop. Elle était tellement heureuse de pouvoir enfin rentrer dans les robes repérées depuis plus d'un an dans une boutique de luxe. Quant à moi, j'étais juste content de m'être débarrassé de ces kilos qui me pourrissaient la vie.

Je me suis senti hyper bien pendant un moment et Dakota a commencé à remarquer que le garçon rondouillard de la porte d'à côté ne l'était plus tant que ça.

Le souci, c'est que ma perte de poids n'était pas suffisante pour que mes camarades me laissent tranquille. J'avais perdu du poids et n'avais pas du tout pris de muscles. C'est ainsi que mon surnom Landon le Lardon est devenu Landon le Lombric.

Avant j'étais trop gros, et après trop maigre. Rien de ce que je faisais n'aurait pu satisfaire ces petits connards tyranniques. À partir du moment où j'ai arrêté d'essayer, ma vie est devenue beaucoup plus simple.

— À quoi tu penses ?

La main de Dakota est chaude. Elle enroule ses doigts autour de mon poignet et écarte mon bras avant de se coller contre moi et de poser sa tête sur ma poitrine. Elle prend une autre gorgée d'eau, puis pose le gobelet sur le comptoir.

Oui je sais, je ne lui ai toujours pas répondu. C'est juste que je ne sais pas quoi lui répondre ni comment lui redemander si elle veut qu'on se remette ensemble.

Devrais-je relancer le sujet ou simplement voir quelle tournure prend notre conversation ?

Je bois une gorgée et décide d'attendre car, sinon, je suis capable de sortir quelque chose de stupide. Je n'ai jamais été le meilleur pour savoir quoi dire au bon moment. Je ne suis pas ce mec cool qui peut s'adosser au bar et répondre un truc du genre : « J'étais justement en train de penser à nous, de nouveau réunis. Nous courions ensemble, main dans la main, au coucher du soleil et vivions heureux jusqu'à la fin de nos jours, yo. »

Pouah, même la parodie de mon moi fantasmé est pourrie.

Je n'arrive pas à la regarder tant je suis stressé par sa réponse. Je ne supporte pas d'être aussi nul.

Ça, c'est certainement une de ces choses que je peux mettre sur le compte de mon père. J'ai longtemps attendu le moment où je pourrais encaisser son argent et lui reprocher d'être mort trop tôt, trop tôt pour m'avoir appris à devenir un homme. Bien que ces pensées me traversent l'esprit, je sais qu'elles sont irrationnelles et fausses. Ce n'était pas sa faute, et ça ne l'est toujours pas, mais j'ai besoin de trouver quelqu'un d'autre à blâmer que moi.

Si j'avais eu une présence masculine pour me guider pendant mon adolescence, pour m'expliquer comment me comporter avec les femmes, je saurais quoi dire. C'est sûrement sa faute si j'analyse toujours tout.

— Landon.

Dakota prononce mon nom doucement comme si elle allait me proposer une solution. Et moi je me tiens là, déçu par ce jeu de reproches qui ne mène nulle part.

— Dakota.

Elle tourne sa joue vers moi. Je repousse doucement ses cheveux en arrière avant de caresser ses boucles épaisses entre mes doigts. J'ai passé des heures, probablement des jours entiers de ma vie, à toucher ces mèches et à apaiser cette fille. Sa chevelure a toujours été ce que je préférais chez elle. Ses doigts s'agrippent au dos de mon t-shirt, et j'entends presque le tissu crisser. Jamais plus je ne repasserai mes t-shirts sous la surveillance de Tessa. Elle a abusé d'amidon ce jour-là.

Dakota me serre plus fort contre elle et je me penche en avant pour embrasser le haut de son crâne.

Elle soupire, puis se love contre ma poitrine. D'une voix douce, elle me dit :

— J'ai fait une énorme scène.

Je garde une main appuyée sur le comptoir pour nous maintenir en équilibre et l'entoure de mon autre bras. Elle continue :

— Mon Dieu, c'est tellement gênant. Évidemment que tu ne sors pas avec elle.

Mes bras se crispent. Quelque chose dans le ton de sa phrase « évidemment que tu ne sors pas avec elle » ne me plaît pas trop. Est-ce qu'elle suppose que parce que je la tiens enlacée là dans ma cuisine, je ne pourrais pas le faire avec une autre ? Ou m'imaginer sortir avec une fille comme Nora lui semble impossible dès le départ ?

Quoi qu'il en soit, je me dis que je ne devrais pas m'en soucier. Je ne sors pas avec Nora et je suis quasiment sûr qu'*elle* n'a absolument aucune envie de sortir avec *moi*. Les mecs comme moi, elle les dévore comme moi mon petit déjeuner. Il faut que j'arrête de penser à elle. Tout de suite.

Dakota décolle sa joue de ma poitrine pour dire :

— Je me sens trop mal.

— Parce que tu as trop bu ou parce que tu as fait une scène ?

— Euh... Les deux ?

Je tapote son dos avec ma main. Elle est lourde, épuisée, et pourtant continue de dramatiser en levant les yeux vers moi. Ses mains sont posées sur mon dos, au niveau de ma taille. Elle remonte un peu, puis tire sur mon t-shirt pour le faire sortir de mon jean. Ses mains sont un peu froides contre ma peau. L'intimité de ses doigts dessinant de petits cercles sur ma peau, mêlée au parfum de noix de coco de ses cheveux, m'est douloureuse. Je suis complètement envoûté par cette fille.

J'ai déjà connu ça auparavant, me retrouver enivré par son odeur et ses caresses. Je sens ses doigts appuyer sur mes reins et je me laisse fondre contre elle. Je ne m'en lasserai jamais. Replonger dans cette routine est tellement naturel. Elle me caresse et je ne vois plus qu'elle.

— Allons dans ta chambre.

Ses lèvres cherchent les miennes. Elle reste un instant comme ça, m'effleurant à peine.

— Il n'y a personne, n'est-ce pas ?

Tessa n'est pas là. Tout est ok.

Je culpabilise l'espace d'un instant car si Tessa n'est pas là, c'est bien parce que je l'ai laissée là-bas. Mais quand Dakota m'embrasse de nouveau, plus profondément cette fois, toute trace de culpabilité s'évanouit.

Au moins, nous n'avons plus besoin de nous cacher comme quand nous étions des gosses. Je n'ai jamais vraiment pu baiser mon amoureuse dans l'intimité d'une maison vide. À chaque fois, nos baisers étaient étouffés, nos gémissements maîtrisés, nos mains précipitées et nos langues affolées. Jamais je n'ai pu dévorer lentement son corps comme je rêvais de le faire. J'ai envie de promener ma langue sur chaque centimètre de sa peau caramel et de passer plus de temps là où elle en a le plus besoin. Je veux goûter à chaque parcelle de son corps, entendre tous ses gémissements.

Maintenant que j'ai mon propre appartement, je pourrais la prendre dans mon lit et lui faire tout ce dont j'ai toujours rêvé depuis que nous sommes ados. Je me souviens combien j'étais émerveillé la première fois qu'elle a enroulé ses lèvres autour de ma queue. Je repense aux nombreuses fois où elle voulait tenter de nouveaux trucs. Cela nous semblait si nouveau à l'époque, si excitant et mystique à la fois. La liste de nos activités favorites était rapidement devenue uniquement sexuelle. Il fut un temps où nous ne faisions que ça, et ne voulions que ça.

Les mains de Dakota se déplacent sur mon ventre. Elle dessine de petits cercles autour de mon nombril, puis introduit ses doigts dans mon boxer. Je bande sous ses caresses. Mon membre devint de plus en plus dur, sans que je puisse l'empêcher. C'est une réaction naturelle après tout. Cela fait des mois que je n'ai pas été touché, hormis le baiser et les quelques caresses de Nora. Dakota me prouve qu'elle se souvient parfaitement de mon corps quand elle frotte son index sur la zone sensible, juste au-dessus de mes hanches. Ces chatouilles me font sursauter. Elle rigole, m'attirant encore plus près d'elle.

Elle est de bien meilleure humeur, mais il semblerait que nous n'ayons fait que tirer une couverture sur un feu qui couvait. Un feu qui finira bien, tôt ou tard, par nous brûler.

Sans aucun doute, mais pas tout de suite.

Chapitre 15

Dakota me prend par la main et me traîne hors de la cuisine. Je la suis comme un petit toutou.
— N'oublie pas ton eau.
Elle fait une petite moue, mais j'insiste en pointant du doigt le verre sur le comptoir.
Elle en aura vraiment besoin.
En soupirant, elle retire ses mains et retourne chercher son verre. Pendant ce temps, j'attrape la télécommande et allume la télé pour Tessa, puis coupe le son. Je fais toujours attention à laisser une lumière quand elle rentre plus tard que moi, et l'ampoule de la lampe de la table basse est encore grillée bien que je la remplace sans arrêt.
Mais, alors que je repose la télécommande sur le canapé, j'entends des éclats de voix qui n'annoncent rien de bon et le bruit d'une clé dans la serrure.
La porte finit par s'ouvrir, laissant apparaître Tessa...
Avec Nora.
Alors que je reste immobile, hagard, Tessa enlève son bonnet violet, puis referme la porte derrière elle. Nora retire sa veste, sa poitrine semble jaillir de son t-shirt et elle secoue ses cheveux dans tous les sens.

Puis toutes les deux se tournent vers moi, réalisant soudain qu'elles ne sont pas seules.

Je vous en supplie, mon Dieu, faites que Nora pense que je regardais son visage.

Et plus important encore, où est ce putain de portail ?

— Landon ?

— Hé, je ne savais pas...

Tessa a l'air confuse et Nora s'arrête net quand Dakota sort de la cuisine, faisant semblant de l'ignorer.

Dakota s'approche de moi, s'interpose entre nous, puis niche sa main dans la mienne. Tandis que ses doigts jouent avec les miens, Nora me fixe droit dans les yeux. Elle ne baisse pas le regard vers nos mains, mais je sens qu'elle en meurt envie.

— On va se coucher ?

Dakota me tire vers la chambre sans leur jeter un seul regard.

Quand je regarde Nora de nouveau, ses yeux sont rivés sur nos mains liées et Tessa nous fixe en se mordant la lèvre, les yeux écarquillés.

Je me tourne vers Dakota. Elle me lance un regard genre *t'as intérêt à ne pas t'arrêter pour parler à cette fille au lieu d'aller dans la chambre avec moi*.

Je regarde de nouveau Nora, puis Tessa. Ma bouche s'ouvre toute seule :

— Hum, oui. Bonne nuit, les filles.

Je suis Dakota dans la chambre et elle ferme la porte derrière nous. Elle se tourne vers moi, folle de rage.

— Elle est *vraiment gonflée* celle-là !

Elle rugit et agite ses mains dans tous les sens avant de les presser contre ses tempes.

Je m'avance vers elle et lui couvre doucement la bouche avec ma main.

— Hé, sois gentille.

Dakota continue de parler, alors je pose mon autre main sur son cou. J'écarte mes doigts pour couvrir son épaule et masser ses muscles tendus. Elle s'arrête enfin et chuchote :

— Elle savait. J'en suis sûre. Elle connaissait ton nom.

J'essaie de la raisonner. Peut-être qu'elle le connaissait, mais franchement elle avait l'air aussi paumée que nous. Je hausse les épaules :

— Tu es sûre d'avoir déjà prononcé mon nom ? Tu as des photos de nous quelque part ?

Je grimace en posant cette dernière question ; je ne suis pas certain de vouloir connaître la réponse.

Je ne connais pas très bien Nora, mais elle ne semble pas être le genre de fille à traquer volontairement l'ex de sa coloc, sachant que tout finira par se savoir un jour ou l'autre. En plus, ce n'est pas comme s'il n'y avait pas trois autres millions de mecs dans cette ville prêts à tout pour attirer son attention.

Dakota soupire. Sa robe grise glisse de son épaule. Elle semble si petite à côté de moi.

— Je ne pense pas avoir déjà mentionné ton nom.

Elle balaye ma chambre du regard et ses yeux s'arrêtent sur une photo de nous sur la commode.

— Et je n'ai gardé aucune photo de nous bien en vue.

Elle semble coupable en prononçant ces mots. Ce n'est pas comme si je m'attendais à ce qu'elle ait un sanctuaire de moi ou un truc dans le genre, mais sérieusement ? Elle n'a jamais parlé de moi à ses colocs ? Pas une seule fois ? Je la questionne :

— Genre, jamais ?

Elle secoue la tête et tire sur mon t-shirt. Ses doigts n'arrivent pas à le remonter, alors elle glisse ses mains vers les boutons de mon jean. Je l'arrête tout de suite, prends ses mains dans les miennes et les place sur sa poitrine. Contre sa joue, je murmure :

— Pas ce soir.

En râlant, elle dégage sa main et la glisse dans mon pantalon. Je gémis quand elle m'agrippe et commence un lent mouvement de va-et-vient.

Rassemble tes esprits, je me dis à moi-même.

Je dois rassembler mes esprits, mais je ne peux pas y arriver tant que Dakota continue de me chauffer comme ça. J'attrape sa main et détends doucement chacun de ses doigts. Elle me regarde, en proie à une totale confusion.

— Tu as bien trop bu.

Je la dirige par le coude vers mon lit. Elle reste silencieuse, même quand je saisis la fermeture Éclair de sa robe.

Puis elle ramène tous ses cheveux d'un côté pour m'aider à ouvrir la fermeture du tissu en daim. Quand sa robe commence à tomber, elle la retient sur sa poitrine pendant que je fais glisser ses collants le long de ses jambes lisses. Elle lève une jambe après l'autre, puis laisse la robe retomber sur le sol. Elle ne porte pas de soutien-gorge.

Bordel de merde, elle ne porte pas de soutien-gorge.

Ok, tout est fait pour que je craque ce soir. En bas, elle porte un string rouge en dentelle. Son cul est tellement magnifique là-dedans, petit et ferme. Elle se tourne vers moi, un sourire diabolique sur le visage.

— Je ne me souviens pas de ça.

Pour la provoquer, je passe mon doigt sous son string, le tire puis le lâche. Elle grogne quand la matière élastique claque contre sa peau bronzée. Je recule et elle me fixe.

— Même pas drôle.

Elle tire le bout de sa langue en dandinant un peu les fesses. Elle est d'humeur coquine maintenant, et moi j'ai bien conscience qu'il ne faut pas que je cède. Rien de ce qu'elle pourra tenter ne me fera coucher avec elle ce soir, peu importe à quel point elle est sexy là, debout à moitié nue. Cela fait des mois que nous ne nous sommes pas touchés et ne sortons plus ensemble, mais ce n'est pas cette nuit que ça changera. Pas tant qu'elle est bourrée et que nous ne savons pas où nous en sommes.

Elle le comprendra demain matin.

Je passe mes mains autour de ses épaules et la guide vers ma commode.

— On va te trouver quelque chose pour aller au lit.

J'entends d'ici Tessa et Nora parler dans le salon, mais je ne comprends rien à ce qu'elles disent. Dakota attrape le cadre sur ma commode et le tient devant elle.

— On est *teeellement* ridicules !

Elle rigole en passant son doigt sur la chemise à carreaux hideuse que je porte sur la photo.

Sa poitrine nue me perturbe, mais je concentre toute mon attention sur le fait de lui trouver un t-shirt. J'arrive près d'elle et en prends un au hasard. C'est le t-shirt de notre lycée Adrian High School.

Évidemment. Nous sommes dans une sorte d'espace hors du temps dans lequel notre passé semble nous rattraper, quoi que nous fassions. Dakota me l'arrache des mains et l'attire vers sa poitrine. Elle le porte à son visage et respire le tissu usé.

— Ce t-shirt, oh mon Dieu !

Dakota est heureuse, je ne pense pas qu'elle ait remarqué que la discussion s'est de nouveau arrêtée dans le salon. Moi si.

— On a passé taaant de bons moments avec ce t-shirt…

Elle passe sa langue sur ses lèvres, songeuse. Je détourne le regard de son corps qui gigote dans tous les sens et la supplie :

— Cesse de me torturer et enfile ce t-shirt, s'il te plaît.

Elle ricane, visiblement flattée par mes compliments et l'admiration que j'ai pour son corps de danseuse. Et elle peut. J'aimerais qu'elle se sente tout le temps comme ça, belle et sûre d'elle. Elle est toujours un peu saoule, mais elle resplendit en m'écoutant.

Ce qui me donne envie d'être un peu plus joueur.

— T'es tellement belle, tu sais ça ?

Je souhaite l'inonder de mots et la recouvrir des compliments qu'elle mérite d'entendre. Je garde un visage impassible et tente un truc.

— Tu es hyper-bandante et si tu n'étais pas si bourrée ce soir, j'aurais bien démonté ton petit cul.

On dirait un débile, mais d'après les romans érotiques, les filles adorent quand on leur parle comme ça.

Dakota explose de rire. Elle garde une main en l'air et me regarde.

Tu aurais bien *démonté mon petit cul* ?

Elle rigole de plus belle. Ses yeux se ferment et je ne peux m'empêcher de faire pareil. J'essaie de reprendre mon souffle, mais mon ventre me fait mal tellement je rigole fort.

— Hé ! J'ai lu ça dans un bouquin et j'ai voulu le tester.

Dakota s'arrête et lutte pour contenir son rire.

— Contente-toi des trucs basiques pour lesquels tu es doué et laisse les trucs sexy dans les livres.

Elle couvre sa bouche et rejette la tête en arrière en pouffant de rire.

Les choses basiques pour lesquelles je suis doué ? Hé, je sais que nous n'avons pas expérimenté beaucoup de choses, même jamais, mais ce n'est pas parce que je n'étais pas disposé à les faire. Elle n'a jamais vraiment abordé le sujet. Je me souviens que le jour où j'ai tenté de lui parler de porno, elle a rompu avec moi pendant trois jours. Donc les choses «basiques» pour lesquelles je suis doué viennent seulement de notre routine.

— Je ne suis pas si sage.

Je me défends, en m'assurant de ne pas parler trop fort. Je ne veux pas que Tessa ou Nora entendent ça.

Je m'assieds sur le lit. Dakota vient vers moi, la bouche encore souriante. Elle coince le coin de sa lèvre entre ses dents.

— Peut-être que ça a changé maintenant, mais en tout cas tu l'étais avec moi.

Peut-être que je suis à fleur de peau ce soir, mais j'ai l'impression qu'elle ne conserve pas de bons souvenirs de nos moments intimes. Nos relations sexuelles étaient celles de deux *adolescents,* précipitées et silencieuses, même si j'étais désespérément amoureux d'elle. Ce n'est pas comme si j'avais pu la baiser comme j'aurais voulu, sachant que Carter se trouvait dans la chambre à côté et son père au rez-de-chaussée. Je ne me suis jamais senti lésé avec elle, et je ne me rappelle pas qu'il manquait quoi que ce soit dans notre vie sexuelle. Je pensais que nous étions heureux et comblés.

Apparemment pas.

Dakota s'assied sur le lit près de moi et croise les jambes. Elle a dû enfiler une de mes paires de chaussettes entre un rire et deux moqueries.

Elle s'éclaircit la gorge :

— Avec combien de filles as-tu couché depuis que nous ne sommes plus ensemble ?

Quand je la regarde, elle tourne une mèche de ses cheveux entre son pouce et son majeur.

— Combien ? Aucune.

J'essaie de me forcer à rire d'une façon qui paraît naturelle. Elle lève un sourcil et penche la tête de côté.

— Vraiment ? Allez, je sais…

— Toi oui ?

Si elle a l'air si surprise que je n'ai couché avec personne, combien de mecs a-t-elle eus de son côté ?

Dakota secoue la tête.

— Non. Pas du tout. Je pensais juste que toi oui.

— Et pourquoi donc ?

Assis ici dans la pénombre, à évoquer toutes ces choses, je commence à me dire que cette fille ne me connaît pas du tout. Dakota reste silencieuse, elle hausse juste les épaules et s'allonge, la tête posée contre la tête de lit. Elle fixe le plafond avant de finalement lâcher :

— Je n'ai pas du tout aimé cette journée.

Je ferais mieux de changer de sujet. J'ai enfin réussi à la mettre au lit, elle est calme et presque dessaoulée.

— Tout va bien, c'est fini de toute façon. Il est bientôt deux heures du matin.

Elle sourit. Je m'allonge et éteins la lumière.

— Merci pour tout, Landon. Tu es toujours mon refuge.

Je peux sentir ses yeux posés sur moi quand elle chuchote, même si je ne les vois pas. Je lui presse doucement la main.

— Toujours.

C'était nul aujourd'hui, elle a raison. C'était une journée stressante.

Une journée démarrée en pensant que j'allais vivre mon premier rendez-vous avec Nora, mais terminée avec une Dakota bourrée dans mon lit et Nora dans le salon, probablement en train d'écouter chaque mot embarrassant que nous nous sommes dit. Le couloir est étroit et les murs sont fins.

Pire encore, je me sens coupable d'avoir abandonné Nora dans le salon. Je ne savais pas quoi faire d'autre. J'ai connu Dakota presque la moitié de ma vie. Je suis déjà passé par toutes les étapes terribles des débuts de notre histoire d'amour. Ensemble, nous avons vécu ces premiers moments gênants de sexe quand on est ados. Quand tu ne sais pas par où entrer et que tu jouis presque instantanément une fois que tu y es. Nous avons surmonté la plupart de nos problèmes et connaissons l'histoire de nos vies respectives. Nous n'avons aucun secret l'un pour l'autre, aucun mensonge. Nous avons vécu le pire ensemble. J'ai déjà déclaré ma flamme à Dakota, et recommencer tout ça serait terrible. Surtout si je lui ai manqué autant qu'elle le dit.

Juste au moment où je pense que Dakota s'est endormie, elle retire sa main de la mienne et la ramène près de son visage et... j'entends ses sanglots.

Je me redresse et secoue doucement ses épaules, lui demandant encore et encore ce qui ne va pas. Elle secoue la tête et reprend sa respiration. J'attends un peu avant de rallumer la lumière, sachant que les vérités sont plus facilement avouables dans le noir.

— J'ai... j'ai couché avec deux personnes.

Ses mots me transpercent comme ses pleurs déchirent l'obscurité, et comme si on m'avait brûlé, tout à coup je ne veux plus rester près d'elle.

Mon instinct me dit de m'enfuir. De partir loin, très loin.

Mon ventre me fait mal et elle continue de pleurer tout en essayant de couvrir sa bouche avec sa main. Elle s'empare d'un oreiller et enfonce son visage dedans pour ne pas faire de bruit. Malgré ma souffrance, je ne supporte pas de la voir comme ça. Et donc je fais ce que j'ai toujours fait, je mets mes sentiments de côté. Je ravale ma colère. Je dis à mon désir de s'enfuir loin de moi. Puis je saisis l'oreiller, le retire de son visage et le jette sur le sol. Je la prends dans mes bras puis m'allonge contre elle, en un vrai duo lié pour la vie. Elle étouffe un sanglot :

— Je suis désolée.

Ses joues sont inondées de larmes. Je les récupère avec mon pouce avant qu'elles ne coulent. Ses épaules tremblent. Je peux sentir sa douleur, ou sa culpabilité peut-être, ou notre histoire perdue, et ça me fend le cœur. Je tiens ses épaules, doucement, pour qu'elle reste immobile, puis lève ma main vers son front, ramène ses cheveux en arrière et triture doucement ses mèches en massant son cuir chevelu.

— Chhhut. Cette journée est terminée. On verra tout ça demain. Repose-toi maintenant.

Je continue de lui masser la tête jusqu'à ce qu'elle s'endorme.

Si elle veut que les choses fonctionnent entre nous, je suis prêt à l'écouter. Il doit bien y avoir une explication pour donner un sens à tout ça et maintenant qu'elle a été honnête, elle sera d'accord pour me raconter tout ce qui s'est passé. Dès qu'elle sera réveillée, elle m'expliquera tout.

Sauf qu'elle ne l'a pas fait. Une fois réveillée, elle a filé, elle est sortie de mon appartement, sans dire un mot.

Chapitre 16

Je veille à faire le moins de bruit possible en sortant de ma chambre, pour ne pas réveiller Tessa. Je sais qu'elle va vouloir parler de ce qui s'est passé la nuit dernière, mais il me faut d'abord du café.

Je marche sur la pointe des pieds dans le couloir, un œil sur les tableaux de format carré que Tessa a passé des heures à accrocher et à aligner de manière parfaitement symétrique le long du couloir. À l'intérieur de chaque cadre se trouvent plusieurs portraits de chats portant différents modèles de chapeaux.

Le premier chat est tigré. Son chapeau gris style panama recouvert de rayures noires et marron s'accorde à son pelage. Une grosse plume blanche est plantée sur le devant.

Je n'ai jamais fait vraiment attention à ce qu'il y avait à l'intérieur de ces cadres, mais la situation particulière de ce matin me pousse à les examiner davantage. Je les trouve vraiment très amusants. J'avais juste remarqué qu'il y avait des chats, mais c'est à peu près tout. Le félin suivant est tigré lui aussi, mais orange et crème plutôt que gris et blanc. Celui-ci est vraiment gras. Je ricane à la vue de son chapeau melon. Un autre chat en smoking arbore de manière tout à fait naturelle un chapeau haut-de-forme. C'est sacrément bien vu ! J'aimerais bien serrer la main de la personne qui les a créés et la féliciter d'avoir fait d'un truc aussi simple, un concept complètement décalé, et de m'avoir apporté une bonne distraction ce matin. Je finis de regarder les dernières photos, puis m'efforce de rejoindre en silence le bout du couloir.

Ça me surprend un peu de trouver Nora endormie sur le canapé. Je pensais qu'elle serait retournée chez elle, vu que Dakota et moi étions ici.

Mais elle est là. Son bras est suspendu dans le vide, juste soutenu par le bord d'un coussin, et ses doigts effleurent le sol. Ses cheveux noirs sont remontés sur le haut de sa tête, ses genoux repliés sur les côtés et ses lèvres légèrement entrouvertes. Elle dort à poings fermés. Je traverse la cuisine en me déplaçant sur la pointe des pieds, mes chaussettes fines ne font pratiquement aucun bruit.

Après avoir réalisé que Dakota avait déguerpi avant l'aube, je me suis un peu rendormi. Ce n'était pas vraiment une surprise qu'elle ne soit plus là. J'étais surtout déçu d'avoir pu croire que je me réveillerais auprès d'elle le lendemain matin. Elle était un peu fofolle hier soir. On aurait dit l'ancienne version d'elle-même, celle qui aimait passer du temps avec moi, la fille déjantée que j'ai aimée durant la moitié de ma vie. Maintenant, le soleil est levé et elle a disparu de mon lit en emportant toute la lumière avec elle.

Le vent a dû souffler fort cette nuit. Il hurle par la fenêtre ouverte de la cuisine, faisant claquer le rideau jaune contre la vitre. J'entends la pluie tomber de plus en plus fort. Je m'approche pour regarder dehors et j'aperçois une armée de parapluies parmi le déluge. Celui à pois verts et blancs se déplace bien plus vite que l'imprimé militaire, et le rouge est le plus lent d'entre eux. On dirait des fleurs, vus d'ici. Je suis surpris qu'il y ait autant de monde sur le trottoir malgré la pluie.

Je jette un œil à Nora et referme doucement la fenêtre avant que le bruit du vent et de la pluie ne la réveille. J'avais l'intention de préparer le petit déjeuner, mais je crains d'être trop bruyant. Du coup, je vais sûrement descendre m'acheter un bagel au magasin du coin.

Mais bon… si je pars maintenant, je ne serai sans doute pas là quand elle se réveillera, et j'aimerais lui parler d'hier soir. Il faut que je lui présente mes excuses pour être parti si vite avec Dakota, sans donner d'explication. Si je me souviens bien, elle a dit qu'elle n'était pas du genre jalouse. Je l'ai déjà entendue déblatérer sur des émissions comme « Le Bachelor » et clamer que si elle était candidate, elle remporterait le programme précisément parce qu'elle n'est pas jalouse. Non pas que je veuille la voir dévorée par la jalousie, mais je détesterais l'idée qu'elle n'en ait rien à faire que Dakota ait accidentellement foutu en l'air notre rendez-vous, ou que je me sois comporté comme un connard en partant avec elle.

Bien sûr, d'un autre côté, je ne veux pas qu'elle se sente triste ou mal à l'aise quand je suis là, et je veux m'assurer qu'elle n'est pas fâchée de la nuit dernière.

C'était un énorme malentendu et je suis sûr qu'elle comprendra.

Mais moi, est-ce que je comprends ?

En fait, je crois que je suis complètement largué. Je ne capte rien de ce qui s'est passé entre ces deux filles et moi ces dernières vingt-quatre heures... À ce stade, et pour faire simple, je serais capable de tuer quelqu'un juste pour qu'elles m'expliquent de quelle manière elles envisagent nos relations, ou l'absence de relations. Je ne comprends pas comment fonctionnent les relations amoureuses dans cette ville, bien que j'aie toujours entendu dire que les hommes avaient a priori le « dessus » ici.

Tout en fixant le rideau jaune qui recouvre désormais complètement la fenêtre, j'essaie de tout décomposer dans ma tête.

D'abord, Nora me caresse le ventre après m'avoir trouvé nu sous la douche. Elle m'embrasse, puis m'invite à sortir avec ses amies.

Ensuite, je pars avec Dakota en plein milieu de notre soi-disant rencard, sous le regard de ses amies ; même si elle ne *s'intéresse* pas à moi, du genre vraiment *s'intéresser,* son ego a dû en prendre un sacré coup.

Enfin, elle voit Dakota entrer dans ma chambre la nuit dernière. Elle a certainement capté des bribes de notre conversation et doit penser que nous avons couché ensemble.

C'est tellement bizarre, putain. Je ne sais même pas si Nora m'aime vraiment ou si ce n'est qu'un énorme flirt.

Je soupire, j'aimerais tellement avoir la clé pour déchiffrer le cerveau des femmes.

J'ouvre délicatement le frigo et grimace quand deux *root beers* s'entrechoquent sur l'étagère instable de la porte. Je saisis la plus proche et l'immobilise tout en bloquant la porte du frigo avec ma hanche. Je m'empare ensuite d'une boîte contenant des restes, il me semble de deux jours, des nouilles dans une sorte de sauce à la cacahuète avec des morceaux de poulet à l'aspect douteux, puis referme le frigo.

Quand je me retourne, Nora se tient debout devant moi, les yeux encore endormis et les cheveux en bataille. Surpris, je sursaute et manque renverser mon plat. Mais elle sourit, d'un sourire matinal, paresseux. Son maquillage marron a coulé tout autour de ses yeux.

— Tu m'as réveillée.

Elle roule les manches de son sweat-shirt sur ses avant-bras. Son short noir est si court que lorsqu'elle se retourne pour aller vers le frigo, je peux voir la forme arrondie de son cul se dessiner en haut de sa cuisse.

Elle tire dessus en essayant de couvrir son corps, mais il n'y a pas assez de tissu.

Et… je ne vais pas m'en plaindre.

Je détourne le regard quand elle se penche à l'intérieur du frigo. Son petit short dévoile la moitié de son cul et je lutte pour ne pas me ruer sur elle et le saisir à pleines mains. C'est nouveau pour moi, cette adrénaline, ces palpitations qui m'envahissent, depuis la poitrine jusqu'au bas-ventre. Elle attrape une Gatorade orange. Je lève un sourcil étonné.

Nora sourit, puis reprend un air sérieux et cache l'étiquette de la bouteille avec sa main.

— Deux cho… oses…

Je me racle la gorge d'une manière bizarre quand ma voix se casse.

Maintenant qu'elle est debout, je me fiche de ne pas faire de bruit. Tessa est de toute façon sûrement réveillée depuis sept heures du matin, allongée sur son lit. Je balance la boîte avec les restes suspects à la poubelle et ouvre de nouveau le frigo. J'attrape la boîte d'œufs, le lait et installe le tout sur le plan de travail.

— Trois en fait. Tu veux une omelette ?

J'ouvre la boîte d'œufs et l'interroge du regard. Elle jette un œil vers le salon, puis derrière moi, comme si elle cherchait quelqu'un.

— Elle est rentrée chez elle.

Du moins, c'est ce que je suppose. Elle n'est pas ici et je ne vois pas dans quel autre endroit elle aurait pu se rendre. Il y a certainement un nombre incalculable de choses que j'ignore. Par exemple, elle pourrait cacher un hippogriffe dans son appartement que je ne le saurais même pas – parce que je n'ai jamais vu ne serait-ce que la façade de son immeuble – alors ne parlons même pas de son appartement.

— Oh ! Pourtant, la nuit dernière…

Nora paraît surprise. Elle commence à parler, mais je tiens à lui faire part tout de suite de mes trois points, sinon je risque de les oublier. Je lève la main vers elle.

— Stop !

Elle sourit et referme la bouche de manière caricaturale.

— Première chose. Omelette ?

J'ouvre les portes de l'armoire devant moi et prends la poêle à frire d'une main en allumant la cuisinière de l'autre. Honnêtement, c'est le mouvement le plus fluide et le plus coordonné que j'ai fait ces dernières vingt-quatre heures.

— Oui, s'il te plaît.

La voix de Nora est encore à moitié endormie. Je peux à peine imaginer l'effet que ça ferait de se réveiller tous les matins auprès de cette fille.

Ses cheveux seraient en désordre et probablement dressés sur sa tête. Ses jambes seraient douces et hâlées. Je parie qu'elle n'a même pas de marque de bronzage.

— En revanche, je suis végétarienne. Donc, juste du fromage pour moi.

— J'ai des oignons et des poivrons si tu veux.

Elle secoue la tête en me lançant un petit sourire impressionné.

— Ne me dis pas de trucs salaces dès le matin.

Son sourire est contagieux et je suis fier d'avoir réussi à saisir son humour culinaire. Mais pas de quoi me la raconter avec mon omelette toute simple. Je suppose qu'en tant que chef pâtissière, elle aime les hommes qui savent se débrouiller en cuisine.

Je prends un petit bol et casse deux œufs sur le bord.

— Maintenant, passons au deuxième point.

Je la regarde pour m'assurer d'avoir toute son attention.

Ses yeux sont plantés dans les miens tandis qu'elle détache ses cheveux. Une vague de cascades brunes retombe sur son épaule, et quand elle secoue la tête, j'ai l'impression d'être projeté dans une publicité pour un shampooing.

Ça serait étrange de lui dire ça. Est-ce que je passerais pour un mec qui en fait trop ?

Je préfère ne rien dire. Ça n'est sûrement pas un compliment normal, et je n'ai pas vraiment besoin de lui donner de nouvelles raisons de penser que je suis nul.

Plutôt que de prendre le risque de passer pour un débile, je décide d'aller droit au but pour éclaircir certaines choses entre nous.

— Je ne savais pas que vous étiez colocs. Je ne pensais pas que Dakota serait là. Je suis désolé si, en partant, je t'ai embarrassée devant tes amies. J'espérais vraiment (ma gorge est sèche et je devrais sûrement m'interrompre pour tousser mais je poursuis) passer du temps avec toi. Je ne sais pas ce que tu sais à propos de Dakota et moi, mais…

Nora lève sa main. Je me tais et me concentre pour verser le lait dans le bol qui contient les œufs battus, puis j'ouvre de nouveau le frigo. Nora se dirige vers la cuisinière pour augmenter la puissance. C'est sûrement mieux comme ça.

Elle fixe le sol puis lève les yeux vers moi.

— Je sais que tu ne savais pas. Et je n'avais aucune putain d'idée que tu étais le mec dont elle parlait. Elle n'a jamais rien raconté sur toi qui aurait pu me faire penser que je te connaissais. Elle n'a même jamais prononcé ton prénom.

Mais quand elle parle, il y a quelque chose dans le ton de sa voix que je ne suis pas sûr de vouloir élucider. Elle se hisse sur le comptoir pour s'asseoir à quelques centimètres de moi. Ses pieds se balancent dans le vide le long du buffet en bois.

— Mais je ne suis pas en colère ni rien de tout ça. Donc ne te prends pas la tête. Je comprends et tout va bien.

Son ton est neutre, du genre tout-va-bien-dans-le-meilleur-des-mondes. Nora est incroyablement compréhensive, et elle le montre encore une fois de manière détachée, comme si cela lui passait au-dessus. Du moins, il semble qu'elle s'ennuie assez pour s'affairer à gratter son vernis.

— Nous ne nous sommes pas remis ensemble.

Le souvenir de la confession de Dakota continue de me blesser et de hanter mon esprit.

Nora a un petit sourire malicieux quand elle détourne les yeux de ses mains pour me fixer.

— Ce ne sont pas mes histoires.

Elle hausse les épaules comme si je venais de lui dire que le ciel est bleu.

Les œufs frémissent et sifflent dans la poêle. Le fromage est presque fondu, alors je saisis une tranche de jambon dans le sac du Deli.

— De la viande, dit-elle en prenant un air dégoûté. Et de la charcuterie en plus. Dommage, je commençais tout juste à être impressionnée. Je suis sûre que tu l'as commandée sur le site de l'Hillshire Farm.

Elle éclate de rire, mais je n'ai pas du tout l'intention de la laisser changer de sujet. Je veux vraiment savoir pourquoi elle estime que ma relation avec Dakota ne la regarde pas.

N'étions-nous pas en rendez-vous hier soir? Tout allait bien pendant cinq minutes jusqu'à ce que les choses prennent une autre tournure. Et puis cette charcuterie n'est pas n'importe quelle charcuterie, elle a été découpée au Deli. Je débourse même trois dollars de plus pour que cette différence soit écrite en lettres rouges sur le label jaune – ça vaut le coup de le préciser.

— C'est ton secret pour garder la ligne, alors ?

Je pointe vers elle la spatule que je viens juste d'utiliser pour retourner l'omelette.

— Ne pas manger de viande ?

Elle secoue la tête, puis se rapproche un peu plus de moi.

— Non. Je ne mange peut-être pas de viande, mais je dois quand même surveiller mon alimentation. Je peux facilement engloutir un paquet entier de fromage et je vais peut-être le faire d'ailleurs.

Je fais tomber l'omelette dans une assiette en carton et l'observe ajouter mentalement chacun de mes défauts sur son carnet. Par carnet, j'entends cette liste que les femmes font toutes dans leur tête quand elles viennent de rencontrer un mec.

Beauté physique : 8 points. (Si on est réaliste, entre 6 et 10. Je dirais que je suis un bon 7,5.)

Taille : 8 points. (Pour certaines, j'obtiens huit points avec mon mètre quatre-vingts.)

Aptitudes à cuisiner : 5 points.

Mettre de la charcuterie dans une omelette : 2 points.

Assiettes en carton : 1 point.

Je choisis volontairement d'ignorer le fait que j'ai dû perdre au moins dix points la nuit dernière. C'est plus que probable même. Ma moyenne devrait approcher des deux points désormais.

— Mais en vieillissant, je me suis rendu compte que pour garder la ligne, je devais faire plus attention que la plupart des gens.

Elle se donne une petite claque sur la jambe et je suis distrait par une mini-tache de rousseur en plein milieu de sa cuisse. Son short est *si* court. Mes yeux glissent d'une tache de rousseur à une autre, puis à une autre. C'est comme si ces petites taches brunes étaient en parfait alignement pour former une constellation jusqu'aux rebords de son short. Rien de plus humain que de suivre ces points.

Elle tourne légèrement la taille pour observer son cul et ses cuisses.

— Mais j'aime conserver certaines choses telles qu'elles sont.

Je commence à avoir chaud.

À tout moment, je risque de m'évanouir tant la température vient d'augmenter d'un cran quand je la vois cambrer son cul en arrière, lentement, subtilement. Et me voilà maintenant en train de fixer *l'arrière* de ses cuisses. Sa main agrippe la peau de ses fesses, et elle me regarde.

Je détourne les yeux. Il le faut.

Je devrais dire quelque chose.

Je devrais lui répondre un truc cool.

Le problème, c'est que je ne pense à rien de vaguement cool à dire, et je ne veux pas qu'elle pense que je suis en train de penser à ce qu'elle pense.

Merde, je réfléchis trop.

— Surtout que je cuisine pour vivre et pour me faire plaisir. Je préférerais me passer de Wi-fi que de sucre.

C'est pas comme si elle ne venait pas de me déglinguer le cerveau. Elle se tourne vers moi, et sans savoir comment, j'arrive à me contrôler pour ne pas me replonger dans la contemplation des taches de rousseur sur ses cuisses.

Son discours est sérieux, c'est évident qu'elle ne plaisante pas, à la manière dont ses yeux sont exorbités et ses lèvres pincées.

J'arrive presque à faire semblant d'être une de ces personnes branchées sur les dernières technologies, de celles qui ne peuvent s'empêcher de demander le mot de passe du Wi-fi partout où elles vont, mais après la nuit dernière, je n'ai plus la force de faire semblant de grand-chose.

— On dirait que c'est une question de vie ou de mort quand tu en parles.

Elle me répond par un grand sourire sincère... J'en profite pour changer de sujet :

— Deuxième point : si tu veux parler de Dakota, on peut.

Nora se pince les lèvres et me lance un regard agacé que j'ignore. Je veux vraiment qu'elle sache que je ne suis pas le genre de mec qui ne dit pas ce qu'il pense pour laisser l'autre deviner, et le temps de comprendre de quoi il s'agit, le problème de base est déjà passé à la trappe. Je ne suis pas comme ça.

J'ai été élevé par une mère célibataire à qui je dois mes compétences en matière de communication.

Je ne dis pas les choses à moitié. Je ne suis pas du genre à partir comme ça, sans donner aucune explication à la fille avec qui je passe la soirée. Je ne veux pas qu'elle ait de fausses idées sur moi. Je veux qu'elle se fasse sa propre opinion, sans tenir compte de ce qui s'est passé.

Mais jusqu'à présent, on ne peut pas vraiment dire que je me sois montré sous mon meilleur jour. Je nettoie la poêle et vaporise du produit antiadhésif dessus.

Aucun produit n'est vraiment efficace, plus de la moitié de mes repas restent collés au fond de la poêle.

— Allez !

Je l'encourage à se lancer dans la discussion. Nora me regarde, hésitante.

— Puisque j'ai l'impression que tu ne vas pas lâcher l'affaire, c'est vrai que je trouve ça dingue qu'elle soit ma coloc et que tu sois celui de Tessa. Le monde est sacrément petit, putain.

Nora rejette sa tête en arrière et la secoue.

Le monde est *vraiment* tout petit – *trop* petit si vous me demandez mon avis. Je suis curieux de savoir comment mon ex-petite amie s'est retrouvée à partager un appartement avec mon... amie, Nora.

— Comment l'as-tu rencontrée ? Elle est dans une école de danse et toi, tu es pâtissière...

Nora tourne la tête et lève la main.

— Je ne suis pas pâtissière. Je suis chef.

Son ton me fait comprendre qu'elle entend ça souvent et qu'elle n'aime pas ce genre de généralisation. Oups. Elle continue :

— Bref, mon ancienne coloc à l'université, Maggy, a posté une annonce en ligne parce qu'on cherchait une troisième personne. Un jour, Dakota s'est pointée avec son sac autour du bras et l'air le plus arrogant que j'aie jamais vu.

Je peux dire à l'expression de son visage qu'elle regrette d'avoir dit ça devant moi.

— Ne le prends pas mal.

— Pas de souci.

Je sens que je devrais prendre la défense de Dakota, mais pas tout de suite. Nora a le droit de me donner son avis, et je ne suis pas en position de la défendre.

Qui sont les deux mecs avec qui elle a couché ? Est-ce que je les connais ? Probablement pas. Je connais peu de gens à New York et elle est célibataire depuis qu'elle s'est installée ici. Je ne peux pas imaginer qu'elle ait couché avec quelqu'un qu'on connaissait dans le Michigan.

— J'ai juste tenté de décrocher un rendez-vous avec la coloc de mon ex, pas de bol pour moi ! Je suis désolé.

Je rigole pour essayer d'adoucir l'atmosphère, mais son visage se crispe et elle hausse de nouveau les épaules.

— Ça va. Ce n'était pas vraiment un rencard. Je n'ai pas vraiment le temps de sortir avec qui que ce soit de toute manière. Et c'était quoi ton troisième point ? Il y a eu l'omelette, le rencard, entre guillemets hyper-gênant, et quoi d'autre ?

Je m'arrête un instant pour réfléchir et elle se penche en avant pour me donner une petite tape sur la joue.

Mon cœur bondit dans ma poitrine.

— Quel. Était. Le. Troisième. Point ?

Dans le même mouvement, elle se penche en arrière en appuyant sa tête contre le placard et elle dévisse le bouchon de sa bouteille de Gatorade pour en prendre une gorgée. Timing parfait.

— Ça !

Je montre le coupable dans sa main. Nora ferme la bouche, les joues pleines de Gatorade, et ouvre grands les yeux.

— Tu détestais ça l'autre jour et maintenant ça !

Je tapote la bouteille avec mes doigts tandis qu'elle avale une énorme gorgée. Un filet de salive dégouline sur son menton. Elle essaie de le retenir et je rigole en m'appuyant contre elle. Ses cuisses sont écartées, mais elle ne bouge pas quand je prends la serviette sur le comptoir pour tamponner doucement le coin de son menton.

Je me retrouve entre ses cuisses et mon corps entier en est bien conscient.

Elle avale sa gorgée, puis s'agrippe des deux mains à mon avant-bras. Ses doigts pressent mon bras et je m'approche plus près. Ma poitrine est maintenant contre la sienne et ses chevilles sont enroulées autour de mes jambes. Je suis tellement attiré par elle que c'en est douloureux. Physiquement et mentalement, je me sens comme poignardé – avoir besoin ou désirer, tout cela devient confus.

Elle n'est plus cette fille un peu fofolle qui ricane bêtement, assise sur le comptoir en battant des cils. C'est une femme séductrice et réelle qui enroule son bras autour de mon cou et frotte ses ongles contre ma peau. J'ai la chair de poule. Elle m'a forcément senti frissonner, mais hors de question de me laisser perturber pendant qu'elle m'enlace comme ça. Elle est assise sur le plan de travail et je suis juste un peu plus grand qu'elle. Je baisse les yeux vers elle et la vois prendre une grande inspiration, ses cils noirs touchent ses joues quand elle regarde par terre.

Je passe ma main sous son menton et le relève délicatement jusqu'à ce que ses yeux rencontrent les miens. Elle se rapproche de moi. Je sens son souffle dans ma bouche et, tout à coup, je l'attrape instinctivement par les hanches. Ça ne devrait pas être instinctif puisque je n'ai touché cette fille qu'une seule fois, mais mon corps en a décidé autrement. Il a son propre avis et je ne suis pas en état de le maîtriser.

Elle murmure mon nom et j'apprécie la manière dont sa langue semble enrober mon nom de sucre. Mes mains remontent, remontent encore, jusqu'à ce qu'elles atteignent le haut de ses cuisses, là où son cul commence à se dessiner. Dans le creux de mes mains, des petits vaisseaux rouges sillonnent sa peau toute douce. Elle respire de plus en plus fort pendant qu'elle regarde ses cuisses, puis elle lève les yeux vers moi. Doucement, je donne un petit coup sur sa joue avec mon menton, ce qui lui fait tourner la tête. Mes lèvres déposent délicatement dans son cou des petits baisers pleins d'admiration et de désir.

Elle gémit, ses jambes enserrent ma taille et elle m'empoigne la main. Puis elle bascule son corps contre le mien et je colle ma bouche contre son oreille, trempé de désir pour elle. Ça me submerge, m'envahit.

Elle me prend les mains et les presse contre ses jambes. Puis elle déplace nos mains plus près du point culminant entre ses cuisses. Le cordon de mon sweat frotte contre elle. Elle gémit de nouveau, ses ongles enfoncés dans mes mains. Je suis complètement étourdi. Cette fille, que je connais à peine, me maintient contre elle, sur le comptoir de la cuisine, alors que je suis en pleine érection. Tessa se trouve juste à côté, Dakota s'est éclipsée de ma chambre ce matin, et malgré tout ça, je suis complètement à sa merci. C'est comme si j'avais pris du gaz hilarant, comme si je ne pouvais plus distinguer le noir du blanc, ni d'innocentes caresses des avances sexuelles.

Ce baiser est assez puissant pour me mettre à genoux. À travers mes yeux mi-clos, je trouve qu'elle ressemble à un ange démoniaque. Je n'ai jamais été croyant, mais je lui suis désormais complètement dévoué.

Je ne devrais pas faire ça, et elle non plus, mais j'ai envie de continuer. J'en ai envie. J'en ai besoin. Sur ce comptoir, sur la table de la cuisine, même là, sur le sol.

Mes dents mordillent son oreille quand je la sens s'éloigner.

— C'est... vraiment... Ce n'est pas bien pour moi. Ni pour nous.

Elle lève sa main vers moi pour me faire reculer en ajoutant :

— Mon Dieu. Tu es le diable. Et je suis encore pire pour toi.

Elle pose sa main sur sa poitrine pour retrouver son souffle, puis elle descend du comptoir et, dans un geste frénétique, tire sur son short pour cacher son corps.

J'essaie de ne pas la regarder, sachant que plus les secondes passent et plus elle laisse le doute s'emparer d'elle. Elle dresse sûrement la liste des raisons qui font du coloc looser de Tessa un mec pas assez bien pour elle. Elle essaie de me parler, et moi je suis le cliché du mec qui la fixe au lieu d'écouter ce qu'elle est en train de dire.

Sauf que ce n'est pas vrai. J'essaie de rester ancré dans la réalité et de comprendre ce qui se passe entre nous. Heureusement que je ne suis pas complètement paumé, je suis parfaitement capable de la regarder droit dans les yeux et de l'écouter m'énumérer toutes les raisons qui font que nous ne pouvons pas continuer de nous jeter l'un sur l'autre chaque fois que nous sommes seuls dans la cuisine.

Chapitre 17

Au moment où elle aborde la troisième raison pour laquelle on ne peut pas coucher ensemble, j'ajoute :
— C'est cette cuisine.

J'ai loupé les deux premières, car je n'ai simplement pas pu me retenir d'agir comme un de ces mecs qui matent, le genre que je me refuse d'être. Pour ma défense, elle bredouillait, cherchait ses mots en ajustant son soutien-gorge. C'était difficile de ne pas regarder ses seins ballottés d'un côté, puis de l'autre.

— Cette cuisine nous rend dingues.

Je me tourne et casse deux œufs dans le bol avant de les battre avec une cuillère.

Si elle ne veut pas que je l'embrasse, je ne l'embrasserai pas. Mon corps souffre de la désirer autant, mais je peux tout à fait en faire abstraction.

C'est possible.

Enfin, je crois.

Nora m'observe. Elle semble satisfaite de constater que je continue à préparer le petit déjeuner malgré ce qui vient de se passer. Je me penche pour saisir un troisième œuf. Quand je mets de l'huile dans la poêle, elle vient près de moi et prend le lait sur le plan de travail. Elle ajoute au moins un demi-verre dans le bol et ouvre le tiroir qui renferme les couverts. Elle prend une fourchette et mélange les œufs. Sa fourchette bouge bien plus vite que ma cuillère. Je recule pour laisser faire le chef.

Elle apprécie mon geste et rigole, mais la pluie en étouffe pratiquement le son. J'aimerais que la pluie s'arrête juste pour que je puisse mieux entendre son adorable rire.

Nora ouvre un des Tupperware rempli de légumes prédécoupés et ajoute quelques oignons dans la poêle, un peu de poivre, et attend avant d'ajouter les œufs. Tout en m'écrasant en cuisine avec une facilité déconcertante, elle s'appuie contre le comptoir et me regarde.

— Tessa est mon amie et si les choses tournent mal, ça risque de briser notre amitié.

Était-ce la raison numéro quatre ? Ou cinq peut-être ?

— On sort tous les deux d'histoires compliquées, toi et moi.

Raison numéro sept, peut-être même huit si on nous compte séparément ? Je continue sur le ton de la légèreté :

— Tu en es à combien de raisons, dix ? Tu aimerais peut-être venir courir avec moi pour terminer de me donner toutes les raisons qui font que nous ne pouvons pas être amis.

— Je n'ai pas dit que nous ne pouvions pas être amis. Je parlais simplement de tout ça.

Elle agite ses mains devant elle.

Je l'imagine courir à mes côtés, énumérant l'une après l'autre ses raisons. J'en ai plusieurs moi aussi, mais je ne suis pas aussi impatient qu'elle de les partager. Elle continue d'agiter ses mains dans les airs. Je décide de l'emmerder, juste un peu.

— L'air ? Tu veux dire qu'à cause du nitrogène et de l'oxygène…

Elle pose sa main sur ma bouche et me lance un regard ferme-la-espèce-d'adorable-petit-con qui me transperce comme une flèche de Cupidon.

Oups, heureusement que je n'ai pas dit ça à voix haute.

— Je parlais du fait de se rouler des pelles. De se chauffer.

Ses yeux se posent sur mes lèvres et restent figés dessus. Je commence à parler, mais sa main vient de nouveau couvrir ma bouche.

— Pourquoi, t'as peur de te brûler ?

— On ne peut pas continuer comme ça si l'on ne veut pas que la situation dérape. Ton ex est ma coloc, elle vit avec moi et elle sait toujours où je dors.

Elle sourit, mais j'ai l'impression qu'elle ne plaisante qu'à moitié.

— Je pensais seulement qu'on pourrait se faire oublier mutuellement nos histoires passées – Tessa m'a raconté pour ta rupture.

Ses yeux sont pleins d'empathie…

Je n'aime pas trop que l'on ait pitié de moi, mais j'acquiesce.

— Je comprends. Je n'étais pas sûr de savoir ce que tu en pensais, comment tu le sentais, et de mon côté j'essayais d'oublier Dakota.

Elle hoche la tête pour m'indiquer qu'elle comprend.

— Je suis contente que tu l'aies fait. Mais je pense que nous ferions mieux de rester amis. Pas de caresses, pas de baiser (sa voix baisse d'un ton et ses yeux se perdent dans le vague) et surtout pas d'empoignade de cuisse... Ni de grignotage d'oreille ou de baisers dans le cou.

Elle se racle la gorge en redressant le dos.

Je me racle aussi la gorge et cherche une serviette pour essuyer mes mains humides.

Ses mots me prennent de court et je suis projeté deux minutes en arrière, quand mon corps était encore possédé par un de ces mecs de romans sentimentaux. Un gémissement de plus, et elle était à deux doigts de m'entendre lui dire d'une voix suave, un truc du genre « je vais te faire jouir ».

Une liste de comédies romantiques surgit dans ma tête, accompagnant le flot de mes pensées. Je lui dis :

— L'étape d'après, c'est quand tu me proposes de devenir amis avec avantages en nature. Ensuite, on s'engueule pendant environ trente secondes avant de tomber d'accord. Un mois plus tard, l'un de nous tombe amoureux et tout se complique. Le mois d'après encore, nous vivons une histoire d'amour idyllique ou un désastre absolu. Il n'y a pas de juste milieu. C'est scientifiquement prouvé par les films.

J'aime le fait de ne pas avoir de filtre avec elle. Je me suis déjà ridiculisé plus d'une fois, elle devrait donc y être habituée. Nous n'avons pas de passif ensemble, et je sais qu'elle n'attend rien de moi. Elle rigole et acquiesce. Ça sent incroyablement bon dans la cuisine et son omelette est dorée à présent. Elle la fait glisser dans l'assiette et souffle sur le petit nuage de vapeur qui s'en échappe.

— C'est d'accord.

Nora coince une mèche de ses cheveux derrière son oreille.

— On peut éviter le drame en restant amis. De toute façon, je n'ai pas de temps à perdre pour les crêpages de chignon dans les bars avec des filles de vingt et un ans qui, soit dit en passant, ne devraient même pas être autorisées à boire.

Je ne sais pas si c'est sa manière de le dire, mais elle semble beaucoup plus âgée tout à coup, et je me sens comme un enfant en train de se faire réprimander par sa maman.

— Je suis en train de développer ma carrière dans une ville florissante et je n'ai pas du tout l'intention de tout foutre en l'air pour un petit étudiant, aussi mignon soit-il.

Le fait qu'elle me traite de « petit étudiant » réduit à néant mon ego déjà meurtri. J'ai bientôt vingt et un ans et plus de choses en commun avec des personnes de l'âge de mes parents qu'avec de « petits étudiants ». Des élèves m'ont déjà arrêté deux fois sur le campus en pensant que j'étais prof ; je fais mature pour mon âge.

C'est la vérité, ma mère le dit aussi.

Oh là là ! Je fais référence à ma mère – peut-être que je ne suis qu'un gamin après tout. Ça fait un peu mal.

Je ne pensais pas que Nora puisse me considérer autrement que comme son semblable, mais il semblerait que pour elle, je ne sois qu'un petit étudiant qui lui sert de distraction pour oublier je ne sais quoi.

— Amis alors ?

Je lui fais un sourire et elle hoche la tête. À partir de maintenant, mes relations avec Nora et Dakota seront purement amicales.

Je ne laisserai pas les choses dégénérer.

Aucune chance.

Chapitre 18

Deux semaines se sont écoulées depuis cette fameuse soirée sans aucune nouvelle de Dakota. Elle n'a pas essayé de me joindre, elle n'a pas répondu aux appels ou aux deux textos que je lui ai envoyés depuis qu'elle s'est glissée hors de mon lit en plein milieu de la nuit. Peut-être que j'ai exagéré, que je l'ai harcelée alors qu'elle n'avait clairement pas envie de parler, mais je voulais m'assurer qu'elle allait bien. Peu importe le nombre de fois où j'ai essayé de me convaincre que ce n'était plus mon rôle, ma tête n'écoute pas. Ou peut-être est-ce mon cœur. Probablement les deux. Je connais suffisamment Dakota pour savoir que si elle a besoin de respirer, elle fera ce qu'il faut pour, et rien ne pourra l'en empêcher.

Seulement, je ne suis pas habitué à être celui avec qui elle prend ses distances.

Depuis que nous avons décidé d'être amis, j'ai vu Nora à deux reprises mais je ne lui ai parlé qu'une seule fois.

Des amis qui ne s'embrassent pas. Non, les amis ne s'embrassent pas et n'y pensent même pas.

Je travaille encore sur ce dernier point. Ce n'est pas qu'elle vienne moins souvent ; c'est juste qu'elle repart plus tôt et que je rentre plus tard à l'appart. En ce moment, j'aide Posey à faire la fermeture du soir. Ces derniers temps, elle a souvent remplacé Jane et accumule tellement d'heures qu'elle a, me semble-t-il, besoin d'un petit coup de main. Elle a l'air complètement débordée. Je ne veux pas paraître trop intrusif et ne cherche surtout pas à m'immiscer dans sa vie, c'est juste que j'ai toujours été plutôt doué pour décrypter les gens. Nous sommes devenus bons amis grâce à ces longues heures de travail passées ensemble. Elle commence même à se confier de plus en plus sur sa vie pendant que nous faisons la vaisselle et balayons les traces de café moulu dans chaque coin et recoin du Grind.

J'apprécie beaucoup ces extras en sa compagnie. Je me sens un peu seul ces temps-ci et le fait de m'investir dans nos conversations ou de connaître les détails de sa vie me donne l'impression de faire partie de ce vaste monde. Elle est née et a grandi ici – c'est une pure New-Yorkaise, à l'instar de quelques millions de personnes dans cette ville. Sa famille vivait dans le Queens et quand sa mère est morte alors qu'elle n'avait que treize ans, Lila et Posey ont emménagé à Brooklyn pour vivre avec leur grand-mère.

C'est chouette d'avoir quelqu'un avec qui parler de choses et d'autres. Écouter quelqu'un me raconter sa vie, partager avec moi ses points de vue et ses réflexions, me permet de ne pas penser à mes propres histoires.

Je ne veux pas penser à Dakota et je ne veux pas que Nora me manque. Être intéressé par deux personnes à la fois fait-il de moi une personne horrible ?

Honnêtement, je ne sais pas si j'aime vraiment Nora ou si je suis juste attiré par elle. Je ne la connais pas assez pour comparer avec les sentiments que j'éprouve pour Nora…

Dakota, je veux dire.

Merde, c'est le bordel dans ma tête.

Suis-je trop dur avec moi-même en m'imposant de garder mes distances avec chacune d'elles ? J'ai aimé Dakota pendant des années ; je la connais sous toutes les coutures. Elle fait partie de ma famille. Elle tient la moitié de la place au plus profond de mon cœur.

Quant à Nora, c'est une autre histoire. Elle ne sait pas ce qu'elle veut, se comporte comme une vraie girouette, mais elle est indéniablement sexy et séductrice. Je suis à moitié attiré et à moitié curieux en ce qui la concerne. Mais je dois continuer de me répéter que, de toute manière, nous avons mis un frein à notre relation avant même qu'elle ait eu le temps de se développer et que ça ne sert à rien de rester assis à se lamenter pour une histoire qui n'a même pas commencé.

Donc, ça va faire deux semaines que j'évite les deux filles en question : en travaillant tard le soir, en participant à des groupes d'étude ou en restant à la maison à regarder des émissions culinaires avec Tessa. En ce moment, elle est complètement obsédée par ce genre de programme et je dois dire que c'est un bon bruit de fond pour faire mes devoirs. J'y prête une attention légère, mais ne suis pas assez intéressé pour être complètement absorbé. Je ne suis pas sûr qu'elle le soit, elle non plus.

Un soir, durant «Cupcake Wars», mon portable vibre sur le canapé en cuir et le nom d'Hardin apparaît sur mon écran. Les yeux de Tessa sont attirés par la sonnerie et elle rougit à la vue du prénom. Ses yeux regardent de nouveau l'écran et elle coince sa lèvre inférieure entre ses dents.

Je déteste la voir si malheureuse. Hardin aussi est malheureux et, bien qu'il le mérite, je n'aime pas ça non plus. Je ne sais pas quel genre de montagne Hardin devra déplacer pour obtenir son pardon, mais je sais qu'il serait capable d'en construire une lui-même s'il le fallait – une rangée entière de montagnes avec le visage de Tessa sculpté dessus – plutôt que de passer sa vie sans elle.

Ce genre de désespoir, d'amour excitant et passionnel, je ne l'ai jamais connu.

J'ai aimé Dakota, tendrement et profondément, c'était – c'est toujours – un amour solide. Nous avons eu notre lot de problèmes et de disputes, mais neuf fois sur dix, c'était elle et moi contre le reste du monde. C'était moi, l'épée à la main, le canon chargé, prêt à décimer n'importe quel ennemi qui viendrait à s'approcher trop près. Son principal adversaire, le plus grand, le pire de tous, c'était son père. J'ai passé des nuits entières à secourir ma princesse retenue prisonnière dans sa chambre aux murs jaunis et aux vieux rideaux Cendrillon punaisés aux fenêtres. J'ai escaladé la façade crasseuse et abîmée, pénétré par la fenêtre poussiéreuse, pour la ramener dans la sécurité d'une maison pleine de cookies au chocolat tièdes, sonorisée par la douce voix de ma mère.

Les temps étaient durs pour elle. Et quand Carter est parti, même les meilleurs cookies, les voix les plus douces et les plus gros câlins ne pouvaient plus réconforter Dakota. Nous avons partagé les peines comme les joies, mais plus j'y pense, plus je compare notre relation à celles des autres autour de moi ou dans mes livres, plus je réalise qu'au-delà du fait d'être une famille, nous étions aussi et avant tout des enfants.

Sommes-nous supposés passer le reste de notre vie avec ceux qui nous ont aidés à grandir ? Peut-être sont-ils une simple étape sur le chemin de notre avenir ? Leur mission s'arrête peut-être une fois que nous avons appris à nous connaître et à identifier ce dont nous avons besoin pour aller jusqu'au prochain arrêt ? Pendant longtemps, j'ai cru que Dakota serait mon voyage tout entier et ma destination finale, mais je commence à me dire que je n'étais qu'une escale pour elle.

Est-ce que moi, Landon Gibson, Apprenti Amateur de Relations Amoureuses, je sais au moins de quoi je parle ?

Je saisis mon portable pour écouter ma messagerie. Je rappelle Hardin qui répond à la première sonnerie.

— Hé !

Je regarde Tessa tirer la couverture jusqu'à son cou comme pour se protéger de quelque chose.

— J'allais réserver mon billet d'avion. C'est le mois prochain.

Tessa frissonne à chaque mot que prononce Hardin. Elle se lève, puis va dans sa chambre, sans dire un mot.

Je chuchote pour qu'elle ne puisse pas m'entendre.

— Je ne sais pas si c'est une bonne...

— Pourquoi ? Qu'est-ce qui se passe ? Où est Tessa ?

— Elle vient juste de partir dans sa chambre après avoir tremblé comme une feuille en entendant ta voix au téléphone.

C'est dur de lui parler de cette manière, je sais, mais je veux être honnête.

Hardin émet un bruit qui me fait mal au cœur.

— Si seulement elle acceptait de me parler... Putain, je déteste cette situation de merde.

Je soupire, je sais qu'il la déteste. Comme elle. Comme moi. Mais c'est lui qui l'a créée, en y entraînant Tessa, et ce n'est pas juste de la pousser vers lui si elle ne le veut pas.

— Essaie de lui passer le téléphone.

— Tu sais que je ne peux pas faire ça.

— *Putain,* mec !

Je l'imagine passer ses mains dans ses cheveux.

Il raccroche, et je ne le rappelle pas.

J'attends quelques minutes, puis frappe à la porte de Tessa. Elle ouvre presque immédiatement et je recule d'un pas dans le couloir. Je jette un œil au portrait du chat tigré et ne comprends toujours pas comment j'ai pu passer à côté de ces petites photos bizarres sans jamais les remarquer. Je demande à mon amie :

— Ça va ?

Elle baisse les yeux vers le sol, puis me regarde.

— Ouais.

— Tu es une très mauvaise menteuse, tu sais ça ?

Elle recule dans sa chambre en laissant la porte ouverte et me fait signe d'entrer. Elle s'assied sur le bord de son lit et j'observe sa chambre. Rien ne dépasse, comme d'habitude. Elle a juste ajouté un peu de déco depuis la dernière fois. Sa TV n'est plus sur sa commode ; dans sa chambre, il y a tout un tas de livres, rangés par auteurs. Trois exemplaires usés d'*Orgueil et Préjugés* retiennent mon attention.

Tessa s'allonge sur le lit et fixe le plafond.

— Ça ne me dérange vraiment pas qu'il vienne. Il fait partie de ta famille et je ne t'empêcherai pas de le voir.

— Tu fais aussi partie de ma famille.

Je m'assieds sur le bord, à l'autre extrémité, près de la tête de lit capitonnée. La couleur s'accorde à ses rideaux et je ne vois aucun mouton de poussière sur le rebord de sa fenêtre.

— C'est juste que j'attends et attends encore, et je ne sais pas comment arrêter…

Sa voix est éteinte, comme détachée.

— Tu attends quoi ?

— J'attends qu'il arrête de me faire du mal. Rien que de l'entendre…

Je ne dis rien pour la laisser reprendre son souffle, puis lentement je réponds :

— Ça prendra du temps, je suppose.

J'aimerais le haïr aussi pour être en mesure de lui dire à quel point il est horrible pour elle, qu'elle est bien mieux sans lui, mais je ne peux pas. Je ne peux pas et je ne prétendrai pas non plus qu'ils sont tous les deux mieux quand ils sont ensemble.

— Je peux te poser une question ?

La voix de Tessa est douce.

— Bien sûr.

Je cale mes pieds sur son lit espérant qu'elle ne remarque pas mes chaussettes sales sur son édredon blanc.

— Comment as-tu fait pour oublier Dakota ? Je me sens minable de savoir que tu te sentais mal comme ça et que je t'ai à peine réconforté ; j'étais si absorbée par mes propres problèmes que je n'ai jamais pensé que tu pouvais souffrir autant que moi maintenant. Je suis désolée d'être une si mauvaise amie.

Je rigole doucement.

— Tu n'es pas une mauvaise amie. Ma situation était complètement différente de la tienne.

— C'est tout toi, Landon. Je savais que tu me dirais que je ne suis pas une mauvaise amie.

Elle sourit ; je ne me souviens pas de la dernière fois où c'est arrivé.

— Mais vraiment, comment t'as fait pour l'oublier ? Est-ce que ça te prend toujours aux tripes quand tu la vois ?

C'est une bonne question. Comment ai-je fait pour passer à autre chose ?

Je ne sais pas quoi répondre à cette question. Même si je ne veux pas l'admettre, je ne crois pas m'être déjà senti aussi mal que Tessa l'est maintenant. J'ai souffert quand Dakota m'a quitté, surtout de la *manière* dont elle l'a fait, mais je n'ai pas sombré dans la dépression. J'ai gardé la tête froide. J'ai essayé de la soutenir autant que possible et continué d'avancer dans ma vie.

— Mon histoire était vraiment différente. Dakota et moi nous sommes à peine vus pendant ces deux dernières années. Je ne passais pas autant de temps avec elle que toi avec Hardin. Nous n'avons jamais vécu ensemble, et je pense que je m'étais habitué à me sentir seul de toute manière.

Tessa roule sur le côté et pose son menton dans son coude.

— Tu te sentais seul quand tu sortais avec elle ?
— Elle vivait à l'autre bout du pays, tu te rappelles ?

Tessa hoche la tête.

— Oui, mais quand même, tu n'aurais pas dû te sentir seul.

Je ne sais pas quoi dire. C'est vrai que je me sentais seul, même quand nous parlions tous les jours. Je ne sais pas ce que ça signifie, pour moi ou pour notre relation.

— Tu te sens seul maintenant ?

Tessa plonge ses yeux gris dans les miens.

— Ouais.

Ma réponse est franche. Elle se retourne et regarde de nouveau le plafond.

— Moi aussi.

Chapitre 19

Mes cours m'ont semblé interminables aujourd'hui. Toute la semaine, en fait. Je n'arrive pas à me concentrer depuis qu'Hardin m'a appelé pour m'annoncer qu'il arrivait le week-end prochain.

Le week-end prochain.

C'est trop tôt. Je n'aurai pas le temps de préparer Tessa à l'idée qu'il va venir, ici, dans son espace à elle. Il m'a dit ne pas pouvoir faire autrement, qu'il avait un rendez-vous prévu qu'il ne pouvait manquer. Je ne peux m'empêcher de penser qu'il cherche un travail, sinon pour quelle autre raison aurait-il un rendez-vous qu'il ne peut pas décaler, ici, à New York ? C'est forcément un entretien pour un job. Ou alors, il ne supporte plus de vivre loin de Tessa. En fait, je pense qu'il ne peut pas rester éloigné d'elle trop longtemps. Il a besoin de sa drogue.

Lorsque j'arrive devant mon immeuble, une livraison a lieu au Deli du rez-de-chaussée. Les voix et le bruit des portes qui se ferment, s'ouvrent et se referment m'ont rendu dingue au début, tant j'étais habitué au calme des banlieues tranquilles de Pullman, dans l'État de Washington, près du château de Scott, situé en haut d'une colline. Je me rappelle combien cette maison m'a paru immense lorsque nous nous sommes garés devant avec la camionnette de ma mère.

Nous avions choisi de nous y rendre par la route, malgré les nombreuses tentatives de Ken pour nous acheter des billets d'avion et faire transporter nos affaires. En y repensant, je crois que ma mère était trop fière pour le laisser s'imaginer, ne serait-ce qu'une seconde, qu'elle était avec lui pour autre chose que par amour. Je me souviens de la première fois où je l'ai entendue rigoler devant lui. C'était un rire nouveau – le genre à transformer son visage et sa voix. Les coins de ses yeux s'étaient plissés et son rire avait jailli, emplissant la pièce de lumière et de fraîcheur. Ce qui avait rendu tout le monde autour d'elle un peu plus léger.

J'avais l'impression qu'elle était différente, une version plus heureuse de la mère que j'avais connue et aimée. Pourtant, elle n'avait pas changé tant que ça et restait toujours aussi soucieuse.

Mon sommeil l'inquiète depuis que je vis à New York. Elle n'arrête pas de me demander si j'ai trouvé un bon docteur, mais je ne suis pas prêt à m'occuper de toutes ces formalités, pourtant indispensables, quand on emménage dans une autre ville. Trouver un docteur et faire refaire mon permis attendront. De toute façon, je n'ai aucune envie de conduire dans cette ville. Pourtant, les camions-poubelles me réveillent chaque nuit vers trois heures du matin, un médecin pourrait sans doute me donner quelques conseils, mais quand trouverais-je le temps ?

Les couloirs de mon immeuble sont déserts et silencieux. J'attends l'ascenseur, car j'ai forcé un peu plus que d'habitude en courant avant d'aller en cours, et mes mollets me le font bien sentir.

En sortant de l'ascenseur, je sens dans le couloir une odeur à la fois sucrée et épicée. Nora doit être là, Tessa et elle sont sûrement en train de mettre un joli désordre sucré et enfariné dans la cuisine.

J'ouvre la porte ; de la musique et la voix suave d'une remarquable chanteuse prenant position en faveur de la jeunesse je-m'en-foutiste de la «New Americana[1]», résonnent dans tout l'appartement. Je retire mes chaussures et les laisse dans l'entrée. Puis j'entre dans la cuisine et pose la bouteille de lait sur le comptoir. Nora me remercie la première. J'ôte ma veste et lui réponds :

— De rien.

Il faut absolument que je fasse un truc pour l'anniversaire d'Ellen. Elle semblait encore plus triste aujourd'hui quand je lui ai demandé ce qu'elle avait prévu pour le grand jour. Travailler, j'en suis sûr. Elle n'a jamais de jour de repos.

— Je passais juste à côté du magasin quand Tessa m'a envoyé le texto pour le lait.

Nora me répond d'un sourire.

Mon Dieu, elle est encore plus belle que dans mes souvenirs et il ne s'est écoulé qu'une semaine depuis la dernière fois que je l'ai vue.

— Tu viens de louper le plus gros massacre culinaire de tous les temps. Tessa a rempli la douille de crème fraîche au lieu de crème chantilly pour les scones.

Nora saisit le lait et se dirige vers le frigo.

---

[1]. Chanson de Halsey.

J'aime qu'elle se sente comme chez elle ici, qu'elle se promène avec aisance dans ma cuisine, le dos bien droit, sa bouche charnue légèrement moqueuse. Elle ouvre le frigo et y range le lait. Je détourne les yeux quand elle se penche pour saisir la carafe d'eau fraîche. J'essaie de ne pas laisser mon esprit s'attarder sur son pantalon stretch. Ce n'est ni un jogging ni un pantalon de yoga. Je me fiche de ce que c'est, son cul est incroyable dans cette matière moulante qui en accentue l'effet bombé.

Elle porte un t-shirt de base-ball, le genre avec le buste d'une couleur différente des manches, les siennes sont bleu foncé et retroussées jusqu'aux coudes. Son épaisse chevelure noire est remontée en une queue-decheval haute et ses chaussettes sont imprimées de petits dessins d'œufs et de bacon. Son t-shirt se relève, laissant apparaître un peu de sa peau nue, mais je m'interdis de regarder, sachant que je serai incapable de m'arrêter. Puis elle se dirige vers le four et en sort un plateau de biscuits, ou de scones peut-être ? Il me semble qu'elle a dit que c'était des scones. En général, je ne les apprécie pas plus que ça. Le Grind en vend des bios à l'huile d'olive, recouverts de grains de céréales. Merci, pas pour moi.

Les talents de pâtissière de ma mère ne m'ont pas vraiment rendu service. La maison était toujours pleine de petites douceurs, ce qui explique sûrement pourquoi j'étais un gamin potelé. J'ai mis du temps avant de réaliser qu'il fallait que je me dépense beaucoup, mais maintenant je le sais. Je me souviens de ce que j'ai ressenti quand les connards de mon école ont cessé de se moquer de mon poids. Bien sûr, ça ne les a pas empêchés de trouver d'autres raisons pour me traiter comme de la merde, mais je me sentais plus léger, mentalement et physiquement. J'ai commencé à prendre confiance en moi, une chose que je n'avais jamais connue petit.

— La pâte s'est dégonflée.
— Ouais, après avoir brûlé !

Ces deux-là ont passé tous les jours de la semaine dans la cuisine, pendant que je restais terré dans ma chambre à essayer de faire mes devoirs puis de dormir après mes heures de travail. Il faut dire que, même dans mes rêves, j'entends les voix des clients mécontents qui fixent la carte des menus sur le mur : « Hum, vous faites des frappuccinos ici ? Comme au Starbucks ? »

Je n'ai travaillé que trois heures aujourd'hui, mais cette semaine m'a éreinté. Pourtant, bien que je sois crevé, je n'ai pas envie de rester enfermé dans ma chambre ce soir. J'ai envie de parler avec Tessa, et même avec Nora. Je déteste la manière dont ma poitrine se serre quand elle me regarde et la manière dont son regard accroche toujours le mien. Mais je décide de me montrer sociable ce soir. Ça me fera du bien de discuter avec des gens, même si ce n'est qu'avec elles.

Nora retire les scones du moule brûlant et les place sur une grille pour les laisser refroidir. Ils sentent la myrtille. Je m'assieds à la petite table et observe Nora qui se déplace dans la pièce. Elle prend un sachet en plastique rempli de glaçage jaune et en tord le bout, créant un cône gonflé de crème de nappage. Elle place un petit embout métallique à l'extrémité et badigeonne chaque scone de crème.

Nora dit un truc à propos du fait d'ajouter du glaçage sur les scones pour les rendre plus appétissants, mais je suis bien trop occupé à essayer de ne pas la regarder, ne serait-ce qu'un instant. Je suis aussi en train de me demander si je dois rester ici, avec elles. Je ne veux pas être dans leurs pattes.

Tessa m'interroge :

— Ça s'est bien passé au boulot ?

Elle plonge ses doigts dans un bol d'une pâte épaisse, parsemée de petits points bleus. De la myrtille peut-être ? Elle ouvre la bouche et y enfonce son doigt.

Je regarde Nora remonter les manches de son t-shirt. On dirait que le bas du tissu a été découpé avec des ciseaux juste pour dévoiler une bonne partie de son ventre. D'habitude, je m'en ficherais. Complètement. Je ne vois pas pourquoi ça dérangerait quelqu'un, à moins qu'il soit torturé de tentation pour cette fille et qu'il sache qu'il ne se passera jamais rien.

Sa peau est plus foncée que la mienne, mais je n'arrive pas à deviner ses origines. Elle est un mélange de beauté et de singularité. Je ne peux pas dire ce qu'elle est exactement, mais avec la forme de ses yeux verts en amande, ses sourcils foncés, ses cils épais formant une ombre sur ses pommettes… elle est sublime. C'est elle qui met en valeur ce t-shirt, pas lui qui l'embellit. Comme chaque tenue stylée dans laquelle je l'ai vue d'ailleurs. Ses hanches sont généreuses et c'est dur de ne pas regarder son cul moulé dans ce pantalon blanc.

Ai-je déjà fait cette remarque ?

Je m'autorise à la regarder pendant quelques secondes, mais vraiment la regarder. Juste une seconde ou deux, ça ne fera pas de mal. Elle ignore complètement mon regard posé sur elle, tout comme mon désir fou de promener mes doigts sur la peau nue de son dos. Mes pensées m'entraînent plus loin, dans un monde où Nora est étendue près de moi et mes doigts parcourent sa peau bronzée. J'adorerais la voir sortir de la douche. Ses cheveux seraient mouillés, ondulés au bout, sa peau serait humide et ses cils foncés paraîtraient encore plus noirs sur sa peau quand elle clignerait des yeux. Nora réitère la question :

— C'était si nul que ça ?

Je secoue la tête. J'étais tellement plongé dans mes pensées que je n'ai même pas répondu à la question de Tessa sur ma journée de travail. Je raconte que c'était un jour comme les autres, avec le rythme intense d'une journée blindée de monde. Les premières semaines d'université remplissent les *coffee shops,* même de l'autre côté du pont de Brooklyn.

— Non, pas trop mal. Ça me plaît vraiment là-bas.

Je leur passe les détails du joint sous l'évier qui a cédé, aspergeant totalement Aiden au passage. Je ne peux pas nier avoir bien rigolé quand il ne me regardait pas. Il était tellement énervé que ses cheveux se sont hérissés sur sa tête. La situation était d'autant plus comique que c'était son idée à lui de bidouiller le joint, après avoir déclaré qu'il savait très bien comment réparer une fuite.

Draco a échoué, une fois de plus.

Tessa m'annonce qu'elle a demandé à faire des heures sup les deux prochains week-ends. Je sais qu'elle crève d'envie de savoir quand Hardin arrive exactement pour pouvoir anticiper. Je devrais lui dire que c'est le week-end prochain, mais je vais attendre que Nora rentre chez elle, ainsi elle aura un moment seule pour digérer cette nouvelle et trouver un moyen de l'éviter.

Si ces deux-là ne finissent pas mariés, avec un gamin buté à la tignasse hirsute, je cesserai de croire à l'amour. J'ai vu la lumière de Tessa s'éteindre un peu plus chaque jour depuis qu'elle est ici, à New York, et écouté Hardin progresser grâce à l'influence de son groupe de parole et à l'écoute et aux conseils de son thérapeute.

Je déteste le mot thérapeute. Je trouve que ça donne une connotation dramatique et négative à quelqu'un qui passe sa vie à essayer de soigner les autres.

Il n'est pas convenable de parler de son thérapeute au bureau, en revanche, critiquer ses collègues derrière leurs dos à la machine à café est parfaitement normal. C'est tellement bizarre. Mais ce n'est pas mon combat, c'est celui d'Hardin et il se bat comme un chien. Tessa m'interroge :

— T'as des nouvelles de ta mère ?

À nouveau, Nora se déplace tranquillement dans la cuisine. Elle nettoie la grille et passe un coup d'éponge sur le comptoir pendant que je raconte à Tessa que ma petite sœur se sert du ventre de ma mère comme d'un terrain de foot.

— Elle jure que la petite Abby sera en première ligne au MLS SuperDraft.

Ma mère dit que son ventre la fait beaucoup souffrir la nuit. Le bébé pousse pour se faire de la place pour grandir. Malgré tout, elle ne se plaint pas. Les changements de son corps à son âge l'émerveillent et elle est très heureuse d'avoir une grossesse saine et normale.

— Tu m'as perdue à MLS Super-Truc.

Nora fait une grimace avec sa bouche. Ça l'amuse. Un peu. Ses yeux semblent toujours refléter une pointe d'ennui, comme si sa vie d'avant était bien plus excitante que ce qu'elle fait en ce moment.

— C'est du sport. Tu n'en suis aucun ?

C'est une question pour Nora, je sais bien que Tessa n'est pas intéressée par le sport.

Nora secoue la tête.

— Nan. Je préfère encore m'arracher les yeux et les manger.

Sa réponse très imagée et quelque peu morbide me fait rigoler.

— Bon, ok.

Je tends la main pour saisir un scone qu'elle a déjà recouvert de glaçage, mais elle arrête ma main juste avant que je ne l'attrape. Sa main toujours sur la mienne, elle m'explique :

— Tu dois laisser le glaçage prendre... Juste trois minutes.

Sa main est si chaude sur la mienne. Pourquoi ne la retire-t-elle pas ?

Et pourquoi n'ai-je pas envie qu'elle le fasse ? J'étais censé faire abstraction de toute forme d'attirance pour elle. J'étais supposé m'habituer à ma place d'ami. Je sais bien que ça ne sert à rien de me poser mille questions, genre pourquoi je ressens ceci ou cela, mais ça me donne un peu l'impression d'arriver à me maîtriser.

Il faut que je me rappelle constamment de rester dans la «zone pote». C'est dur de le faire quand elle est assise ici, dans cette tenue, à me regarder de cette manière, à me toucher comme ça.

Je regarde nos mains, la sienne est plus foncée que la mienne. Puis je la fixe pour lui rappeler qu'elle ne devrait pas me toucher de cette manière. Les amis ne se tiennent pas la main.

Le portable de Tessa sonne et le bruit fait sursauter Nora. Elle rougit. J'aimerais la tenir encore, mais je ne peux pas. Tessa passe son pouce sur l'écran :

— C'est mon patron. Je dois répondre.

Elle nous regarde tous les deux, comme pour nous demander si elle peut nous laisser seuls. Nora lui adresse un petit sourire pour lui exprimer par le regard ce que sa bouche ne peut pas dire.

L'atmosphère devient plus pesante à mesure que Tessa s'éloigne dans le couloir. Nora essaie de s'occuper en attrapant un moule sur le comptoir pour le mettre dans l'évier. Puis elle fait couler l'eau et attrape le liquide vaisselle. Elle répand du liquide jaune sur le moule et commence à frotter. Je ne sais pas si je dois rester planté là, bizarrement, à la regarder faire la vaisselle ou si je devrais juste aller dans ma chambre et passer le reste de la soirée seul, une fois de plus.

Je prends mon portable pour consulter mes derniers messages. J'ai un texto de Posey, un dessin comique d'un barman. Un rire silencieux m'échappe et les épaules de Nora se tournent vers moi. Elle semble se retenir de ne pas se retourner totalement, puis attrape le liquide vaisselle et le presse de nouveau. Des petites bulles de savon flottent autour d'elle et je remarque qu'elle est toujours en train de frotter le même moule depuis tout à l'heure.

J'avance d'un pas sans faire de bruit et regarde dans l'évier. Tout est propre. Il ne reste absolument aucun résidu de gâteau sur la surface brillante recouverte inutilement d'une épaisse couche savonneuse. Ses longs doigts s'affairent sur le moule déjà propre, alors je fais un autre pas pour me rapprocher d'elle. Mais mes pieds butent dans l'une des chaises en bois et le bruit la fait sursauter.

— Alors, comment tu vas depuis tout ce temps ? Rien de neuf ?

Comme si c'était la première fois que je lui parlais, et surtout, comme si je ne venais pas tout juste de trébucher sur une chaise.

Nora hausse les épaules en prenant une profonde inspiration et secoue la tête, faisant balancer d'avant en arrière sa queue-de-cheval brune.

— Pas vraiment.

C'est tout ce qu'elle me répond avant de retourner à sa vaisselle. Elle finit par rincer et poser le moule sur l'égouttoir près de l'évier pour le faire sécher.

Où est Tessa ? J'aimerais qu'elle revienne pour détendre l'atmosphère tendue de cette cuisine.

— Et le travail ? Tu te plais toujours autant là-bas ?

Je ne peux pas la fermer, non ? Nora hausse de nouveau des épaules et je crois l'entendre me répondre un « ça va ».

— T'es en colère contre moi ou quoi ?

Ma bouche parle à ma place. En colère contre moi ? On dirait que j'ai cinq ans comme lorsque je demandais à Carter s'il était en colère parce que ma mère avait roulé sur son jouet dans l'allée sans le faire exprès.

Avant que je ne puisse bredouiller d'autres mots et rendre la situation encore plus gênante, Nora se retourne pour me faire face. Le mouvement de sa gorge semble s'accélérer tandis que sa poitrine se gonfle et se dégonfle dans un souffle lent. La mienne est en feu. Je ressens comme un vide qui pourtant n'a pas sa place ici. Pas pour une inconnue.

— En colère contre toi ? Pourquoi ?

Il y a de la sincérité dans son regard quand elle me questionne. Ses lèvres sont pulpeuses. Elle attend une réponse, qui n'est pas facile à donner en quelques secondes.

Je passe ma main derrière ma nuque, et je réfléchis, réfléchis et réfléchis encore.

— Pour tout. L'histoire avec Dakota, le baiser, le…

Nora ouvre la bouche pour parler et je m'interromps pour la laisser faire. S'accoudant au comptoir, elle me regarde, elle me fixe intensément et à cet instant, je me dis que j'aimerais la connaître assez pour savoir à quoi elle pense et ce qu'elle ressent. Je n'arrive pas à lire en elle, même en me concentrant très fort.

D'habitude, je suis plutôt doué pour analyser les gens et leurs comportements. En général, je suis capable de dire ce que ressent une personne sans qu'elle ait besoin de l'exprimer à voix haute. Je le sais aux mouvements furtifs de ses yeux fuyant sur le côté ou au léger tressaillement de son corps.

— Je ne suis pas du tout en colère contre toi. C'est vrai que ça a foutu un peu le bordel !

Quelque chose dans sa voix à chaque fin de phrase me met mal à l'aise, comme si elle voulait en dire plus, comme si elle se retenait. Je n'ai jamais autant souhaité connaître les zones d'ombre qu'elle garde si bien cachées.

Elle me fait penser à une sorte de secret, le genre qui permet de découvrir le vrai mystère de la vie, celui qui est difficile à déchiffrer et encore plus dur à résoudre.

— Landon, la raison pour laquelle…

Sa voix est interrompue par le grincement d'une basket sur le sol. Je me retourne et vois d'abord une paire de sneakers blanches accrochées à une paire de jambes, puis un corps mince portant un tutu étincelant et un body noir. Les yeux de Dakota sont rivés sur Nora. Elle se tient seulement à quelques centimètres de moi et semble sur le point de se transformer en une chose énorme, sombre et menaçante.

Les épaules de Dakota se contractent et elle se redresse légèrement pour demander l'attention.

— Dakota.

Je m'avance instinctivement vers elle et, du coup, m'éloigne de Nora.

— C'est donc là que tu es allée ?

Je reste interdit un moment, jusqu'à ce que je réalise que Dakota ne s'adresse pas à moi. Elle fait face à Nora qui me regarde.

— Non, j'étais juste ici avec Tessa…

Dakota ne lui laisse pas le temps de terminer sa phrase.

— Je t'ai dit de partir, pas d'aller te jeter dans ses bras !

La voix de Dakota gronde comme un raz de marée sur le point d'engloutir mon petit appartement de Brooklyn.

— Je t'ai dit de rester loin de lui, c'est zone interdite. Nous étions d'accord.

Les yeux de Dakota forment deux petites fentes tandis que ceux de Nora sont écarquillés, toujours sous l'effet de la surprise de voir Dakota dans la cuisine.

— Je ferais mieux d'y aller.

Nora attrape un torchon sur le comptoir pour s'essuyer les mains. Elle le fait à toute vitesse et Dakota et moi restons silencieux tandis qu'elle quitte la cuisine sans nous adresser un regard.

La porte d'entrée s'ouvre et se referme en moins de vingt secondes. Je ne l'ai même pas entendue dire au revoir à Tessa. Et même si je l'avais voulu, je n'aurais pas eu le temps de la suivre. L'espace d'un instant, je me demande si j'en aurais été capable et comment Dakota aurait réagi.

Chapitre 20

Dakota reste immobile au milieu de la cuisine, les yeux rivés sur moi et la bouche tordue dans une grimace de colère. Ses cheveux sont détachés, des boucles sauvages s'étalent sur ses épaules. Elle s'arrache les petites peaux autour des ongles. Je n'apprécie pas du tout sa manière de se comporter, comme si nous étions encore au lycée.

Non, pire encore, comme si nous étions en primaire. Je lui demande :

— C'était quoi, ça ? C'est quoi ton problème ?

Elle réagit, immédiatement sur la défensive, et me fixe comme si c'était moi qui me comportais en gamin jaloux. Dakota ne répond pas, elle me fixe simplement, le regard adouci. Avec une moue, elle s'adosse négligemment sur le comptoir comme si de rien n'était.

Cette fois, je décide de ne pas laisser passer.

— Pourquoi as-tu viré la copine de Tessa de mon appartement ?

Elle me dévisage. Je suppose que le silence, c'est pour se laisser le temps de trouver quoi répondre. Finalement, après quelques secondes, elle soupire et se met à parler.

— Pour moi, ce n'est pas juste la copine de Tessa, Landon. C'est ma coloc, et je ne veux pas qu'elle te tourne autour. Elle n'est pas bien pour toi et je ne vais pas la laisser tenter de s'approcher de toi.

Elle s'arrête un instant avant de poursuivre :

— Je ne veux pas que ça arrive.

Je ne sais pas si c'est le ton de sa voix ou la jalousie possessive qui transparaît dans ses mots, mais ma peau me picote et l'adrénaline remonte dans ma poitrine.

— Ce n'est pas à toi de décider ce qui est bon pour moi, Dakota.

À ces mots, elle devient blême comme si je l'avais giflée puis, avec une grimace, elle me répond sur le ton de l'évidence :

— Donc tu l'aimes bien, en fait !

Je peux sentir la colère monter en moi, chaque seconde un peu plus, et la tension entre nous grandir à chaque mouvement de sa poitrine.

— Non. En fait, honnêtement, je ne sais pas ce que je ressens pour elle.

Ma réponse sonne comme si j'essayais de cacher la vérité, mais la vérité, c'est que je ne sais vraiment pas ce que je ressens pour Nora. Ce que je sais en revanche, c'est que Dakota n'a pas le droit de décider pour moi.

J'ai presque toujours été sincère avec Dakota. Je dis presque, parce qu'il arrive parfois que toute vérité ne soit pas bonne à dire.

Dakota traverse la cuisine pour se diriger vers moi, son tutu brillant se balance à chacun de ses pas, ses yeux cherchent mon regard.

— Eh bien, essaie d'y voir plus clair parce que je n'ai pas envie que tu ne saches pas non plus ce que tu ressens pour moi.

Je reconnais ce ton, sur la défensive.
— Arrête. Redémarre.
Elle sait exactement ce que je veux dire.

Dakota est très forte pour faire taire ses émotions et se détacher complètement pour éviter de souffrir, et ce depuis des années. J'ai été souvent là pour lui rappeler de les laisser s'exprimer et de baisser sa garde. Uniquement quand elle ne craint rien, bien entendu, j'ai toujours voulu la protéger.

Elle soupire en signe de défaite :
— J'ai beaucoup pensé à toi ces derniers temps.
— Qu'est-ce que tu veux dire par là ?
Dakota déglutit et se mord la lèvre inférieure.
— Simplement que je t'aime, Landon.

Elle prononce ces mots de manière si désinvolte, comme s'ils ne venaient pas juste de dénouer quelque chose à l'intérieur de moi, un nœud si serré, si coincé dans ma cage thoracique et qui n'attendait que d'être défait par elle, pour soulager la douleur.

Je n'avais pas entendu ces mots sortir de sa bouche depuis si longtemps, bien avant même d'emménager à New York. Ces trois mots avaient l'habitude de sonner à mes oreilles de manière normale, comme si j'entendais mon propre prénom, mais plus maintenant.

Maintenant ils me poignardent, ruinant tous les progrès que j'avais accomplis pour apaiser la douleur de la solitude, si présente depuis qu'elle m'a quitté. Ces trois mots menacent de briser la fragile carapace que j'ai tenté de construire depuis qu'elle a décidé ne plus vouloir de moi.

Ces trois mots sont bien plus importants pour moi qu'elle ne pourra jamais l'imaginer et je sens que mon cœur est sur le point, à tout moment, d'exploser rageusement hors de ma poitrine.

Je ne m'attendais pas à une déclaration d'amour de sa part. Je croyais qu'elle allait me jeter sa colère à la figure. Franchement, je ne sais pas ce qui aurait été le pire.

Dakota rompt le silence :

— Vraiment, Landon. Je t'aime depuis toujours et je suis désolée d'avoir causé autant de problèmes dans ta vie. Je t'ai fait du mal, je sais, et j'en suis désolée…

Sa voix se brise et des larmes brillent dans ses yeux. Elle se tient plus près de moi maintenant, si près que je peux l'entendre respirer. J'ai dû manquer les pas qu'elle a faits pour se rapprocher de moi.

— J'ai été égoïste. Je le suis toujours, et même si j'ai tout foutu en l'air, je ne supporte pas de te voir avec quelqu'un d'autre. Je ne suis pas prête à te partager. Je me souviens de la première fois que je t'ai vu.

Elle s'interrompt et j'essaie de reprendre mon souffle.

Je devrais l'empêcher de faire resurgir ces vieux souvenirs, mais je n'y arrive pas. J'ai envie de les entendre.

J'ai besoin de les entendre.

— Tu faisais du vélo en bas de la rue. Je pouvais te voir de la fenêtre de ma chambre. Carter venait tout juste de rentrer d'un camp de vacances, et un des parents avait appelé mon père pour lui rapporter une rumeur selon laquelle Carter aurait essayé d'embrasser un autre garçon.

Ses mots me rongent et mon cœur s'arrête de battre. Elle ne parle jamais de Carter, pas de manière aussi détaillée, plus maintenant.

— Mon père avait déboulé dans le couloir, une ceinture à la main.

Elle frissonne.

Moi aussi.

— Le bruit était si fort. Je me souviens d'avoir pensé que la maison allait s'effondrer s'il ne s'arrêtait pas.

Le regard de Dakota me traverse. Elle n'est plus à New York, mais de nouveau à Saginaw, et je suis là-bas, avec elle.

— Tu pédalais dans la rue et ta mère était là, avec toi. Elle prenait des photos avec son appareil, ou des vidéos peut-être, et lorsque Carter a commencé à hurler sous les coups de la ceinture en cuir, je vous ai observés, toi et ta mère. Je ne sais pas comment, mais elle est tombée. Elle a dû trébucher, et tu t'es rué vers elle comme si c'était toi le père et elle l'enfant. Je me souviens d'avoir souhaité être aussi forte que toi pour aider Carter. Mais je savais que j'en étais incapable.

Ses lèvres commencent à trembler. Ma poitrine me brûle, la douleur me transperce comme un éclair.

— Tu sais comment ça se passait. À quel point ça dégénérait quand j'essayais de l'aider.

Je le savais. J'en ai été témoin plusieurs fois. Ma mère a appelé les flics à deux reprises avant que nous découvrions à quel point le système était pourri, tellement pourri, et bien plus compliqué que nous, enfants, ne pouvions l'imaginer.

Mes pieds me guident vers Dakota sans que je puisse les commander. Elle lève sa petite main entre nous et je m'arrête net.

— Écoute-moi simplement. N'essaie pas d'arranger quoi que ce soit.

Je fais tout ce que je peux pour respecter sa consigne. Je fixe les chiffres verts sur la cuisinière et croise mes mains derrière mon dos. Il est presque neuf heures, cette journée est passée si vite.

Je reste concentré sur les chiffres et elle poursuit.

— Je me souviens de la première fois que tu m'as parlé, la première fois que tu m'as dit que tu m'aimais. Tu te souviens de la première fois que tu m'as dit que tu m'aimais ?

Évidemment que je m'en souviens. Comment aurais-je pu oublier cette journée ?

Dakota s'était enfuie ; elle avait disparu depuis des heures. Son père, ivre mort et semblant ne pas réaliser que sa fille de quinze ans était introuvable, était assis dans son fauteuil dégueulasse, une bière fraîche dégoulinante à la main. Son ventre débordait, tout cet alcool et cette bière devaient bien aller quelque part. Il ne s'était pas rasé depuis des semaines, les poils de son menton partaient dans tous les sens, formant des plaques drues et rugueuses sur son visage.

Je n'arrivais pas à obtenir une réponse de sa part. Je ne pouvais même pas lui faire détourner les yeux de sa foutue télévision. Je me rappelle qu'il regardait *Les Experts*. Le petit salon était empli de fumée de cigarette et envahi d'ordures. Des cannettes de bière vides recouvraient la table et des magazines s'empilaient au sol sans avoir été lus.

Pour la cinquième fois, je lui demandai :

— Où est-elle ?

Ma voix résonnait si fort que j'avais peur qu'il réagisse et me frappe comme il le faisait avec son fils. Pourtant, il n'avait pas bougé. Il était resté assis là, à regarder paresseusement l'écran. J'avais vite abandonné. Je savais qu'il ne m'aiderait pas, il était trop défoncé.

Puis il avait eu un mouvement et j'avais sursauté. Ma peur s'était envolée quand je l'avais vu saisir son paquet de cigarettes Basic. En attrapant le cendrier, des mégots de cigarettes et des cendres étaient tombés sur le tapis. Il n'avait pas eu l'air de s'en rendre compte, de la même manière qu'il ne semblait pas remarquer ma présence, à lui demander où était passée sa fille unique.

J'avais pris mon vélo et fait le tour du voisinage, arrêtant tout le monde sur mon passage. J'avais commencé à paniquer après avoir dépassé Buddy, quand un des clochards ivres qui vivaient près de la forêt m'avait dit l'avoir vue courir vers le dangereux bois de Sanigaw. Ce bois était surnommé la «zone de perdition», il était plein de gens paumés.

La drogue et l'alcool étaient tout ce qu'ils possédaient, il y en avait plein le bois. Ce n'était pas un endroit sûr, elle n'était pas en sécurité.

J'avais abandonné mon vélo à la lisière des pins et couru dans l'obscurité comme si ma vie en dépendait. En un sens, c'était le cas.

Je suivais les voix et ignorais la brûlure de mes muscles tandis que je courais, m'enfonçant dans le bois. Heureusement il n'était pas très grand, on pouvait en faire le tour en moins de cinq minutes. Puis je l'avais trouvée, en plein milieu, appuyée contre un arbre.

Quand je l'avais rejointe, mes poumons étaient en feu et je pouvais à peine respirer, mais elle était saine et sauve, c'est tout ce qui comptait. Elle était assise en tailleur à même le sol, sale et poisseuse, un tas de feuilles répandu autour d'elle, mais je n'avais jamais ressenti un tel soulagement de toute ma vie.

Elle avait levé les yeux vers moi et m'avait aperçu debout devant elle, les mains sur mes genoux, essayant de reprendre ma respiration. Elle semblait perdue.

— Landon ? Qu'est-ce que tu fais ici ?

— Je te cherchais ! Pourquoi es-tu là ? Tu sais comment c'est ici !

Je hurlais et elle avait regardé autour de nous, ses yeux sombres parcouraient les alentours.

Une couverture sale et déchirée suspendue à des branches cassées servait de tente. Des bouteilles de bière étaient éparpillées sur le sol et la pluie qui n'avait pas séché à certains endroits laissait des déchets humides et des flaques de boue un peu partout. Je m'étais redressé et lui avais tendu la main.

— Tu ne dois plus jamais, jamais, revenir ici. C'est dangereux !

Comme dans une sorte de transe, elle avait ignoré mon geste et commencé à parler :

— Je pourrais le tuer. Tu sais ça ? Je pourrais même m'en sortir, je pense.

Le cœur serré, je m'étais adossé contre l'arbre puis avais enroulé mes doigts autour des siens.

— J'ai regardé beaucoup d'émissions sur les crimes et vu sa manière de boire et de causer des problèmes... je pense que je pourrais m'en sortir. Je pourrais me faire un peu d'argent en vendant cette maison, peu importe ce qu'elle vaut, et me barrer de cette ville de merde. Moi, toi et Carter. On peut s'en aller, Landon. On le peut.

Sa voix suffoquait de douleur et ça me tuait de comprendre qu'elle était à la limite d'exécuter ce plan. Essayant de me rallier à son idée, elle avait ajouté :

— Il ne manquerait à personne.

Une petite part de moi souhaitait se laisser convaincre, rien qu'un instant pour soulager sa peine. Mais je savais que si je le faisais, la réalité finirait par nous rattraper tôt ou tard et que tout serait encore plus dur que ça ne l'était déjà.

Je choisis de la distraire plutôt que de lui dire qu'elle ne pouvait pas le tuer. Elle avait besoin de partir loin d'ici, même si ce n'était que par la pensée. Je lui posai la question, sachant à quel point elle aimait rêvasser.

— Où irions-nous ?

— On pourrait aller à New York. Je pourrais danser là-bas, et toi tu y enseignerais. On serait loin d'ici, mais nous aurions quand même la neige.

Chaque fois que j'avais posé cette question à Dakota, elle avait eu une réponse différente. Parfois, elle suggérait même que nous quittions carrément le pays. Paris était sa ville préférée au monde. Elle pourrait danser au mythique opéra Garnier. Cela semblait si peu réaliste de vivre ailleurs qu'à Saginaw. Et pourtant nous voilà assis dans la cuisine de mon appartement à Brooklyn, en train de nous remémorer nos rêves et les prémices de notre amour.

— Nous pourrions même habiter dans un gratte-ciel, au-dessus de la ville. N'importe où tant que ce n'est pas ici, Landon. Tout sauf ici.

Sa voix était lointaine, comme si elle était déjà là-bas.

Quand je l'avais regardée de nouveau, elle avait les yeux fermés. Une traînée de poussière barrait sa joue et son genou était éraflé. Elle a dû tomber, je me disais intérieurement. J'avais osé lui demander :

— J'irais n'importe où avec toi. Tu le sais, n'est-ce pas ?

Elle avait ouvert les yeux et ses lèvres avaient esquissé un sourire en coin, avant de reprendre ma question.

— N'importe où ?
— N'importe où.
— Je t'aime.

J'avais avoué :

— Je t'aime depuis toujours.

Sa main avait pressé la mienne et elle avait posé sa tête sur mon épaule. Nous étions restés assis là, jusqu'à ce que le soleil se lève et apporte un peu de répit à son esprit tourmenté.

Dakota reprend d'une voix basse :

— Tu m'as dit que tu m'avais toujours aimée.
— C'est vrai. Je t'ai toujours aimée.

Chapitre 21

Les dernières trente minutes ont été pour le moins déroutantes. Je ne sais pas comment stopper cette spirale ni même si je le devrais. Ses paroles comptent tellement pour moi, mais il manque quelque chose. Une petite partie de moi n'est pas connectée à ses mots. Je reste un peu sceptique et ne sais pas si je dois être aussi rapide à sauter quand elle me dit «saute».

La spirale a une bien plus grande importance pour moi que cette impression de petit manque qui me taraude, et je ne veux pas que ce moment se termine. Je ne veux pas qu'elle s'en aille. Je veux qu'elle reste pour se rattraper de m'avoir quitté et me sentir de nouveau normal. C'est plus facile de se concentrer sur les autres et d'aider les gens à devenir heureux autour de moi que de se résoudre à admettre que je suis un peu plus solitaire que je l'aurais voulu. C'est si facile de retomber dans cette habitude avec elle. J'ai toujours pensé que j'étais fait pour la protéger, que chaque cellule de mon corps avait été créée uniquement dans ce but. J'étais le plus heureux du monde quand elle était à mes côtés, quand j'avais quelqu'un qui me faisait me sentir important, indispensable même.

Et Dakota est arrivée ici, elle s'est précipitée vers moi. A-t-elle cessé de me fuir ? Son corps est si près du mien à présent. Tellement près que je pourrais tendre les mains et la prendre dans mes bras si je le voulais, et j'en ai envie. J'ai juste besoin de la toucher. J'ai besoin de savoir si le picotement que je connais bien va se répandre en moi au contact de ses doigts. J'ai besoin de voir si elle peut combler les vides qu'elle a laissés en moi, comme des trous béants dans mon corps.

J'avance d'un autre pas et enroule mon bras autour de son corps menu. Instantanément, elle se laisse aller contre moi et mes lèvres cherchent prudemment les siennes. Sa bouche est si douce, ses lèvres sont des nuages dans lesquels je veux me perdre, très loin de la réalité et de nos souffrances communes. Je veux flotter dans cet espace où il n'y a qu'elle et moi, moi et elle. Pas de rupture, pas de drame, pas de parents de merde ou d'examens, ni de longues heures de travail.

Au moment où mes lèvres rencontrent les siennes, la respiration de Dakota s'arrête et un immense soulagement s'empare de tout mon être. Ma bouche est hésitante, soucieuse de ne rien précipiter. Ma langue glisse sur la sienne, et elle se fond en moi, comme elle l'a toujours fait.

Je pose mon autre main sur le bas de son dos et l'attire tout contre moi. Les volants de son tutu frottent contre mon sweat et, de ses deux mains, elle tire sur le tissu brillant. J'entends la jupe toucher le sol et elle presse son corps contre le mien. Il est plus ferme que dans mes souvenirs. Son travail acharné a fini par payer et j'adore cette sensation nouvelle, musclée et à moi. Elle est vraiment à moi. Peut-être pas pour toujours, mais à cet instant du moins.

La bouche de Dakota est un peu molle, comme si elle avait oublié comment m'embrasser. Je frictionne son dos tandis qu'elle essaie de se remémorer ma bouche. Mes pouces tracent de petits cercles sur la cambrure de ses reins et elle pousse un soupir entre mes lèvres. Son baiser est langoureux, sa bouche a le goût salé des larmes. Je ne sais pas si ce sont les siennes ou les miennes.

Elle renifle et je m'écarte.

— Qu'est-ce qui ne va pas ? Que se passe-t-il ?

J'ai la gorge serrée et les mots restent coincés.

— Tu vas bien ?

Elle secoue la tête et je l'observe, son visage entre mes mains. Ses yeux marron sont brillants de larmes et ses lèvres humides et gonflées dessinent une grimace.

— Qu'est-ce qu'il y a ?

— Rien, ça va. (Elle s'essuie les yeux.) Ce n'est pas que je sois triste, je suis juste submergée par l'émotion. Tu m'as manqué.

Elle renifle de nouveau, puis une larme s'échappe et coule le long de sa joue. Je l'essuie avec mon pouce tandis qu'elle prend une grande inspiration, sa joue posée dans le creux de ma main.

— Tu me laisseras le temps de tout mettre au clair dans ma tête ? S'il te plaît, Landon, je sais que je ne mérite pas une seconde chance, mais jamais plus je ne te ferai de mal. Je suis désolée.

Je l'attire vers moi, une bouffée de soulagement et d'adrénaline me submerge tandis que je la serre dans mes bras. J'ai attendu des mois pour entendre ces mots. Peut-être est-ce la raison pour laquelle ils me semblent si étrangers ? J'ai rêvé de ces mots précis pendant si longtemps, j'ai tant voulu que ce moment arrive. Est-ce que ce sera une bonne ou une mauvaise chose ? Ou les deux ? Mon esprit n'arrête pas de tourbillonner. Je chasse mes propres pensées pour la réconforter.

— Chut.

Je murmure en posant mon menton sur le sommet de sa tête. Je masse doucement son dos pour la calmer.

Quelques secondes passent, elle se dégage lentement pour me regarder et parle doucement :

— Je ne te mérite pas.

Ses yeux évitent les miens tandis qu'elle poursuit :

— Mais je ne t'ai jamais autant désiré.

Sa tête se fait lourde sur ma poitrine quand elle pleure. Ses poings serrés sont agrippés à mon t-shirt. Une faible sonnerie résonne dans l'appartement et Dakota réagit instantanément, retirant sa tête de ma poitrine. Tu parles d'un mauvais timing.

— Désolée, c'est mon agent. Enfin, pas encore, mais il pourrait le devenir.

Puis elle se rue dans le salon.

Agent ?

Depuis quand a-t-elle un agent ? Ou en veut-elle un ? Que peut bien foutre un agent pour une étudiante en danse ? Je sais qu'elle passe des auditions pour de petits rôles dans des pubs de temps à autre, mais aurait-elle décidé de poursuivre dans la comédie ? Qu'est-ce que j'en sais ?

Je l'entends crier du salon :

— Je dois y aller !

Sa tête apparaît dans l'embrasure de la porte de la cuisine.

— Je suis vraiment désolée, mais c'est juste énorme !

Elle entre dans la cuisine. Ses larmes ont séché et sa contrariété a fait place à un sourire lumineux.

— Je repasserai demain, d'accord ?

Elle se met sur la pointe des pieds et m'embrasse doucement sur la joue.

Sa main presse la mienne et on dirait une nouvelle personne. Elle est heureuse, lumineuse. Cette version d'elle m'a manqué et je ne sais pas si je dois être déçu qu'elle parte de chez moi en plein milieu de... peu importe ce que nous étions en train de faire, ou excité pour elle de cette potentielle opportunité surgie de nulle part.

Je choisis d'être content pour elle et de ne pas lui poser de question.

— Je dois bosser demain, mais je suis là vendredi, toute la soirée après les cours.

Elle rayonne.

— Je viendrai vendredi alors, et peut-être que je pourrai rester ?

Dakota me regarde timidement, comme si elle n'était jamais restée avec moi auparavant. Elle mordille ses lèvres et je ne peux empêcher mon esprit de revivre la dernière fois qu'elle était dans mon lit. Bon, pas la dernière fois, parce qu'elle était soûle et que je ne l'ai pas touchée, mais la fois d'avant.

Elle était belle. Sa peau nue luisait sous le faible éclairage de ma chambre dans la maison de Ken. Elle m'avait réveillé au beau milieu de la nuit, sa bouche enroulée autour de ma bite. C'était si chaud, si humide, et je bandais tellement fort qu'un peu gêné, j'avais terminé par de lentes giclées dans sa bouche.

Dakota me ramène à la réalité.

— Landon ?

— Oui, bien sûr.

Je sens le sang bouillonner dans mon membre. Les hormones sont de petites choses malicieuses et embarrassantes.

— Bien sûr que je veux que tu restes.

— Super. À vendredi alors !

Elle m'embrasse rapidement sur la bouche, presse une dernière fois ma main puis se précipite vers la porte.

Impossible de trouver le sommeil. Mon esprit reste bloqué dans le passé. Alors que je suis allongé à fixer le plafond, je me revois à seize ans. J'écris des petits mots à Dakota pendant les cours en espérant ne pas me faire prendre. Elle glousse en lisant ce que j'ai écrit, des allusions sexuelles qui, à tous les coups, allaient la faire sourire. Notre prof ne remarquait jamais rien d'habitude. Nous pouvions passer notre temps à nous envoyer des messages d'un bout à l'autre de la classe sans qu'il y prête attention. Mais ce jour-là, manque de chance, il nous a vus. Il m'a pris sur le fait et m'a forcé à lire le mot devant toute la classe.

Mes joues étaient en feu au moment de parler. C'était quelque chose à propos de ses courbes au goût de fraise enrobées de chocolat que je rêvais de dévorer.

Mon Dieu, j'ai eu tellement honte.

La classe se foutait de moi, mais Dakota, assise le dos droit, me souriait. Elle me regardait comme si elle n'était pas le moins du monde troublée, comme si elle avait hâte de me sauter dessus. Je me rappelle avoir pensé qu'elle essayait seulement de me faire sentir moins minable, mais quand nous sommes rentrés à la maison, c'est ce qu'elle a fait, elle m'a sauté dessus.

C'est difficile de croire que nous n'étions que des ados quand nous sortions ensemble. Nous avons traversé tant de choses, vécu tant de premières fois, bonnes ou mauvaises. Nous étions bien ensemble et nous pourrions l'être encore. Des souvenirs défilent, les uns après les autres, dans l'obscurité de ma chambre, et mon lit ne m'a jamais semblé aussi vide. Vendredi n'arrivera jamais assez vite.

Le vendredi est arrivé. Le temps est passé plus rapidement que je ne pensais. Hier, après les cours, j'ai travaillé jusqu'à la fermeture. Posey et Aiden étaient là tous les deux, mais lui était particulièrement silencieux. Bizarrement. Il paraissait concentré sur autre chose, ou peut-être avait-il simplement décidé d'arrêter d'être un pauvre con désagréable. Quelles qu'en fussent les raisons, j'étais content.

Dakota m'a envoyé deux textos hier, et un ce matin, juste pour me dire qu'elle avait hâte de me voir. Ses marques d'affection me troublent toujours un peu, mais à chaque nouvelle petite attention qu'elle m'envoie, mon sentiment de solitude s'estompe. C'est tellement pulsionnel, ce besoin de compagnie. Je ne m'étais jamais considéré comme quelqu'un qui avait besoin des autres, et parfois je me demande pourquoi les humains sont ainsi faits.

Pourquoi, depuis la nuit des temps, sommes-nous prêts à tout, juste pour ne pas être seuls, et pourquoi aspirons-nous autant à trouver l'amour ? Le but de toute une vie, que vous soyez croyants ou pas, c'est de nouer des relations amicales et amoureuses.

Les humains sont des créatures en demande constante d'affection, et il se trouve que je suis très, très humain.

Chapitre 22

Il est déjà sept heures et je n'ai plus de nouvelles de Dakota depuis hier après-midi. Je lui ai envoyé un texto pour lui dire que j'avais hâte de la revoir et elle m'a répondu par un smiley heureux. Comme je ne maîtrise pas bien le langage emoji, j'en ai donc conclu qu'il s'agissait d'un smiley content plutôt que d'un smiley blasé.

J'espère qu'elle ne va pas me faire faux bond. J'espère vraiment, vraiment, qu'elle ne va pas me planter.

Je déteste qu'elle soit aussi imprévisible désormais. En très grande partie, je regrette amèrement de ne plus faire partie de sa vie. J'étais son meilleur ami et son petit ami à la fois. Elle partageait avec moi toutes ses pensées, tous ses espoirs et même ses rêves. Nous rêvions ensemble, nous rigolions ensemble et je connaissais chacune de ses pensées, la moindre de ses larmes versées.

Maintenant, je suis comme un étranger. Je suis celui qui attend qu'elle décide de bien vouloir m'appeler. Comme ces jours me manquent... Les jours où j'étais assez important pour qu'elle daigne m'accorder de son temps.

Pourquoi suis-je si déprimé? Il faut que je me ressaisisse et que j'arrête d'imaginer le pire quand il s'agit d'elle. Elle est sûrement occupée et m'appellera, ou m'enverra un texto quand elle le pourra. De toute façon, elle me préviendrait si elle devait annuler. Enfin, je crois…

Allongé sur mon lit, je regarde un match à la télévision. Un grand mec avec un maillot bleu vient de se faire projeter contre la vitre. Les Sharks de San José. Je reconnais le maillot des Sharks et celui de leurs adversaires. Ces équipes de hockey ne m'intéressent pas vraiment, mais je m'ennuie. Je ne sais pas quoi faire d'autre à part fixer mon portable et attendre l'appel de Dakota.

— Landon.

Une douce voix résonne, en même temps qu'un léger coup à la porte de ma chambre.

Ce n'est pas Dakota, mais Tessa. J'essaie de ne pas montrer ma déception. Je lui dirais bien d'entrer, mais il faut absolument que je sorte de ce lit. Je ne peux tout de même pas rester assis ici à attendre Dakota. Je peux au moins me rendre dans le salon.

Oui, je sais, c'est assez pathétique, mais m'allonger sur le canapé l'est un peu moins que sur mon lit, non?

Je me lève et me dirige vers la porte. Quand je l'ouvre, je vois Tessa debout dans l'entrée, en uniforme de travail. Sa cravate d'un vert citron donne l'impression que ses yeux sont encore plus clairs et ses cheveux blonds sont rassemblés en une longue natte sur son épaule.

— Hé.

Je dégage mes cheveux de mon visage, puis passe devant elle pour me diriger vers le salon.

Tessa s'assied à l'autre bout du canapé, j'étends mes jambes sur la table basse puis l'interroge :

— Qu'est-ce qu'il y a ? Tu vas bien ?

— Ouais... je crois. Tu te souviens de ce mec, Robert ? Celui que j'ai rencontré quand nous sommes allés au lac avec ta mère et Ken ?

J'essaie de me remémorer les détails de ce séjour. La culotte rouge qui flottait dans le jacuzzi, Tessa et Hardin qui s'adressaient à peine la parole, la petite brune qui portait la même robe noire que Tessa, le jeu des devinettes sur le trajet du retour.

Je ne me souviens pas d'un mec qui s'appelait Robert, excepté le serveur. Oh merde, bien sûr que je me rappelle. Il a rendu Hardin à moitié dingue.

— Ah ouais, le serveur ?

— Oui, le serveur. Devine qui travaille avec moi depuis aujourd'hui ?

Je lève un sourcil.

— Mais non ! Ici à Brooklyn ?

Sacré coïncidence.

— Eh oui ! Il est arrivé cet après-midi et ça m'a tellement surprise de le voir ici, à l'autre bout du pays. Il commence sa formation quand moi je termine la mienne. C'est trop bizarre, non ?

C'est effectivement bizarre.

— Un peu, ouais.

— On dirait une sorte de test ou un truc dans le genre.

Sa voix est lourde de fatigue, mais elle continue :

— Tu penses qu'on pourrait devenir amis ? Je suis loin d'être prête à sortir avec quelqu'un... mais je ne suis pas contre l'idée de me faire de nouveaux amis. C'est pas grave, si ?

— Quoi ? D'autres amis que moi ? Comment oses-tu ?

Je la taquine.

Tessa m'envoie un petit coup de pied, mais je l'intercepte et la chatouille par-dessus ses chaussettes roses. Elle hurle et se jette sur moi, mais je n'ai aucun mal à la maîtriser.

J'enroule mes bras autour d'elle et l'immobilise pour l'empêcher de faire ce qu'elle pensait pouvoir faire. Elle pousse un cri strident et son rire retentit dans tout l'appartement. Il m'a tellement manqué.

— Bien tenté.

Je rigole en lui chatouillant les côtes. Elle continue de se tortiller comme un ver de terre et de crier même quand on entend le déclic de la porte.

— Landon !

Tessa hurle à pleins poumons tout en essayant de se dégager de mon emprise.

Ça doit ressembler à ça d'avoir une sœur. J'ai tellement hâte qu'Abby arrive au monde. Je ferais bien de garder la forme pour pouvoir jouer de la même manière avec elle. Parfois, j'ai peur que notre différence d'âge ne soit trop importante et qu'elle ne veuille pas être proche de moi.

Tessa continue de se débattre et je la libère. Son visage est rouge et ses cheveux partent dans tous les sens. Sa cravate verte est entortillée sur son épaule, je ne peux m'empêcher d'éclater de rire. Elle me tire la langue, mais mon regard est attiré vers la porte, je pensais que le vent l'avait ouverte, mais j'avais tort.

Dakota se tient dans l'entrée et nous fixe, Tessa et moi, le visage impassible.

— Salut.

Je lui souris, soulagé qu'elle ne m'ait pas posé de lapin.

— Salut.

Tessa agite une main tout en essayant de refaire sa tresse de l'autre.

— Hé, Dakota.

Je me lève du canapé et me dirige vers Dakota. Elle porte un t-shirt blanc qui laisse apparaître une épaule et recouvre à peine sa brassière de sport rose. La matière moulante de son pantacourt noir lui colle à la peau.

Tessa récupère son sac sur la table et range ses clés dans son tablier.

— Je dois retourner bosser, si vous avez besoin de quoi que ce soit pendant que je suis dehors, envoyez-moi un message.

Nous n'avons pas terminé notre conversation sur Robert et son nouveau job. Je ne pense pas qu'elle se sente suffisamment à l'aise pour en parler devant Dakota, il vaut donc mieux que je n'insiste pas. Je trouve vraiment étrange qu'il soit ici, à Brooklyn. Si nous étions dans une bande dessinée, je suis sûr qu'il serait une sorte de harceleur psychopathe, ou bien un espion. Un espion serait vraiment cool. Avant que Tessa passe la porte, je lui réponds :

— On le fera.

Dakota n'a pas bougé depuis qu'elle est arrivée.

— Tu es belle.

Elle me fait un grand sourire.

Je me penche vers elle et l'embrasse sur la joue.

— Tellement belle. Comment s'est passée ta journée ?

Elle se détend un peu, mais je n'arrive pas à savoir si elle est de mauvaise humeur ou simplement nerveuse de se retrouver seule avec moi après tout ce temps.

— Bien. J'ai eu un autre casting, c'est pour ça que je suis en retard. Je suis venue dès que j'ai pu. Mais tu n'avais pas l'air de trop t'ennuyer sans moi, on dirait.

Je sens une pointe de sarcasme dans sa voix.

— Ouais, je discutais avec Tessa. Elle traverse une période difficile en ce moment.

Je hausse les épaules et prends la main de Dakota dans la mienne. Elle me laisse faire et je la guide vers le canapé.

— Encore ? Toujours à cause d'Hardin ?
— Ouais, c'est toujours à cause d'Hardin.

Je souris en essayant de ne pas trop penser à son arrivée le week-end prochain ni au fait que je suis un lâche de n'en avoir toujours pas parlé à Tessa. Elle sait qu'il vient, mais pas aussi tôt.

Je vais tenter de passer cette histoire de serveur sous silence pour le moment. Même si c'est un hasard, j'imagine d'ici la réaction d'Hardin.

Dakota balaye le salon du regard.

— Elle avait l'air d'aller très bien.
— Quelque chose ne va pas ? Tu sembles contrariée. Comment s'est passée ton audition ?

Elle secoue la tête et j'attrape ses pieds pour les poser sur mes genoux. J'enlève ses baskets et commence à la masser. Dakota ferme les yeux et bascule la tête en arrière, sur le rebord du canapé.

— Plutôt bien, mais je ne pense pas être retenue. La file d'attente pour passer l'audition dépassait la porte d'entrée quand je suis sortie. J'étais la troisième, ils m'ont déjà probablement oubliée.

Je déteste quand elle se dévalorise comme ça. Ne sait-elle pas combien elle est talentueuse ? À quel point elle est incroyable ?

— J'en doute. Impossible qu'ils t'aient oubliée.
— Tu n'es pas objectif.

Elle me fait un petit sourire auquel je réponds par un bien plus grand.

— À peine. Non, mais tu t'es vue ?

Elle roule des yeux et grimace quand mes doigts frictionnent doucement ses doigts de pied. Je retire ses chaussettes, mais elles restent accrochées aux extrémités. Je détache délicatement le coton noir.

— C'est du sang ?
— Sûrement.

Comme si ce n'était pas grave. Comme s'il ne s'agissait que d'une vulgaire égratignure.

Aucun doute, c'est bien du sang. Ses doigts de pied en sont incrustés. J'ai déjà vu ce que ses chaussons infligent à ses pieds. Avant même qu'elle ne se mette à danser à plein temps, ils étaient dans un sale état, mais jamais à ce point.

— Mon Dieu, Dakota.

Je décolle l'autre chaussette.

— Ça va. J'ai de nouveaux chaussons et je ne les ai pas encore faits, c'est tout.

Elle essaie de se dégager, mais je pose ma main sur ses jambes pour l'en empêcher.

— Reste ici.

Je soulève ses pieds de mes genoux et me lève.

— Je vais chercher un gant de toilette.

Elle semble vouloir dire quelque chose, mais se retient.

J'en trouve un propre dans le placard de la salle de bains et le passe sous l'eau tiède. Puis j'inspecte le placard pour trouver de l'aspirine. Je secoue la boîte. Vide, évidemment. Impossible que Tessa ait laissé vide une boîte de quoi que ce soit, c'est donc moi le seul fautif.

Je jette un œil à mon reflet dans le miroir pendant que le tissu éponge se gonfle d'eau et je tente de dompter mes cheveux. Ils commencent à devenir longs sur le dessus, trop longs. Ma nuque aussi aurait bien besoin d'être taillée, car des boucles commencent à se dessiner dans mon cou. À moins de vouloir ressembler à Frodo, il me faut une bonne coupe, et vite.

Je coupe l'eau, puis essore le gant de toilette. Il est un peu trop chaud, mais il va refroidir, le temps de retourner dans le salon. J'en prends un supplémentaire et pars rejoindre Dakota. Mais quand j'arrive, elle s'est endormie sur le canapé. Sa bouche est légèrement entrouverte et ses yeux complètement fermés. Elle doit être vraiment épuisée. Je retourne m'asseoir en faisant attention de ne pas la réveiller puis, le plus délicatement possible, tamponne sa peau meurtrie avec le gant. Elle n'a aucune réaction. Elle est étendue là, silencieuse, profondément endormie, tandis que je nettoie ses plaies et essuie le sang séché.

Elle ne se ménage pas. Je le vois à ses pieds ensanglantés et aux marques de fatigue dessinées sur son visage. J'aimerais passer du temps avec elle, mais je veux aussi qu'elle se repose, alors j'attrape le gant de toilette imbibé de sang, prends la couverture sur la chaise et recouvre son corps endormi.

Qu'est-ce que je pourrais bien faire pendant qu'elle dort ? Tessa est au boulot, Posey aussi... et voilà, c'est la fin de la longue liste de mes amis.

Je pourrais peut-être descendre au magasin du coin pour acheter de l'aspirine et de la Gatorade.

Ouais, je vais faire ça.

Si Ellen travaille, ça me fera passer le temps de bavarder avec elle. Son anniversaire arrive bientôt... demain. J'aurais dû lui prendre quelque chose ! Voilà ce que je vais faire pour m'occuper. Je vais découvrir ce qui lui ferait plaisir et le lui offrir.

Chapitre 23

Quand j'entre dans le magasin, la clochette de la porte retentit, mais Ellen lève à peine les yeux de l'énorme manuel posé devant elle.

Je me promène dans les allées, attrape une boîte d'aspirine et prends mon temps pour me rendre au rayon frais. Il faudra que j'appelle ma mère une fois de retour à l'appart. Elle avait un rendez-vous chez le médecin aujourd'hui et je veux m'assurer que tout va bien pour elle et ma petite sœur.

Ellen est toujours aussi absorbée par son livre. Elle lève enfin les yeux vers moi au moment où je dépose la Gatorade sur le comptoir devant elle.

— Prête pour ton anniversaire ?

Elle sourit mais secoue la tête. Elle porte un bandeau fin et ses cheveux courts semblent plus bouclés que d'habitude.

— Oh allez, je te taquine. Tu vas avoir dix-huit ans ! Tu es pratiquement une femme.

— Je suis déjà une femme.

Elle remue la main pour me faire comprendre que ce que je lui dis ne l'atteint pas et j'éclate de rire. Elle rigole aussi et enfin, enfin, Ellen ressemble à une vraie adolescente.

— Bon, si tu le dis.

Comme moi, elle étouffe un petit rire et enregistre ma Gatorade et l'aspirine. La caisse enregistreuse qu'elle utilise est tellement vieille qu'elle doit taper les prix manuellement. Les touches émettent un bruit sec à chaque contact et le papier grince en sortant de la machine. Le comptoir est enseveli sous des piles de livres et de paperasses. Un instant, je me demande si elle ne fait que travailler et étudier ou s'il lui arrive de faire autre chose.

— Tu as déjà reçu des cadeaux pour ton anniversaire ?

Elle secoue la tête.

— Non, mais c'est pas grave. Je n'aime pas les cadeaux.

Mon cœur se serre. J'insiste.

— Tout le monde aime les cadeaux !

— Pas moi. Les cadeaux, ça ne sert à rien. C'est comme les gens qui s'offrent des fleurs qui meurent deux jours plus tard. C'est du temps perdu et de l'argent jeté par les fenêtres.

Heureusement que je ne lui ai pas offert de fleurs.

— Et des livres ? Ou des films ?

Elle secoue de nouveau la tête, tout en rangeant mes articles dans un sac en papier.

— Hum, tu travailles encore demain ou tu fais une fête ?

— Je travaille.

Maintenant elle fronce les sourcils, j'ai l'impression que je n'aurais pas dû insister. Serait-il possible que sa famille ne fête pas son anniversaire ?

— Bon, j'espère que tu passeras une bonne soirée. Tu le mérites, ok ?

Ses sourcils se froncent davantage, mais je sens que c'est forcé et ça me rassure un peu. Elle acquiesce.

— Ok.

Je fais glisser ma carte bleue, elle me souhaite une bonne soirée.

— Toi aussi, Ellen.

Quand je remonte, Dakota est toujours endormie. Maintenant, elle est étendue sur le ventre, une masse sauvage de ses boucles est éparpillée sur le canapé en cuir. Je vais dans la cuisine et range ma Gatorade dans le frigo tout en pensant brièvement à Nora et à son aversion pour ma boisson préférée. Ça fait plusieurs jours que je ne l'ai pas vue, elle doit sûrement m'éviter.

J'attrape une boîte de Cheez-It et m'installe à table pour appeler ma mère. Elle décroche immédiatement.

— Landon, nous étions justement en train de parler de toi.

Je souris quand j'entends la voix de Ken me dire «bonjour».

— Salut tout le monde, comment s'est passé le rendez-vous ?

Quelques secondes de silence passent avant qu'ils ne répondent en même temps :

— Bien.

— Qu'a dit le docteur ?

Je fourre une pleine poignée de crackers dans ma bouche et attends qu'ils me donnent plus de détails sur la visite médicale.

— Il, euh, eh bien, il a dit que tout allait bien. Elle grandit un peu moins vite qu'au début.

La voix de ma mère se fait plus lente et elle ajoute :
— Mais c'est normal, tu ne dois pas t'inquiéter.
— Tu es sûre ?

J'ai besoin d'être rassuré. J'ai besoin de savoir que ma mère et ma petite sœur vont bien à mille pour cent.
— Oui, certaine. Alors, tu as choisi un deuxième prénom ?
— Pas encore. C'est beaucoup de pression… Je rigole !
— Tant que ce n'est pas Harry ou Severus, tout va bien.

Ma mère plaisante, elle me manque.
— Ah ! Donc, Hermione ou Luna, ça passe ?
— Fais attention à ce que tu dis, ce n'est pas parce que tu es adulte maintenant et que tu vis seul à New York, à l'autre bout du pays, loin de moi que…

Et elle se met à pleurer.
— Tu pleures ? Ken, elle pleure ?

J'entends ses sanglots au bout du fil et relâche les crackers dans le paquet. Mon beau-père m'explique :
— Elle est comme ça ces derniers temps. Elle va bien, ce sont juste les hormones dues à la grossesse.

J'entends Ken consoler gentiment ma mère en lui disant que tout va bien, et une fois de plus, je me rappelle que j'ai raison d'avoir entièrement confiance en lui pour prendre soin d'elle. Elle renifle et reprend :
— Je suis désolée. Un rien me fait pleurer ces jours-ci, je te jure. Change-moi les idées pendant que je me calme. Quoi de neuf ? Comment se passe le boulot ?

J'hésite à lui en parler sachant que Ken écoute. Il ne voulait pas que je travaille pendant le premier semestre, mais je n'étais pas d'accord. Qu'ils m'aident un peu financièrement pour couvrir certains de mes frais, passe encore, mais j'ai besoin de sentir que je participe, que je suis sur la bonne voie pour devenir un adulte responsable et ne pas dépenser l'argent que je n'ai pas gagné moi-même.

— Ça va. J'ai donné toutes mes heures à mon amie ce week-end. Elle a besoin de beaucoup travailler en ce moment, et Dakota est là ce soir.

Je jette un coup d'œil furtif dans le salon pour m'assurer qu'elle dort toujours. C'est bon.

— Dakota ?

Ma mère n'est pas douée pour cacher ses émotions, en particulier quand elle est sous le choc.

— Ouais. Disons qu'on se revoit depuis peu.

Ma mère chuchote quelque chose à Ken. J'aimerais pouvoir l'entendre mais je sais qu'elle n'y tient pas.

— Comment ça se fait ?

J'ai toujours été proche de ma mère. Assez proche pour lui parler ouvertement de mes histoires d'amour, enfin de la seule que j'ai eue.

J'ai beaucoup de chance d'avoir une mère qui me soutient et qui a toujours fait passer son enfant en priorité. C'est la plus gentille, la plus généreuse et la plus aimante des personnes que je connaisse.

Comme je n'avais pas beaucoup d'amis, elle les a remplacés en me donnant des conseils quand j'en avais besoin. Elle est au courant des hauts et des bas qu'il y a eus avec Dakota, qu'elle aime comme sa propre fille.

— C'est compliqué.
— Elle est chez toi en ce moment ?
— Ouais, elle dort.

De nouveau, ma mère chuchote quelque chose à Ken.

— Ohhh… J'espère que tu fais attention à toi.
— Maman…
Je râle comme un enfant de cinq ans.
— Hé! Tu es jeune et tu as la vie devant toi. Vous feriez bien de faire attention tous les deux. Elle ne s'est pas démenée comme une folle pour intégrer cette académie pour qu'au final, vous…
— Karen!
Ken grogne comme un enfant de six ans.
— Promets-moi juste de faire attention et je serai rassurée.
— Je ferai attention.
Je chuchote dans le téléphone en mettant la main devant la bouche pour éviter que ma voix ne porte.
— Merci. Maintenant, que s'est-il passé avec la fille de Tucker, Sophia?
Je gémis de nouveau.
— Maman.
Ken s'en mêle :
— Tucker est un homme rigoureux, heureusement que tu n'as pas l'intention de sortir avec la plus jeune de ses filles.
— Elle préfère qu'on l'appelle Nora, pas Sophia. Et tout va bien, nous ne sommes qu'amis. Si on veut. Comment se fait-il que tu sois au courant? Qui t'a parlé de ça?
Silence.
— Maman!
Je ne peux m'empêcher de sourire en imaginant la tête de ma mère. Elle est en train de réaliser qu'elle vient tout juste d'avouer qu'elle a une source de commérage sur ma vie sentimentale, ou plutôt mon absence de vie sentimentale.

— Personne, c'est juste une intuition.

Quelle mauvaise menteuse !

Je sais très bien qui c'est. La même personne à qui elle envoie des recettes de cuisine par texto et des photos comiques de chats qu'elle trouve sur Internet.

— J'irai acheter de l'insecticide pour Tessa demain.

Ma mère ne comprend clairement pas ma blague.

— De l'insecticide ?

— Parce que c'est une moucharde.

Ken rigole.

— Je ne comprends pas.

Je rigole de plus belle et Ken aussi.

— Bref, je vais vous laisser. Je vais préparer le dîner avant qu'elle se réveille, mais ne t'inquiète pas pour Nora et moi. C'était juste un petit truc de rien du...

Tout à coup, je sens une main se poser sur mon épaule. Merde.

Je tourne la tête et vois Dakota debout derrière moi, les mains posées sur mes épaules. Je me maudis.

— Je te rappelle demain, Maman.

— Ok. Prends soin de toi et fais attention. Assure-toi de faire de vrais repas sains et de ne pas trop travailler. Ni de trop dormir.

— Ok.

— Et fais attention à...

— Karen, il va bien. Au revoir, Landon.

Ken raccroche et je lui en suis infiniment reconnaissant.

Chapitre 24

Je repose mon portable sur la table aussi lentement que possible. Je me sens comme piégé dans une salle d'interrogatoire. À la différence près que dans cette pièce se trouvent des Cheez-It et des bouteilles de Gatorade. Bon d'accord, pas vraiment comme dans une salle d'interrogatoire en fin de compte. En fait, Dakota ferait un flic très sexy. Je fantasme en l'imaginant moulée dans un uniforme de police.

L'expression de son visage me dit que si elle était un flic, elle m'aurait tout de suite arrêté. Et pas pour m'attacher aux barreaux d'un lit et jouer à des jeux sexy. Alors, je lui explique, avec un sourire forcé :

— C'était ma mère et Ken au téléphone. Ils ont eu un rendez-vous aujourd'hui pour la petite Abby.

Mon sourire n'est pas forcé à cause de ma conversation téléphonique. Au contraire, je suis content que le bébé aille bien et que Ken soit toujours fou amoureux de ma mère. Il est forcé parce que Dakota va probablement me faire une scène pour m'avoir entendu parler de Nora avec ma mère, elle a tout entendu, donc inutile de nier.

Non pas que je doive le faire, d'ailleurs. Nora est mon amie, simplement. Pourtant, cette conversation, aussi innocente soit-elle, ne va qu'attiser le feu de sa jalousie envers Nora.

Le contact de sa main sur mon épaule commence à être pesant maintenant et je veux qu'elle comprenne qu'elle n'a aucune raison de s'inquiéter. Nora ne me laisserait aucune chance, même si j'en avais envie. Ça serait bien trop compliqué, à cause de son amitié avec Tessa, et en plus je la connais à peine, alors pourquoi se prendre la tête ?

— Comment va-t-elle ? Abby ? Comment évolue-t-elle ?

Dakota se penche en avant et enroule ses bras autour de mon cou avant de poser sa tête sur mon épaule. Ses cheveux sentent la noix de coco et ses boucles caressent doucement ma joue.

— Bien, ça va. Ils ont semblé un peu soucieux l'espace d'une seconde, mais je pense que je réfléchis trop.

Le souffle de Dakota se fait chaud contre ma peau.

— Tu réfléchis trop ? Toi ? Impossible.

Elle glousse et son rire est magnifique, comme elle. Je pose ma main sur son bras et le serre.

— Je suis contente qu'elle aille bien. Ça me fait toujours un peu bizarre de savoir que ta mère est enceinte, à son âge. Mais… ce n'est pas une critique !

Dakota semble se rendre compte de l'impact de ses mots et se reprend rapidement.

— C'est la meilleure mère du monde. Abby et toi êtes tellement chanceux de l'avoir, peu importe son âge. Je ne connais pas encore très bien Ken, mais d'après ce que tu m'en as dit, il fera un super-papa.

— Oui, c'est sûr.

Je dépose un baiser sur son bras.

— Espérons seulement qu'Abby ressemblera plus à toi qu'à Hardin.

Même si elle rigole et que sa peau frissonne, je n'aime pas la manière dont elle dit ça. Pas du tout même.

— Tu entends quoi par là ?

Je retire son bras du mien et me tourne vers elle. Dakota a l'air surprise de ma réaction. Serais-je en train d'exagérer ? Je ne pense pas.

— Je plaisantais, Landon. Ça ne voulait rien dire du tout. C'est juste que vous êtes si différents tous les deux.

— Tout le monde est différent, Dakota. Tu n'as pas à le juger. Ni personne d'autre d'ailleurs.

Elle soupire, s'assied près de moi et baisse les yeux sur ses mains.

— Je sais. Je ne voulais pas le juger. Je suis bien la dernière personne à pouvoir juger qui que ce soit. C'était une blague pourrie que je ne ferai plus. Je sais qu'il compte beaucoup pour toi.

Mes épaules se détendent, je me demande pourquoi je suis aussi énervé. Elle a l'air de s'en vouloir et je sais qu'Hardin n'est pas facile. Je ne peux pas vraiment lui en vouloir de penser ce genre de choses. Elle ne le connaît que comme le mec qui a bousillé le vaisselier de ma grand-mère décédée, et qui, en plus, refuse de l'appeler par son prénom.

C'est son truc. Hardin prétend ne pas se souvenir des prénoms des filles, à part celui de Tessa. Je ne sais pas pourquoi il fait ça, et parfois je me demande s'il oublie vraiment tous les autres prénoms ou si c'est juste un jeu. Mais bon, des choses bien plus étranges encore se sont passées entre ces deux-là.

Je n'ai pas envie de passer la soirée à m'embrouiller avec Dakota pour cette remarque.

— Ok. Changeons de sujet. Parlons de quelque chose de plus léger.

Puisqu'elle s'est déjà excusée et qu'elle semble sincère en disant qu'elle ne voulait rien insinuer, j'ai envie de passer à autre chose. Je veux lui parler. Je veux l'entendre me raconter ses journées et ses soirées.

Je veux m'allonger près d'elle dans un lit et évoquer nos folles années adolescentes lorsque nous faisions des marathons de films les soirs d'école et des concours du plus gros mangeur de Pizza Rolls sur mon matelas. Ma mère ne m'a jamais demandé pourquoi j'accumulais tant de paquets de Pizza Rolls au chorizo dans ma chambre.

Elle a commencé à se poser des questions quand je lui ai réclamé d'autres saveurs. Ma mère savait que je n'aimais pas ça, mais pas une seule fois elle ne m'a demandé pourquoi Dakota mangeait autant chaque fois qu'elle venait à la maison. Comme elle savait qu'une bière coûtait le même prix qu'un paquet de Pizza Rolls, je pense qu'elle se doutait qu'il y avait peu de chance pour que son frigo ait la place de contenir de la nourriture. Alors, des Pizza Rolls encore moins.

— Merci.

Dakota baisse ses yeux vers moi. Je lui souris et me lève.

— Viens par ici, toi.

Je me penche vers elle et la soulève dans mes bras alors qu'elle pousse des cris.

Elle est légère, encore plus légère qu'avant, mais ça me fait tellement de bien de la prendre dans mes bras.

Les vingt-deux pas à faire jusqu'au salon en la tenant tout contre moi ne durent pas assez longtemps pour compenser le manque de ces derniers mois. Je la laisse quand même retomber sur le canapé en cuir. Elle atterrit avec un bruit sourd et rebondit de quelques centimètres avant de hurler de nouveau.

Soudain, elle se redresse à toute vitesse et me court après en grimaçant. Elle rigole, son visage est rouge et ses cheveux en bataille.

Elle se précipite sur moi, je fais un bond. Je glisse sur le gros tapis que j'étais censé fixer au sol dès le deuxième jour de mon emménagement, puis saute sur la chaise en évitant ses doigts de justesse. J'espère vraiment ne pas avoir cassé cette foutue chaise. Je saute par terre, mais mes chaussettes me font glisser sur le sol. Je perds l'équilibre, mes muscles se contractent et mon pantalon me serre horriblement lorsque mes jambes se tordent dans une position douloureuse et très peu naturelle. Je soulève une jambe et tente de faire une torsion pour me redresser quand Dakota se précipite vers moi, le visage inquiet. Elle pose une main sur mes épaules et passe l'autre sous mon menton, me forçant à lever les yeux vers elle.

Je ne peux plus m'arrêter de rire, à tel point que c'est mon ventre qui me fait mal à force, et non plus ma jambe.

La panique de Dakota fait place à de l'amusement, son rire est ma mélodie préférée.

Je la prends par les épaules et l'attire sur mes genoux. Ses mains sont enroulées autour de mon cou, elle se penche pour m'embrasser. Sa bouche est la plus douce des caresses, et j'enroule ma langue autour de la sienne. Je suis complètement fou d'elle.

Chapitre 25

Dakota fait glisser ses mains le long de mes bras.
Elle les caresse de haut en bas, en s'attardant quelques secondes sur mes biceps. Je dois bien avouer que je suis assez fier de mon corps maintenant. Surtout après des années à le détester. Pour la première fois de ma vie, je me sens viril et sexy, et ses mains qui parcourent mon corps me font monter au septième ciel.

— Tu m'as tellement manqué.

Dakota gémit et pleure à la fois en prononçant ces mots qui me sont destinés, à moi, l'homme que je suis devenu, et pas juste le garçon que j'étais quand elle m'a rencontré.

— Tu m'as manqué encore plus.

Les yeux marron de Dakota sont presque fermés, à tel point que je peux à peine en distinguer la couleur. Sauf que je la connais par cœur. J'ai mémorisé chaque centimètre d'elle, de sa tache de naissance sur son pied gauche à la nuance exacte de ses yeux. Ils sont marron clair et celui de droite a une touche de miel. À l'école, elle avait l'habitude de raconter aux autres que cette tache claire était en réalité une cicatrice due à une bagarre dans son ancien établissement, mais c'était faux, évidemment. Elle voulait jouer l'importante là où c'était possible, puisque ce n'était pas le cas chez elle.

— J'ai besoin de toi, Landon.

La voix de Dakota semble désespérée, et elle m'embrasse. Ses mains sont maintenant sur mon dos, elle essaie de retirer mon t-shirt et sa bouche se promène sur ma nuque. Le sol est froid, mais elle est incroyablement chaude et je me sens nerveux et excité à la fois. Mon esprit fuse à mille à l'heure.

Dakota continue de tirer sur le tissu et commence à me lécher le cou.

— Aide-moi, je n'arrive pas à l'enlever comme ça.

Je me dégage rapidement. Je déteste me séparer d'elle, mais je suis fin prêt à retirer tous mes vêtements, ainsi que les siens. Je tire sur le t-shirt WCU et le balance à travers la pièce, mais il atterrit sur la lampe et y reste posé, rendant la lumière légèrement rougeoyante. Putain, je suis tellement naze que je n'arrive même pas à jeter mon t-shirt d'une manière sexy ? Sérieusement ?

J'espère qu'elle a remarqué que je portais du rouge, la couleur qu'elle préfère sur moi, et un sweat, exactement comme elle a toujours aimé. Avant, je trouvais ça bizarre qu'elle aime autant mes vêtements pour traîner, mais maintenant que je l'ai vue en brassière de sport et en pantalon de yoga, je comprends mieux pourquoi. D'une voix sucrée comme du miel, sucrée et addictive, elle continue :

— Viens par ici.

Je m'approche d'elle et me demande si nous devrions aller dans ma chambre. N'est-ce pas bizarre de se déshabiller dans le salon, assis sur le sol ?

Dakota répond à cette question à ma place. Elle retire son t-shirt et se débrouille pour enlever sa brassière de sport en même temps.

Entre sa poitrine offerte, ses lèvres mouillées et sa façon de me regarder, je risque de jouir avant même d'avoir commencé.

Je connais ce regard. Celui où ses yeux sont à moitié clos et sa bouche fait la moue. J'ai vu ce regard tant de fois et je le vois encore là, maintenant.

Elle est le désir à l'état pur, enroulée dans un nuage de sucre, et j'ai besoin de la goûter.

Je me penche vers elle, saisis un de ses seins tout doux dans ma main et prends l'autre dans ma bouche. Ses tétons sont durs sous ma langue et, bordel, son corps m'a manqué.

Elle gémit à présent et je bande plus fort encore. Elle m'a manqué, j'avais tellement besoin d'elle. Dakota pousse un gémissement alors qu'elle presse son corps contre le mien et se met à genoux afin que j'accède plus facilement à elle. Ma main descend le long de sa poitrine jusqu'à son entrejambe et mes doigts trouvent sa chatte, mouillée et frémissante. De mon index, je dessine des petits cercles sur cette zone humide. Je sais à quel point ça la rend folle.

Le corps de Dakota a toujours si bien répondu à mes caresses. Elle a toujours mouillé pour moi, ça ne me surprend pas tellement. Ce qui m'étonne, c'est d'avoir les idées aussi claires quand je la caresse. Ma bouche aspire ses tétons, mes doigts tracent de petits cercles sur son clitoris gonflé et j'ai pleinement conscience de chaque détail. Je suis conscient de ses cheveux retombant sur ses épaules, de sa main qui passe dans mes cheveux quand elle halète : « Encore, s'il te plaît, encore. »

Je n'ai pas vraiment l'habitude d'être si présent quand je la caresse à cet endroit. J'étais toujours tellement absorbé par mes propres sensations que je pouvais à peine formuler une pensée précise.

Du bout de ma langue, je lèche l'extrémité de ses tétons dressés et Dakota s'écarte soudain de moi. Je recule, inquiet d'avoir fait quelque chose qu'il ne fallait pas.

Elle se penche en arrière et tire sur son pantalon moulant. Elle le fait glisser le long de ses jambes, me faisant comprendre que tout va plus que bien. Je baisse les yeux sur son corps offert devant moi, elle ne porte pas de culotte.

Bordel de merde, elle ne porte pas de culotte et elle est littéralement ruisselante. Elle est tellement mouillée que ça ne m'étonnerait pas qu'elle laisse une petite flaque sur le sol, et ce grâce à moi. Putain, ce que c'est bon de savoir ça.

— Fais-moi l'amour, Landon.

Ce n'est pas juste une demande, je le sais. Je la connais.

Elle s'allonge sur le dos et je me souviens qu'elle avait dit que notre vie sexuelle était «chiante». Mes joues rougissent de gêne.

Chiante, hein ?

Dakota est complètement nue, ma porte est fermée, et elle s'attend à ce que je m'allonge sur elle et lui fasse l'amour de manière normale et ennuyeuse comme nous le faisions auparavant. Même si pour moi c'était loin d'être le cas.

Je vais lui montrer que je ne suis pas chiant du tout. J'ai quelques nouvelles techniques sous le coude. J'ai regardé suffisamment de pornos pour être devenu pratiquement un expert.

Pourtant, Dakota serait probablement en colère si elle savait que j'ai regardé des pornos. Une fois, elle a rompu avec moi parce qu'elle avait trouvé un magazine *Playboy* sous mon matelas. Ah, les ados de nos jours ne se rendent pas compte de la chance qu'ils ont d'avoir un accès si facile au porno. Ils peuvent en regarder directement sur leur portable, sans craindre que leur mère tombe dessus en rangeant leur chambre.

Eh, je suis en train de m'égarer.

Allez, il s'agit maintenant de me montrer audacieux, sexy et plus encore…

— Ne bouge pas.

Elle lève les yeux vers moi, hoche la tête, mais semble confuse quand j'enlève mon sweat et mon boxer. Je ne cherche pas à les balancer cette fois. Je les pose simplement près de nous et poursuis mon plan. Sauf que je n'en ai aucun.

Je veux l'impressionner. Je veux qu'elle se souvienne de moi, s'oublie complètement, qu'elle me désire et qu'elle ait besoin de moi, tout ça à la fois, à la seconde où je la touche.

— Tout va bien ?

Je peux entendre de l'impatience dans sa voix. J'acquiesce et rampe vers elle, nu, nerveux et tout dur. Mes mains effleurent ses cuisses et elle frissonne tandis que je caresse doucement sa peau satinée du bout des doigts. Sa peau mate se couvre de frissons, elle est si belle que ça en fait mal aux yeux.

Je caresse doucement ses deux genoux et écarte ses cuisses. Elle fait un mouvement comme si elle allait s'asseoir, mais je pose ma main sur elle pour l'arrêter.

— Laisse-moi essayer un truc.

Je recule et ma bouche se promène en descendant le long de son corps. Sa peau a un goût salé, je bande tellement que c'en est presque douloureux.

J'embrasse sa peau, de sa nuque à ses seins excitants, et de nouveau plus bas. Je la sens vibrer sous moi. Sa respiration est si profonde que ça me fait trembler de désir. Il faut que j'arrive à rester patient. Je dois lui montrer que je peux lui donner du plaisir d'une autre manière et pas seulement dans la position « chiante » du missionnaire.

Ma bouche s'aventure plus bas encore et je dessine une ligne invisible de baisers tendres le long de son corps, de ses hanches au creux de son intimité, entre ses cuisses. Elle halète lorsque le bout de ma langue trouve son clitoris. Ma queue se durcit davantage et mes mains sont sûrement moites. Mais suis-je au moins doué pour ce genre de chose ?

Je lutte pour chasser ces doutes de mon esprit et écrase ma langue contre elle. Elle gémit mon nom tandis que je trace de petits cercles, lèche son humidité et aspire son bouton gonflé entre mes lèvres. Ses doigts s'agrippent à mes épaules et elle soupire mon nom, encore et encore. Je dois plutôt bien me débrouiller. Ses jambes se contractent, j'accélère les mouvements avec ma langue, puis ralentis le rythme, la savourant délicieusement avec ma bouche.

Quand ses jambes se resserrent autour de mon cou, je saisis son sein d'une main tout en conservant l'autre entre ses jambes. Je titille doucement l'entrée de son sexe avec mon doigt et elle gémit, plaintive et implorante à la fois, et j'ai l'impression d'être le roi du monde.

— Je ne peux plus attendre.

Elle tire sur mes cheveux, puis mes épaules, et je la lèche une dernière fois avant de remonter pour la recouvrir de mon corps. Elle me supplie :

— S'il te plaît.

Je place mon gland entre ses cuisses. Elle est trempée et j'ai hâte de m'introduire en elle. J'essaie de l'embrasser, mais elle tourne la tête, poussant son cou contre ma bouche.

J'aspire sa peau, juste assez pour la rendre folle, mais sans laisser de marque pour autant.

Je tente de la pénétrer, mais… rien.

Je porte ma main à mon entrejambe et saisis ma bite entre mes mains, mais elle est devenue molle. Pourquoi est-ce que je ne bande pas ? C'est une mauvaise blague de l'Univers qui s'acharne contre moi, ou quoi ?

Je continue de bouger la main de haut en bas en fixant de nouveau le corps sexy de Dakota. La manière dont ses cheveux bouclés forment un cadre sauvage autour de l'œuvre art qu'est son joli visage, sa bouche pulpeuse. Je contemple ses seins fermes et ses petits tétons tout durs.

Qu'est-ce qui ne tourne pas rond chez moi, bordel ? Elle est tellement sexy, tellement prête à s'offrir, et moi je n'arrive pas à bander ?

Je continue de me toucher en priant pour bander de nouveau. Ça ne m'est jamais arrivé.

Pourquoi, oh pourquoi, est-ce que ça m'arrive maintenant ? Captant mon malaise, Dakota me demande :

— Qu'est-ce qui ne va pas ?

Je secoue la tête et maudis intérieurement mon corps, ce traître.

— Rien, j'ai juste… j'ai un petit problème.

Je déteste l'admettre, mais je n'ai jamais eu aussi honte, et ce n'est pas comme si j'étais en position de mentir. Ce genre de problème est impossible à cacher. Ouais, je n'ai jamais eu aussi honte.

Pas même quand ma mère nous a surpris en train de faire l'amour dans ma chambre alors qu'elle était supposée travailler toute la journée. Ni quand Josh Slackey avait baissé mon pantalon devant toute la classe de cinquième. Pas plus quand je suis tombé sous la douche pendant que je me masturbais et que Nora s'est précipitée pour m'aider.

Ce dernier exemple est clairement en tête de la liste.

— Un petit problème ?

Elle se redresse et j'ai envie de disparaître dans un trou. Un trou sombre, très sombre, où personne ne pourra me trouver.

Tout ce que je suis capable de dire, c'est :

— Hum, ouais.

— Tu n'arrives pas à bander ?

J'ai vraiment envie de disparaître. Je pose mes mains sur mes genoux.

— Ça allait une seconde plus tôt. Je ne sais pas pourquoi...

Dakota lève la main dans les airs.

— Je ne comprends pas. Comment c'est possible ?

Son regard se pose sur ma bite, molle et pendante, et je me sens minuscule.

— Je suis désolé. Je ne comprends pas ce qui ne va pas chez moi. Peut-être qu'on pourrait essayer autre chose ?

Dakota acquiesce, mais elle a complètement changé d'attitude. Elle ne me regarde plus comme si elle me désirait. Au lieu de ça, elle a l'air perdue et gênée.

J'espère qu'elle ne pense pas que cela à un rapport avec elle ou avec son corps.

Elle est tellement belle et sexy. N'importe quel mec serait stupide de ne pas le penser. Je ne sais pas ce qui m'arrive, mais en revanche je sais que ce n'est pas de sa faute.

Elle s'approche de moi et se baisse pour que sa bouche arrive au niveau de ma queue. Elle me prend dans sa bouche et j'essaie de me concentrer uniquement sur la chaude sensation de sa bouche et sur la façon qu'a sa langue de titiller mon gland.

Toujours rien.

Elle arrête après quelques secondes et s'écarte. Elle me regarde, le visage figé, puis détourne les yeux rapidement.

— Je suis tellement désolé. Je ne sais pas ce qui se passe mais ce n'est en aucun cas de ta faute. Cela n'a rien à voir avec toi ni avec ce que je ressens pour toi.

Dakota évite mon regard et je la sens se fermer.

— Je pourrais...

Je ne sais pas comment formuler ce que je veux dire.

— Je pourrais te faire jouir, tu sais, avec ma bouche ?

Ses yeux me lancent des éclairs. Elle n'est clairement pas emballée par cette idée.

— Je suis vraiment désolé.

— Juste tais-toi. S'il te plaît.

Elle se lève et rassemble ses vêtements.

Je sais qu'il vaut mieux ne pas la suivre quand elle s'éloigne dans le couloir et entre dans la salle de bains. La porte claque et je reste immobile.

J'ai l'impression d'être un vrai connard et je ne sais absolument pas comment arranger les choses. Je n'ai aucune idée de la manière de gérer cette situation et je connais suffisamment Dakota pour savoir que quand elle se braque, c'est pour de bon. Point barre. Je ne voulais pas l'embarrasser et jamais je ne le ferai intentionnellement, jamais.

Je récupère mon pantalon sur le sol et l'enfile. Je n'arrive pas à croire qu'après tout ce temps, je ne sois même pas capable de bander quand le moment fatidique arrive.

— Bien joué.

Dépité, je regarde ma bite qui m'a lâché.

J'essaie de réfléchir à un moyen de tout arranger, mais rien ne me vient à l'esprit. Je lance même un coup d'œil aux chats avec leurs chapeaux, alignés dans le couloir, dans l'espoir qu'ils puissent m'aider. Mais les étranges portraits ne m'apportent aucun conseil. Sans blague.

Je reste immobile devant la porte de la salle de bains, essayant de penser à ce que je vais bien pouvoir lui dire, à une façon de m'excuser qui lui fera comprendre à quel point je suis désolé de lui faire ressentir qu'elle n'est pas assez bien pour moi. Elle est plus que bien, elle est tout ce que j'ai toujours voulu. Elle est la seule personne avec qui j'ai été. Mon premier et unique amour. Je toque à la porte.

— Dakota.

Elle ne répond pas. Quelques secondes plus tard, j'entends l'eau couler et décide d'attendre.

Les minutes paraissent incroyablement longues lorsqu'on se ridiculise et qu'on embarrasse quelqu'un d'autre, tout ça en un seul geste. Je frappe de nouveau, mais elle ne répond toujours pas. L'eau continue de couler, ça fait bien trois minutes maintenant. Je frappe encore.

Pas de réponse. Je lui demande à travers la porte.

— Dakota, tu vas bien ?

Je n'entends que le bruit de l'eau qui coule lorsque je presse mon oreille contre la porte. Est-ce qu'elle va bien ? Pourquoi l'eau continue-t-elle de couler ? Je tourne la poignée et ouvre la porte.

— Je suis désolé.

J'entre en répétant ces mots, mais quand j'ouvre les yeux sur la petite salle de bains, elle est vide. La fenêtre est ouverte. Et je maudis mon immeuble d'avoir un escalier de secours.

Chapitre 26

Ça fait à peine dix minutes que Dakota a quitté mon appartement et je me sens de plus en plus honteux. Je déteste ce qui vient d'arriver, pour moi mais pour elle aussi. Je n'ose même pas imaginer ce que mon «impuissance» lui a fait ressentir.

Enfin si quand même, puisqu'elle a emprunté l'escalier de secours et a manifestement préféré s'enfuir plutôt que de discuter de ce qui venait de se passer. J'aurais préféré qu'elle me parle, qu'elle me crie dessus même, au lieu de s'échapper par la fenêtre de la salle de bains. Je me sens vraiment merdeux, donc j'imagine que c'est encore pire pour elle.

Ses mots résonnent encore dans mes oreilles : «Je ne comprends pas. Comment c'est possible?»

Je me suis senti atrocement mal et, maintenant, ces mots ne cessent de tourner en boucle dans ma tête.

Je m'assieds sur le canapé et enfouis mon visage dans mes mains. Dakota ne voudra probablement plus me parler pendant un moment, peut-être même plus jamais. Cette pensée me donne le vertige. Je ne peux pas concevoir qu'elle ne fasse plus du tout partie de ma vie. Cette idée est tellement bizarre. Trop bizarre.

Je connais cette fille depuis si longtemps, la moitié de ma vie en fait, et même quand nous avons rompu, je savais qu'elle était là quelque part et qu'elle ne me détestait pas. L'idée qu'elle puisse avoir de mauvais sentiments envers moi jusqu'à la fin de nos jours me semble complètement impossible. Ce serait comme si la Terre s'arrêtait de tourner, ça n'aurait pas de sens.

Un coup à la porte me tire de mes lamentations et me fait sursauter. C'est sûrement Dakota. Forcément, puisque Tessa fait la fermeture ce soir et le vendredi, elle ne sort jamais avant minuit. On toque de nouveau et je me prépare mentalement à affronter la tornade Dakota. Est-elle revenue pour écouter mes excuses, ou alors pour me présenter les siennes ?

Je me précipite vers la porte et l'ouvre en grand. Ce n'est pas Dakota. C'est Nora. Les bras chargés de sacs de courses.

— Tu peux m'aider, s'il te plaît ?

Elle se débat avec tous ses sacs et je lui en prends autant que possible en faisant bien attention de ne pas en faire tomber par terre.

Je jette un œil à l'intérieur et découvre plusieurs trucs verts. Je ne pourrais pas dire de quoi il s'agit, je sais juste que c'est vert et que ça a l'air moelleux. Le plus lourd des trois sacs fait un cliquetis quand je le pose sur le comptoir. Quand je regarde à l'intérieur, j'aperçois trois bouteilles de vin.

— Désolée, je perdais soit un bras, soit le vin, et après la journée que je viens de passer, autant te dire que j'aurais sacrifié mon bras.

Nora pose les autres sacs sur l'îlot central. Puis elle commence à ranger les courses comme si elle vivait ici, et je l'observe en silence se déplacer dans ma cuisine et remplir mon frigo. Elle sort les bouteilles de vin, une à une, et les range dans le congélateur.

Je croyais que le vin gelait, contrairement à l'alcool fort, mais je ne veux pas lui poser la question au risque de passer pour un idiot.

— Tu attends Tessa?

Je ne sais pas trop comment engager la conversation, ni même si je devrais.

Nous nous sommes éloignés depuis que nous avons décidé d'être amis, j'en avais donc conclu qu'elle ne voulait plus de mon amitié.

Nora acquiesce :

— Ouais. Elle passe une dure soirée, elle aussi. Un groupe de vingt personnes est arrivé et ils l'ont installé dans sa section même s'ils savent très bien qu'elle est encore novice. On m'a engueulée d'avoir engueulé les hôtesses.

Nora lève les yeux au ciel. Pour lui faire comprendre que je plaisante, je hausse les épaules, lui souris et réponds :

— Normal, non?

— Touché!

Je l'observe ouvrir un tiroir et en sortir la planche à découper. Elle n'en fait rien et la laisse près du micro-ondes pendant qu'elle termine de vider les derniers sacs de courses.

Je m'appuie maladroitement contre le comptoir et réfléchis à une issue avant de devenir une gêne pour elle. Nora tape sa main sur son front.

— Oh mon Dieu, je suis vraiment désolée! Tu étais occupé ou peut-être avec quelqu'un? J'ai débarqué ici et j'ai commencé à ranger les courses sans même te poser la question.

Elle ne me dérange pas, mais je suis tellement, tellement, tellement heureux qu'elle ne soit pas arrivée ici dix minutes plus tôt.

— Non, pas du tout. Je comptais simplement aller réviser et me coucher. Tu auras la cuisine pour toi toute seule.

Elle souffle sur une mèche de ses cheveux sombres qui lui barre le visage, mais sa boucle retombe devant ses yeux. Elle est encore en tenue de travail, la même que celle de Tessa. Un pantalon noir, un chemisier blanc et cette cravate d'un vert éclatant. En revanche, le chemisier de Nora est plus moulant que celui de Tessa, du moins il me semble.

— Merci. Je ne voulais vraiment pas rentrer chez moi ce soir. J'ai eu des horaires de merde et devoir me taper une de ces connasses toute la soirée est juste au-dessus de mes forces.

Ses yeux croisent les miens et elle couvre sa bouche avec sa main.

— Désolée.
— Pas de problème.

Je le pense sincèrement, je ne veux surtout pas me trouver mêlé à la relation entre Dakota et Nora, qu'elle soit amicale ou non. Je préférerais me retrouver dans le bureau de Dolorès Ombrage à me faire torturer en regardant des photos de chat. Ces deux femmes ont l'air d'avoir le sang chaud et je ne voudrais surtout pas être réduit en cendres.

— Je vais faire le dîner, si ça t'intéresse. J'ai juste pris quelques trucs et je vais voir ce que je peux concocter avec.

C'est la plus longue conversation que nous ayons eue depuis longtemps et je suis plutôt content qu'elle me reparle. J'aurais cru qu'on ferait tout pour s'éviter et que notre relation serait bizarre, mais c'est une bien meilleure solution. Je lui réponds, même si c'est un mensonge :

— Je n'ai pas vraiment faim. Je viens juste de dîner.

Je suis quasiment sûr que Nora a fait les courses pour elle et Tessa, sans compter le coloc naze de Tessa. Je ne veux pas trop m'imposer.

Il n'y a rien de pire que de se demander si tu es le bienvenu ou pas. Il vaut encore mieux savoir que tu ne l'es pas, parce qu'au moins les choses sont claires. Il n'y a pas plus pitoyable que de continuer à espérer que ta compagnie soit recherchée.

— Ok. Dans ce cas, je laisserai les restes de Tessa si tu changes d'avis.

Nora regarde ma poitrine. J'aurais dû mettre un t-shirt parce que maintenant, je ne fais que penser à la première fois où elle m'a touché. Et à la deuxième. Et au moment où elle m'a embrassé. Et au goût sucré de ses lèvres qui me donnait envie d'y goûter encore.

Il faut que je pense à autre chose. À n'importe quoi.

Des gâteaux. De bons gros gâteaux bien moelleux avec des couches de crème glacée violette et de délicates petites fleurs. Pas le genre de glacage qui avait dégouliné sur son t-shirt. Non. Penser à des gâteaux, et surtout pas à des choses sexy, genre Nora en train de cuisiner.

J'adore les plats de Nora. C'est une sacrée cuisinière. Évoquer sa manière de cuisiner me fait penser à des gâteaux, ce qui me rappelle l'anniversaire d'Ellen demain. Je ne sais toujours pas quoi lui offrir. J'allais demander de l'aide à Dakota, mais ce n'est clairement plus d'actualité. Je me lance :

— Tu t'y connais en cadeaux ?

Nora se tourne vers moi, les sourcils froncés :

— Hein ?

Je grimace en réalisant l'étrangeté de ma question.

— Genre cadeaux d'anniversaire ?

— Un peu. Enfin, je n'ai pas acheté de cadeau à qui que ce soit depuis un bail, mais je peux essayer de t'aider. C'est pour qui ? Dakota ? Tu pourrais peut-être lui offrir un truc en rapport avec la danse ou un nouveau tapis de yoga.

Je n'étais même pas au courant que Dakota faisait du yoga. C'est vraiment déroutant de réaliser que Nora sait des choses que j'ignore à propos de Dakota.

— Ce n'est pas pour Dakota. C'est pour une fille que je connais.

Oups, ça paraît bizarre.

Nora semble perplexe, mais ne relève pas.

— Ok. Qu'est-ce qu'elle aime ?

Nora continue de sortir ses achats et je me demande si je ne devrais pas l'aider. Honnêtement, je ne sais absolument pas où se rangent ces trucs ni comment elle compte préparer un repas avec un pot d'amandes et un sachet de choux de Bruxelles. J'ai des souvenirs horribles des choux de Bruxelles, enfant. Beurk.

— Je ne sais pas trop. Je sais qu'elle révise beaucoup et qu'elle n'aime pas les fleurs.

— Une fille intelligente. Je déteste les fleurs moi aussi. Au début, elles sont super-belles et puis en un rien de temps, tu es contraint de les regarder se faner et dépérir pour finir par les jeter, et après c'est le bordel. Du temps gâché pour rien. Comme la plupart des relations.

Son ton est si détaché que je ne sais pas si elle plaisante ou non.

— Toutes les relations ne sont pas comme ça.

J'essaie de défendre l'amour, même si je ne suis clairement pas bien placé pour le faire.

Nora extirpe un sac plastique rempli de brocolis et je remarque qu'elle évite mon regard. Elle reprend la conversation en changeant de sujet.

— Tu la connais depuis combien de temps ? Tu sais quoi d'autre sur elle ?

— Pas grand-chose en fait.

Elle pose les brocolis dans l'évier et fait couler l'eau.

— Rien d'autre ? Mais… vous êtes proches ?

En me posant cette question, j'ai la sensation qu'elle essaie de ne pas paraître trop intrusive.

— Elle travaille dans la boutique en bas, au coin de la rue. Je ne dirais pas vraiment que nous sommes amis, mais c'est son anniversaire demain et j'ai l'impression que tout le monde s'en fout.

Nora se tourne brusquement vers moi, s'éloignant ainsi de l'évier et faisant goutter l'eau des brocolis sur le sol, puis elle me dit :

— Attends une seconde. Quoi ?

— Ouais. C'est triste. Elle va avoir dix-huit ans et elle passe son temps à travailler en bas. Et à réviser. Elle est constamment en train de réviser.

Nora lève la main, les brocolis mouillés et tout le reste avec :

— Tu veux faire un cadeau à la fille d'en bas ? Celle qui porte toujours des bandeaux ?

Je hoche la tête. Ses yeux croisent les miens et y restent plantés. Elle mordille sa lèvre inférieure et je dois détourner les yeux de son regard fixe. Ses sourcils épais se froncent de nouveau et ses joues deviennent écarlates. Elle porte plus de maquillage que d'habitude, mais ça lui va bien.

Elle me rappelle ces filles qui font des vidéos que Tessa regarde toujours sur YouTube. Elle dit toujours qu'elle va essayer de reproduire leurs tutos de maquillage, mais souvent je finis par retrouver les produits à la poubelle et ses yeux finissent sans maquillage et gonflés à force de pleurer.

Nora rougit.

— Tu es vraiment spécial, Landon Gibson.

Doucement, je me détourne d'elle en faisant mine d'avoir soif et ouvre le frigo pour prendre une Gatorade.

Je n'ajoute rien d'autre. Je ne sais pas quoi dire et je sais que si je reste ici trop longtemps, je vais finir par me ridiculiser d'une manière ou d'une autre. J'ai déjà assez donné pour aujourd'hui et je ne veux pas non plus faire fuir Nora. Tessa a besoin d'être entourée de toutes ses amies en ce moment et Nora semble en faire partie.

— Je vais aller terminer mon devoir.

Celui qui est déjà rédigé.

Enfonçant les mains dans les poches de mon sweat, je m'avance vers la porte.

— Mais si tu as besoin de quoi que ce soit, je serai dans ma chambre.

Nora hoche la tête et se tourne vers l'évier pour terminer de rincer les brocolis.

Quand je rejoins ma chambre, je ferme la porte et y reste adossé un moment. Le bois est froid contre ma peau nue et je suis épuisé. Cette journée était vraiment merdique et je suis content qu'elle soit enfin terminée.

Je ne m'embête pas à ouvrir un manuel pour faire semblant de réviser ni à allumer la lumière. Je m'allonge simplement sur mon lit et ferme les yeux. Je bouge un peu, cherchant le sommeil, mais mon esprit est obsédé par Dakota, et par Nora à présent. Elle est dans ma cuisine et je dois garder mes distances, même si je ne suis pas certain d'en avoir envie.

Chapitre 27

Après quelques minutes de silence, j'entends de la musique venir de la cuisine et je reconnais la chanson. Je me redresse, non pas pour sortir du lit, mais surpris que Nora écoute ce titre. C'est l'un de mes préférés.

Comble de l'ironie, les paroles me touchent maintenant comme jamais auparavant. J'entends Nora fredonner et je l'imagine onduler son corps sur le rythme lent en faisant des allers-retours dans la cuisine.

Je me rallonge dans le lit, cette fois le dos appuyé contre la tête de lit en métal. Il a fallu des heures pour le monter et il continue de grincer quand je bouge. Tessa et moi avons passé l'après-midi entière chez IKEA. C'était l'enfer absolu, noir de monde et bien trop grand.

Alors que nous tentions de suivre le plan du magasin, Tessa n'arrêtait pas de me parler d'une louche rouge qui figurait dans un roman qu'elle était en train de lire et qui parlait d'un tueur en série maniaque dont elle était folle amoureuse, pour une raison obscure. Elle m'a carrément affirmé que cette Beck, le personnage principal féminin, «ne le méritait pas».

En levant les yeux au ciel, je lui ai dit qu'elle avait besoin de sortir un peu plus de sa chambre, mais quand j'ai tapé le titre du livre sur Google, beaucoup de lecteurs semblaient avoir la même réaction. C'est fascinant de réaliser à quel point un écrivain arrive à remettre en question ce que nous pensons du monde qui nous entoure.

Peu importe que ce livre soit génial ou pas, ou qu'un nombre incalculable de louches rouges IKEA soient vendues grâce à lui, tout ce que je veux, c'est ne plus jamais remettre les pieds là-bas. Ils vous donnent des petits crayons pour écrire les numéros des articles qui vous intéressent et, bien évidemment, nous voulions tout acheter. Puis nous sommes rentrés à l'appart avec un monticule de cartons. C'était une vraie galère de les transporter en haut et encore plus d'assembler les pièces entre elles. Le pire dans tout ça, c'est qu'il nous manquait des sachets de vis et qu'après avoir attendu quarante bonnes minutes en ligne pour joindre leur service clients, j'ai fini par raccrocher et me suis rendu à la quincaillerie en bas de la rue.

Nora chantonne plus fort. J'attrape mon ordinateur sur le bureau et l'allume. Je dois trouver un moyen de me distraire. Il ne faut vraiment pas que j'aille là-bas, mais je me sens comme tiraillé, car plus je me concentre sur les raisons qui me l'interdisent et plus j'en ai envie. C'est bien d'être ami avec Nora et nous nous comportons comme tels quand Tessa est là, mais c'est comme si Nora portait une pancarte lumineuse autour du cou avec écrit « danger » dessus, et il se trouve que je le suis déjà, en danger. Je sais que nous ne sortirons jamais ensemble, ni rien dans le genre, mais si elle m'embrassait de nouveau, ou si je continue de penser à ses baisers, les choses risqueraient de devenir gênantes pour Tessa.

J'appuie sur le bouton pour allumer mon ordinateur et tente de me souvenir de mon mot de passe. Comme je l'oublie sans arrêt, je n'arrête pas d'en changer, mais plus je le change et plus Apple m'en donne des compliqués. Ainsi, le premier mot de passe était LANDON 123 et le dernier en date LaNdON123123!@#. Je pensais l'avoir sauvegardé quelque part dans mon portable, mais de ça non plus je ne me souviens pas.

Finalement, après quatre tentatives, je finis par rentrer le bon. Mon devoir sur l'histoire des USA 201 est resté affiché sur mon écran, bien que je l'aie déjà terminé. J'ai trois fenêtres ouvertes, iTunes, mon devoir et Yelp. Depuis que j'ai emménagé à Brooklyn, j'utilise Yelp presque tous les jours. Sauf pour le bar dans lequel Nora m'a emmené avec ses amies, évidemment. Ça me semble tellement loin à présent, et pourtant ça ne l'est pas tant que ça.

C'est difficile de croire que Dakota est partie il y a tout juste trente minutes. J'ai l'impression que ça fait des heures, des jours même. J'attendrai demain pour l'appeler. Je sais que quand elle a besoin d'espace, je dois la laisser tranquille.

Une nouvelle chanson démarre dans la cuisine, et c'est encore Kevin Garrett. Elle parle du fait d'avoir été rejeté par une fille et du sentiment de solitude. Dès que j'ai entendu sa reprise de « Skinny Love », j'ai tout de suite adoré ce chanteur, mais c'est la première fois que je m'identifie autant à lui. En y réfléchissant, presque toutes les chansons de son album sont très similaires à ce que je vis en ce moment avec Dakota.

La voix de Nora se fait plus forte, maintenant qu'elle chante les paroles. Est-ce une si mauvaise idée de la rejoindre pour discuter tranquillement ?

Ce n'est pas comme si nous sortions ensemble. Et puis, je suis toujours avec Dakota, peu importe la nature de notre relation, donc ce n'est pas comme si elle allait m'embrasser ou quoi. Sans réfléchir, je pince mes lèvres entre mes doigts et repousse mon ordinateur sur le côté. Je suis un adulte, parfaitement capable de gérer le fait d'être ami avec quelqu'un qui m'attire. C'est une situation qui arrive tout le temps dans les films.

Sauf qu'en général, à la fin du film, ils sont ensemble. Je devrais vraiment arrêter de comparer les films à la réalité et le porno à la vraie sexualité. C'est si éloigné de la vraie vie, et surtout de la mienne. C'est la deuxième fois que je pense au porno aujourd'hui. Je vous jure que je ne suis pas aussi obsédé que j'en ai l'air. En fait, je suis certain d'en avoir beaucoup moins regardé que la plupart des mecs de mon âge.

Il faut vraiment que j'arrive à canaliser mes pensées. Je vais aller là-bas et me montrer sociable.

Je devrais commencer par enfiler quelque chose, non ?

Clairement.

J'ouvre mon placard et prends le premier sweat-shirt que je vois. Il est bleu et vert et le logo des Seahawks s'inscrit dans un gros cercle au niveau de la poitrine. Ce logo me rappelle quand Hardin et moi sommes allés voir un match des Thunderbirds l'année dernière et qu'il a failli se battre avec un mec qui s'était comporté comme un vrai connard avec moi. Je ne cautionne pas la violence d'habitude, mais ce mec était vraiment un sale con.

Maintenant que je suis habillé, j'ouvre la porte et me dirige vers la cuisine. Quelques pas, et j'arrive dans la pièce où Nora est toujours en train de chanter. Elle me tourne le dos et se tient au-dessus de la plaque de cuisson pour régler le thermostat. Elle a retiré sa chemise de travail, celle à manches longues, et porte maintenant un débardeur noir.

J'aperçois les bretelles de son soutien-gorge blanc et un tatouage en haut de son dos, juste à côté de l'attache. Un pissenlit, avec la moitié de ses aigrettes détachées et éparpillées sur son dos comme si quelqu'un avait fait un vœu et soufflé dessus. Ça ne me surprend pas qu'elle ait un tatouage, son corps semble fait pour ça.

Je m'adosse contre l'embrasure de la porte et l'observe, attendant qu'elle me remarque. Elle prend une bouteille d'huile d'olive et en verse dans la grande poêle posée sur le feu. Ses hanches bougent lentement et sa voix est plus douce maintenant, comme si cuisiner en chantant les paroles de cette chanson était une seconde nature.

Je l'observe prendre les brocolis émincés et les verser dans la poêle grésillante. En voyant que ça crépite un peu trop, elle baisse l'intensité, puis saisit une spatule dans le pot à ustensiles sur le comptoir avant de remuer le tout. Je me sens un peu chelou de l'observer de cette manière, un peu comme le mec dans le livre de Tessa. Elle n'a même pas remarqué ma présence. Est-elle perdue dans ses pensées ? Ou simplement concentrée quand elle cuisine ? C'est ce genre de petites choses simples que je ne saurai jamais à propos de cette femme mystérieuse.

La chanson change encore et maintenant c'est The Weeknd. Je ne sais pas si je peux rester ici à l'observer danser pour lui. Ses chansons sont déjà assez sexuelles comme ça, si en plus elle se met à remuer ses hanches plantureuses dans ce pantalon si moulant... Je ferais mieux de ramener mon cul dans ma chambre et de me coucher.

Trente secondes plus tard, je suis toujours en train de la mater. Elle remue les brocolis et verse une sorte de sauce dessus, puis elle se retourne et m'aperçoit enfin.

Elle n'a pas l'air surprise ou gênée du tout quand elle me voit appuyé contre la porte. Ses lèvres forment un sourire et elle me fait signe d'approcher avec sa spatule. Le four bipe et elle lui répond à sa manière à elle, en chantant. Je m'avance en silence pour m'asseoir à la table. La cuisine est petite, mais la table se trouve dans l'angle, permettant ainsi d'avoir quand même un peu d'espace entre la cuisinière et le frigo.

Nora enfile un gant imprimé de tournesols et ouvre la porte du four. Elle en sort un gâteau qu'elle pose à côté de la cuisinière. Décidément, elle est douée pour faire plusieurs choses à la fois. Je peux à peine préparer un plat basique et respirer en même temps, alors ne parlons pas de faire un gâteau sans recette tout en préparant simultanément quelque chose sur la cuisinière.

— Tessa vient de m'envoyer un texto. La table de vingt personnes vient tout juste de commander. Elle en a pour un moment.

J'acquiesce à sa remarque et lui jette un regard en essayant désespérément d'ignorer la manière dont ses seins débordent de son débardeur. Serait-ce malpoli de lui demander de remettre sa chemise ?

Oui, sans aucun doute.

— Ça craint.

J'arrête de fixer ses seins et continue :

— Ça lui plaît de travailler là-bas ? Elle me dit qu'elle aime bien, mais tu sais bien qu'elle ne se plaint jamais.

J'opte pour un sujet de conversation neutre qui ne concerne aucune partie de son anatomie. Même si ça serait carrément sexy.

Nora attrape une fourchette et la plante dans un des bords du gâteau, puis la balance dans l'évier et se tourne vers moi.

— Elle me dit que oui, et maintenant que Monsieur Docteur Blondinet est là, je suis sûre qu'elle va apprécier encore plus.

Je la fixe, puis regarde brièvement le mur avant de reporter mon attention sur elle.

— Hum.

Je ne sais pas quoi dire. Je ne sais pas si Nora connaît tous les détails de la rupture entre Tessa et Hardin, et je ne veux pas trop en dire. Ce n'est pas mon rôle.

— Il est mignon. Tessa dit que tu l'as déjà rencontré aussi. Il est pas mal, non ?

S'il est attirant ? Je ne sais même plus quelle tête il a.

— Oh allez ! Ne me dis pas que tu es un de ces mecs qui doute trop de sa virilité pour oser dire qu'un autre homme est attirant.

Nora lève les yeux au ciel. Je rigole.

— Non, non, rien à voir. C'est juste que je ne sais plus à quoi il ressemble.

Elle sourit.

— Tant mieux. Parce que je ne te voyais pas comme ça. Il est sexy pourtant, tu peux me croire.

Il n'était pas si sexy que ça. Ses cheveux blonds sont la seule chose dont je me souviens. Il ne peut pas être si sexy. Je hausse les épaules :

— Oui, bien sûr.

Nora retire la poêle et verse les brocolis dans un plat, puis elle commence :

— Écoute, je sais qu'Hardin est ton frère... Et je sais aussi que Tessa est toujours folle amoureuse de lui, mais je ne pense pas que recommencer à sortir avec des garçons soit forcément une mauvaise chose. Elle n'est pas prête maintenant, mais en tant qu'amie fidèle et donc complètement subjective, je veux qu'elle soit heureuse.

Je ne m'attendais pas à ce que la conversation prenne cette tournure.

— Moi aussi, j'ai essayé de sauver un mec par le passé et...

Elle ne termine pas sa phrase. Sa voix s'interrompt comme si elle venait de se rendre compte qu'elle en a trop dit.

— Tu as le droit d'avoir un point de vue complètement personnel.

Je lui souris afin d'atténuer son trouble, bien que je n'en voie pas la raison.

— Même s'il est faux.

Elle rigole et approche pour s'asseoir près de moi.

— Comment est-il, ce Hardin ?

— Tu l'as déjà rencontré, non ?

Dans mon souvenir, c'était il y a quelques mois. Ouais, elle l'a rencontré une fois ou deux, je crois. À ma connaissance, ils ne se sont jamais parlé directement, mais c'est clair qu'ils se sont déjà croisés. Je crois me souvenir qu'il l'a déjà appelée par un mauvais prénom.

— Oui, je l'ai rencontré. Mais comment est-il vraiment ? Est-ce que c'est le genre de situation où elle serait mieux sans lui et où, en tant qu'amie, je devrais la pousser dans la bonne direction, ou penses-tu qu'ils aient une petite chance de régler leurs histoires et de se retrouver.

Nora parle rapidement, comme si cela avait de l'importance. Comme si le bien-être de Tessa comptait vraiment. Ça me plaît.

— C'est compliqué.

Je gratte la peinture écaillée de la table. IKEA : zéro pointé. Une fois de plus.

— Je suis le meilleur ami de Tessa et le demi-frère d'Hardin, alors j'essaie de rester le plus neutre possible. Je tiens aux deux et si j'avais déjà pensé qu'ils perdaient leur temps, je leur aurais dit. Mais, franchement, je ne crois pas. Je pense vraiment qu'ils s'en sortiront. D'une manière ou d'une autre. Et si ce n'est pas le cas, eh bien, ma famille tout entière sera bien emmerdée parce que nous les aimons beaucoup tous les deux.

Nora me fixe et semble examiner chaque centimètre de mon visage.

— Est-ce que tu dis toujours exactement ce que tu ressens ?

Sa question me surprend. Elle appuie ses deux coudes sur la table et pose son menton entre ses mains.

— J'essaie.
— *Sauf que je n'arrête pas de penser que tu es vraiment belle.*

Mais parfois, il vaut mieux savoir quand s'arrêter.

Nora me regarde d'un air de défi.

— Je pensais que cette règle ne s'appliquait qu'à la chirurgie esthétique et aux chemises de kéké.

— C'est quoi ça, une chemise de kéké ?

Il faut que je connaisse la réponse.

Un petit rictus se dessine sur le visage de Nora, qui semble manifestement ravie de pouvoir m'apprendre ce qu'est une chemise de kéké.

— Tu vois ce genre de t-shirts que portent certains mecs avec de grosses croix dessinées dessus et couverts de strass ? Ceux qui sont toujours trop moulants ? Et les mecs qui les portent sont toujours trop huileux et donnent l'impression de s'être enfilé des mégadoses de protéines dans leur salle de bains ?

Je ne peux me retenir d'éclater de rire.

— J'aurai tout entendu !

Elle penche la tête et lève la main vers son visage. Son index touche le bout de son nez et elle pouffe de rire.

Quel étrange et adorable petit geste !

— Tu sais exactement de quoi je parle.

La moitié des mecs de mon école en portaient. Sa description était tellement parfaite qu'elle me fait rire encore plus fort.

— Oui, je vois.

Elle sourit de nouveau et quand elle referme la bouche, ses lèvres ont la forme d'un cœur gonflé, rebondi et rose.

— Tu veux m'aider à décorer le gâteau ? Je l'ai préparé pour ton amie d'en bas. Tout le monde doit avoir un gâteau pour son anniversaire.

Les paroles de Nora dégoulinent de gentillesse, comme du miel.

— C'est quand, ton anniversaire ?

Je ne sais pas pourquoi j'ai posé cette question. Je trouve ça super qu'elle fasse un gâteau pour Ellen alors qu'elle a déjà fait de la pâtisserie pendant des heures et qu'en plus, elle a passé une journée de merde.

— La semaine prochaine, en fait. Mais si tu veux qu'on reste amis, tu dois me promettre une chose, d'accord ?

Sa voix est plus grave à présent, même carrément sérieuse.

— Tu ne m'offriras jamais, jamais rien pour mon anniversaire.

Quelle drôle de promesse !

— Hein, d'accord ?

Elle se lève de sa chaise.

— Je suis sérieuse. Pas de carte, pas de gâteau ni de fleurs. Marché conclu ?

Ses yeux sont noirs et ses lèvres pincées.

— Marché conclu.

Je finis par accepter et elle hoche la tête pour me faire comprendre qu'elle est satisfaite.

Je ne sais pas pour quelle raison elle peut bien me demander une telle chose, ou si même elle plaisante, mais je ne la connais pas assez pour insister. Un jour peut-être, si nous sommes assez proches, elle se confiera à moi et je serai content de l'écouter. Mais j'ai l'impression qu'il n'y a pas grand monde qui sache quoi que ce soit sur cette fille.

— Alors dis-moi, quelle couleur penses-tu que nous devrions choisir ?

Nora se dirige vers le placard le plus éloigné.

Je n'ai jamais ouvert ce placard auparavant, et c'est sans doute la raison pour laquelle j'ignorais qu'il était rempli de nourriture.

Nora en sort un sachet de sucre en poudre et une petite boîte avec un arc-en-ciel imprimé sur le couvercle. Du colorant alimentaire sans doute ? Mes suppositions se confirment quand elle ouvre la boîte et en sort quatre petites bouteilles munies de couvercles blancs. Du rouge, du jaune, du vert et du bleu. Elle se tourne vers moi :

— Tu peux prendre une plaquette de beurre et du lait dans le frigo ?

Elle déchire un coin du sachet de sucre en poudre et ouvre le tiroir devant elle. Elle prend des verres doseurs. L'idée que j'habite ici sans connaître ne serait-ce que la moitié ce qui s'y trouve me fait bien marrer.

— Tout de suite, M'dame.

Elle se tourne vers moi et ses lèvres esquissent un sourire diabolique, mais je suis bien trop innocent pour qu'elle me fixe de cette manière.

Chapitre 28

Il se trouve que je suis un pâtissier épouvantable.

Épouvantable au point de ne même pas réussir à décorer un simple gâteau rectangulaire sans faire n'importe quoi.

— Pas plus d'une goutte ou deux cette fois-ci.

Nora insiste, comme si je n'avais pas retenu la leçon quand elle m'a hurlé dessus trente secondes plus tôt pour avoir renversé la moitié de la bouteille de colorant alimentaire dans le bol de préparation du glaçage.

Comment étais-je censé savoir qu'une si petite bouteille avait le pouvoir de colorer en rouge la bouche d'Ellen pour toute une semaine ?

Nora ajoute :

— Il nous faut plus de sucre.

J'attrape le sachet posé sur le comptoir près de moi, mais dans mon geste, tout le sucre descend du côté dont elle a ouvert l'extrémité. Quand je m'en rends compte, j'essaie de le rattraper avant d'en renverser partout, mais c'est trop tard. Le sucre se répand sur le comptoir et sur le sol. Un nuage de poussière blanche m'arrive en pleine figure et Nora agite les mains dans tous les sens alors que le nuage la recouvre elle aussi. Elle hurle, avec un ton amusé dans la voix :

— Oh mon Dieu !

Je repose le sachet en plastique et regarde la pagaille que je viens de provoquer. Comme pour se moquer de moi, le sachet tombe par terre, laissant le reste de sucre se répandre partout sur le sol. Mon sweat-shirt est tellement blanc que l'aigle imprimé dessus a quasiment disparu. Nora sourit, et de petites rides se forment aux coins de ses yeux. J'aime assez.

— Désolé ! Je ne savais pas qu'il était ouvert.

Je fais glisser ma main sur le comptoir en appréciant la sensation de douceur du sucre contre ma peau. Je ne dois plus jamais, mais alors jamais, essayer de faire de la pâtisserie. Message bien reçu.

Le débardeur noir de Nora est recouvert de traînées de sucre. Tout comme ses bras, ses mains, ses joues et ses cheveux bruns.

— Tout va bien.

Son sourire est contagieux, et je ne me sens même pas gêné des dégâts que je viens de provoquer. Je ne sais pas pourquoi, mais ça me fait bizarre qu'elle ne soit pas en colère pour ça. Elle me sourit simplement en observant la pagaille, puis secoue la tête, les lèvres pincées dans un sourire amusé.

Nora déplace le bol et saisit une feuille de Sopalin. Elle fait couler l'eau et se sert de ses mains pour entraîner autant de sucre que possible dans l'évier.

— Un jour, lors de mon premier semestre à l'école de cuisine, j'ai oublié de mettre le couvercle de protection sur le mixer. Quatre kilos de sucre glace se sont répandus dans toute la salle. Inutile de te préciser que j'ai dû rester trois bonnes heures de plus pour nettoyer et recommencer mon devoir. En plus, mon prof, qui était un vrai connard, avait interdit à quiconque de m'aider.

Les mains de Nora s'agitent rapidement pour nettoyer le désordre que j'ai causé.

Je devrais sûrement l'aider.

— Et tu as eu ton examen ? Je veux dire, après avoir recommencé ?

— Nan. Comme je viens de te dire, mon prof était un vrai connard.

Je la regarde lever ses mains pleines de sucre pour se gratter le visage. Elle s'essuie la joue en barbouillant de blanc sa peau bronzée.

J'attrape une feuille de papier absorbant et commence à l'aider.

— Voilà pourquoi je veux devenir prof.

Elle jette le sachet vide à la poubelle et revient vers moi :

— Pour être un connard ?

Je rigole et secoue la tête.

— Non. Pour être tout l'opposé. En quatrième, j'avais ce prof, monsieur Haponek, il faisait un travail incroyable. Il représentait tout ce qu'était censé être un bon enseignant. Et puis, en vieillissant, j'ai remarqué que mes profs n'en avaient rien à foutre de leur travail. Pourtant, dans mon école, tellement d'enfants auraient eu besoin d'un bon prof. Ça fait toute la différence, tu sais.

— Tu étais comment au lycée ?

Horrible.

Un vrai looser.

— Ça allait.

Je ne pense pas qu'elle soit intéressée par la vraie version de mon expérience. C'est comme quand les gens demandent «Comment tu vas?» et qu'ils veulent simplement entendre «Bien» comme réponse. Toute explication supplémentaire les mettrait mal à l'aise.

— Je n'ai pas pu aller dans une vraie école. J'étais dans un petit établissement privé près de Seattle. C'était l'horreur.

Elle me surprend en laissant entrevoir ce nouveau détail sur sa vie.

— Mes années lycée étaient atroces aussi.

Nora me regarde d'un air sceptique.

— Je suis sûre que tu faisais partie des mecs populaires. Tu faisais du sport, pas vrai?

Elle ne pourrait pas être plus à côté de la plaque. Je rigole presque à l'idée de moi en mec populaire. Un sportif? Moi? Même pas en rêve.

Je sens mes joues rougir.

— Pas vraiment. Je n'étais pas grand-chose en fait. Pas assez cool pour être populaire, mais pas assez intelligent non plus pour être considéré comme un geek. Je me trouvais juste entre les deux et personne n'en avait rien à foutre de moi. J'étais un peu enrobé à cette époque et donc je me faisais emmerder par les mecs populaires quand ils en avaient assez de leur proie habituelle. Mais, franchement, je n'avais pas réalisé à quel point mon lycée était nul jusqu'à ce que j'emménage à Washington en cours d'année de terminale. Mon lycée de Washington était bien différent.

Nora se dirige vers le placard et prend un balai et une pelle. Elle commence à balayer le sol et je me prépare mentalement à combler le silence avec d'autres anecdotes incohérentes sur mes années lycée, tout en passant une feuille d'essuie-tout humide sur le comptoir.

— Il n'y a rien de pire qu'une bande de sales connards qui te font chier au lycée.

Sa remarque me fait rire.

— Ça, c'est une des choses les plus justes que j'aie jamais entendues !

— Je suppose que je n'ai rien loupé, alors.

Nora a les yeux dans le vague. Elle a de nouveau cette expression sur son visage, celle qui lui donne l'air de s'ennuyer.

— Tu as toujours voulu devenir chef pâtissier ?

Le sucre est presque nettoyé à présent, mais je ne veux pas que la conversation s'arrête. J'aimerais presque qu'il y ait un autre sac pour que je puisse le lâcher *accidentellement* sur le sol.

Nora ne s'est jamais autant confiée, à part cette discussion enflammée avec Tessa sur le baiser échangé entre les deux garçons de la série sur les chasseurs de démons à laquelle Tessa est accro. D'habitude, je ne prends jamais part à leurs conversations. Quand Nora est ici, soit je suis dans ma chambre en train de réviser, soit au travail. Et maintenant que nous sommes seuls et qu'elle est inhabituellement bavarde, je veux profiter de chacun des mots qu'elle sera disposée à prononcer.

Elle passe le balai sur le sol carrelé et me regarde.

— Merci de te souvenir de ne pas m'appeler boulangère. Eh non, en fait je voulais devenir chirurgien. Comme mon père, et son père, et son père avant lui.

Chirurgien ? C'est bien la dernière chose à laquelle je m'attendais.

— Vraiment ?

Je n'arrive pas à dissimuler ma surprise.

— N'aie pas l'air si étonné. Je suis quelqu'un de très intelligent, tu sais.

Elle penche la tête sur le côté et, décidément, j'adore son attitude joueuse, vraiment. Ça change de Dakota, c'est moins brutal et direct.

Dakota.

Pas une seule fois je n'ai pensé à elle durant ces trente dernières minutes, et son nom me semble comme étranger tout d'un coup. Est-ce que ça fait de moi un mec méchant ? Est-elle assise dans son appart en train d'attendre mon appel ? Je ne sais pas pourquoi, mais j'ai un doute. J'agite ma main pleine de sucre devant elle.

— J'en suis sûr. C'est juste que je m'attendais plutôt à quelque chose en lien avec... l'art.

Nora me regarde d'un air songeur.

— Hum, et pourquoi ça ?

Elle pose le balai contre le comptoir et se penche près de moi pour faire couler l'eau dans l'évier. En passant, ses bras frôlent le tissu de mon sweat-shirt, je m'écarte de son chemin.

— Je sais pas. Je t'imaginais bien être une sorte d'artiste. Je ne sais pas vraiment de quoi je parle.

Je passe la main dans mes cheveux et de petits flocons de sucre tombent sur le sol.

— Tu n'aurais pas pu faire ça avant que je passe le balai ?

Les doigts de Nora s'enroulent autour d'un cordon de mon sweat, je baisse les yeux vers sa main.

— Sans doute.

Elle avance d'un autre pas.

Je retiens ma respiration.

Ses yeux se plantent dans les miens et je l'entends respirer calmement. Elle chuchote :

— Parfois, j'ai l'impression que tu en sais plus sur moi que tu ne le devrais.

Je reste immobile.

Je n'arrive plus à respirer, à bouger, ni même à parler quand elle est si proche de moi. Même couverte de sucre, elle est si magnifique que c'en est presque gênant de la regarder.

— Peut-être que c'est le cas.

C'est aussi en partie ce que je pense.

Je ne connais presque rien d'elle, mais peut-être que l'important n'est pas de connaître des choses factuelles. Peut-être qu'on s'en fiche que je ne sache pas le nom de sa mère ou sa couleur préférée. Peut-être qu'il ne faut pas forcément des années avant de connaître les gens comme nous l'imaginons, peut-être que les choses importantes sont beaucoup, beaucoup plus simples après tout. Peut-être que ce qui compte, c'est de cerner les gens en profondeur, de savoir quel genre d'amis ils sont ou de réaliser qu'ils sont capables de préparer des gâteaux pour des gens qu'ils ne connaissent pas, sans même qu'on le leur ait demandé.

Elle continue de me fixer et ajoute :

— Peut-être que tu ne devrais pas.

Sans réfléchir, je m'approche plus près et elle ferme les yeux.

— Peut-être que je devrais.

Je ne me reconnais plus à ce moment-là. Ça ne m'angoisse pas de me retrouver aussi proche d'une si belle fille. Je ne me dis pas que je ne suis pas assez bien pour caresser son visage. Presque aucune pensée ne traverse mon esprit et j'apprécie ce silence dans ma tête.

— On ne peut pas.

Mais sa voix est à peine audible.

Ses yeux sont toujours fermés et sans même savoir comment elle est arrivée là, ma main se pose contre sa joue. Mon pouce trace la courbe pulpeuse de ses lèvres, je peux sentir le battement rapide de son pouls dans ma paume sur son cou.

— Peut-être qu'on peut.

À ce moment précis, la seule chose qui compte au monde, ce sont ses mains agrippées à mon sweat et même si ses paroles disent le contraire, elle me tire plus près d'elle.

— Je ne suis pas une fille bien pour toi, tu ne sais pas à quel point.

Les mots sortent de sa bouche à toute vitesse, puis ses yeux s'entrouvrent une fraction de seconde et mon cœur déborde de compassion pour elle.

Il y a là tant de souffrance, une souffrance profonde qui déchire ses yeux vert foncé criblés de paillettes marron. Pour la première fois, j'aperçois sa douleur, et j'en ressens le poids dans son regard à moitié clos. Un mouvement se déclenche à l'intérieur de moi, je n'ai pas de mots pour expliquer cette sensation, j'ai juste envie de prendre soin d'elle. Je veux qu'elle sache que tout ira bien.

Que la douleur n'est permanente que si on lui permet de l'être.

Je ne connais pas l'origine de la sienne, mais je sais que je ferai tout mon possible pour l'éloigner d'elle.

Mes épaules peuvent porter sa souffrance. Elles sont solides et bâties pour ça. J'ai besoin qu'elle le sache.

C'est une envie violente à présent, l'envie de la protéger, comme si c'était devenu la mission de ma vie.

— Tu ne sais pas dans quoi tu t'embarques.

Je la fais taire en posant mon pouce sur ses lèvres. Elle les entrouvre sous ma caresse et lâche un léger soupir.

— Je m'en fous.

Et je suis sincère.

Ses yeux se ferment de nouveau et elle m'attire plus près d'elle, jusqu'à ce que nos deux corps soient collés l'un contre l'autre, moulés de la meilleure façon, comme s'ils avaient été créés uniquement dans ce but.

Je me penche et passe ma langue sur mes lèvres. Elle pousse un gémissement comme si elle avait attendu une éternité que ma bouche trouve la sienne, et c'est exactement ce que je ressens moi aussi. J'éprouve un puissant soulagement, comme si je venais de trouver une partie de moi dont j'ignorais l'existence.

Je pose ma main sur son visage, un centimètre à peine sépare nos deux bouches. Elle respire si doucement, comme si j'étais la personne fragile et qu'elle devait prendre soin de moi.

Ses lèvres ont un goût sucré.

C'est mon dessert préféré.

Tout doucement et délicatement, je presse mes lèvres contre les commissures de sa bouche. Un bruit en provenance du fond de sa gorge me fait tourner la tête. J'ai un peu le vertige quand sa bouche s'ouvre et que sa langue rencontre tendrement la mienne.

C'est le meilleur des étourdissements et je ne veux plus jamais avoir les idées claires. Ma main libre se pose dans le creux de son dos, je presse son corps tendre contre le mien jusqu'à ce qu'il n'y ait plus aucun espace entre nous.

Je l'entends murmurer mon nom à travers ses lèvres, jamais je n'ai ressenti une telle excitation auparavant. Elle s'écarte de moi un instant et je me sens perdu, comme si je nageais au milieu de nulle part, mais quand sa bouche trouve à nouveau la mienne, elle m'enchaîne à elle et je suis sauvé.

Quelque chose vibre sur le comptoir et la musique s'arrête. J'avais même oublié qu'il y en avait. C'est comme si j'avais perdu tout sens de la réalité durant les dernières minutes de ma vie. Ça m'est complètement, mais alors complètement égal.

Je veux rester ici, emporté avec elle.

Comme si j'avais perdu conscience du monde extérieur durant les dernières minutes, je ne veux plus jamais, mais au grand jamais la récupérer.

Mais la réalité a d'autres plans. Nora s'écarte de moi, emportant avec elle la quiétude de mon esprit.

Elle attrape son portable et passe son doigt sur le cercle vert. Je m'appuie contre le comptoir pour reprendre mes esprits. Nora s'excuse et disparaît dans le couloir.

Après quelques secondes de silence, je peux l'entendre discuter, mais je ne saisis aucun mot. Puis elle se met à parler plus fort et je me retiens de ne pas m'approcher pour écouter sa conversation.

Elle revient dans la pièce.

— Je dois y aller. Mais je repasserai dans la matinée pour t'aider à décorer le gâteau. Je vais le couvrir d'un film plastique pour qu'il ne s'abîme pas.

Elle va et vient dans la cuisine et je remarque que son comportement a changé. Ses épaules sont courbées et chaque fois que j'essaie de capter son regard, elle m'évite.

Ma poitrine se serre et je lui demande :

— Tout va bien ? Est-ce que je peux faire quelque chose ?

Je décide à cet instant qu'il y aurait très peu de choses au monde que je ne pourrais faire pour elle.

Je sais que je suis fou et que je la connais à peine. Je suis au courant qu'il est difficile de protéger quelqu'un qui ne vous le permet pas. Je sais aussi que je suis dans une relation compliquée avec quelqu'un d'autre, mais je ne peux plus revenir en arrière. Je ne peux pas effacer les dernières minutes, et même si je le pouvais, je ne le ferais jamais.

— Tout va bien. Il faut juste que je retourne au Lookout. Mon patron a besoin de moi.

Elle a un faible sourire, mais je ne suis pas dupe.

Je reste silencieux pendant qu'elle couvre le gâteau du film plastique puis qu'elle récupère sa chemise sur le dossier de la chaise. Elle range sa cravate dans la poche arrière de son pantalon noir et se dirige vers la porte de la cuisine.

— Ne t'inquiète pas pour la vaisselle, je la ferai demain matin.

Ses yeux continuent de me fuir et ça me fait mal au ventre.

J'acquiesce, ne sachant pas quoi dire d'autre. L'extase de notre baiser s'est évaporée en un clin d'œil et déjà d'innombrables questions envahissent ma tête.

— Je suis désolée.

Je sens de la sincérité dans ses mots. C'est déjà ça.

Elle disparaît dans l'entrée et je reste immobile pendant quelques minutes, me repassant chaque moment que nous venons de partager. Du goût sucré de ses lèvres au désespoir de ses doigts tandis qu'elle serrait fort mon sweat-shirt.

L'appartement est tellement paisible, contrairement à mon esprit. Je fais couler l'eau du robinet puis ouvre la porte du lave-vaisselle. Je jette les brocolis et range l'huile d'olive dans le placard. Quand Tessa arrive à l'appart, je suis toujours assis à la table de la cuisine. La vaisselle est propre et rangée, il ne reste pas la moindre trace de sucre en poudre.

— Hé, qu'est-ce que tu fais ?

Tessa défait son tablier et le pose sur le dossier d'une chaise.

Je regarde l'heure sur la cuisinière. Il est presque une heure du matin. Je lui mens en répondant :

— Je sais pas.

Elle traverse une sale période en ce moment et je ne veux pas l'assommer avec mes problèmes, surtout quand je ne les comprends pas moi-même.

Tessa me regarde et je peux lire de la suspicion dans ses yeux. Elle balaie la pièce du regard et remarque le gâteau sur le comptoir.

— Nora était ici ?

J'acquiesce et lui explique, la gorge sèche :

— Elle est passée un moment, puis on l'a appelée pour qu'elle retourne au travail.

— Au travail ? Qui l'a appelée ? Je viens juste de partir et Robert et moi étions les derniers sur place.

Je devrais être surpris, mais je ne le suis pas. Je change de sujet et Tessa me laisse faire.

— J'ai dû mal comprendre. Comment ça s'est passé au travail ?

Chapitre 29

Le jour se lève plus vite que je l'aurais voulu. À mon réveil, je reste allongé un moment dans mon lit, juste à fixer le ventilateur au plafond. Je me demande qui vivait ici avant moi et pourquoi ils ont choisi de le peindre dans cette cacophonie de couleurs. Chaque pale est différente. Du bleu, du vert, du violet, du jaune et du rouge. C'était peut-être une chambre d'enfant ? Ou alors, les anciens résidents devaient avoir un côté particulièrement original.

Quand je me décide enfin à sortir du lit, je ne sais toujours pas l'heure qu'il est. Tout ce que je sais, c'est que je suis crevé, comme si j'avais livré bataille toute la nuit. J'attrape mon portable pour regarder l'heure, il est éteint. Plus de batterie.

Je me dirige vers le salon plongé dans l'obscurité, seule la télévision est allumée, le volume baissé. Tessa dort sur le canapé devant un épisode de «Cupcake Wars». J'attrape la télécommande là où elle se trouve, c'est-à-dire sur son ventre, puis éteins la télévision. Elle porte encore sa tenue de travail. Elle a dû sombrer. Ça ne m'étonne pas, vu la façon dont elle luttait hier soir pour garder les yeux ouverts alors même qu'elle mangeait le plat qu'elle avait rapporté du boulot. Nous sommes restés à table moins de trente minutes durant lesquelles elle m'a rejoué la scène de sa soirée.

Un groupe de professeurs de NYU est arrivé, vingt minutes avant la fermeture, et a été installé dans sa section. Le fait qu'ils viennent de cette université a dû la contrarier un peu, même si elle ne me l'a pas dit, car NYU ne l'a pas encore acceptée. Je dis « pas encore » parce que je suis certain qu'ils le feront, même si ce n'est pas pour ce semestre. Elle ne veut pas que Ken use de sa position à WCU pour essayer de l'aider, mais je pense qu'il le fera quand même s'ils ne l'acceptent pas l'hiver prochain. Ça serait plutôt cool d'être avec elle sur le campus, même si nous avons des spécialités différentes puisque je vais prendre éducation de la petite enfance et elle anglais. Mais en deuxième année, certains de nos cours auront lieu en même temps.

Je vais dans la cuisine pour regarder l'heure. Il n'est que huit heures. C'est un peu étrange de réaliser que la cuisinière est la seule horloge dans tout notre appartement. Nous comptons tous sur nos portables pour avoir l'heure. Je me demande comment s'en sort le business de l'horlogerie.

Ça devait être tellement bizarre de vivre à l'époque où les gens devaient entrer dans un bâtiment pour avoir l'heure. Et si ce n'était pas la bonne, il n'y avait aucun moyen de le savoir. Si Hardin avait vécu dans le passé, je suis sûr qu'il aurait changé l'heure des cadrans juste pour faire chier le monde.

Il faut vraiment que je prévienne Tessa qu'Hardin arrive le week-end prochain. Je lui dirai quand elle se réveillera.

Je vais le faire.

Pour de vrai cette fois.

Il n'y a pas un bruit dans la cuisine, hormis le léger bourdonnement du frigo. Le gâteau, toujours sans déco, est posé sur le comptoir, enroulé dans son film plastique. Je me demande si Nora va vraiment passer ce matin ou si ce qui l'a fait partir hier en coup de vent l'a retenue toute la nuit et l'occupera le restant de la journée.

J'ouvre le frigo pour y trouver quelque chose à manger avant de me préparer pour aller au travail.

Merde ! Le travail !

J'étais censé être là-bas à six heures aujourd'hui pour remplacer Posey !

Je me précipite dans ma chambre pour attraper mon portable et appeler mon patron, mais je bute sur un truc dur qui me fait trébucher. J'essaie de garder l'équilibre sur un pied, mais évidemment ça ne marche pas, et mes orteils cognent les pieds de mon bureau.

Bordel, ça fait mal.

J'attrape mon pied dans ma main et finis par atteindre mon portable. Merde, j'avais oublié, il n'a plus de batterie.

Bordel de merde.

Je vais devoir emprunter celui de Tessa pour téléphoner.

Je balance mon portable sur le lit et saute à cloche-pied vers le salon. Mon orteil continue de me lancer. En arrivant devant Tessa étendue sur le canapé, je cherche des yeux où se trouve son portable. Il est forcément près d'elle, quelque part.

Pourquoi n'ai-je pas écouté ma mère quand elle m'a conseillé d'avoir aussi un téléphone fixe ?

Tu ne sais jamais ce qui peut se passer, Landon.

Ton réseau pourrait cesser de fonctionner.

Tu pourrais perdre ton portable et avoir besoin d'utiliser la ligne fixe pour le retrouver.

Des extraterrestres pourraient envahir Brooklyn et s'emparer de toute la technologie pour arriver à prendre le contrôle de la Terre et mettre à exécution leurs plans diaboliques.

Ok, j'ai inventé cette dernière phrase.

C'est une de ces nombreuses fois dans ma vie où je réalise que ma mère sait généralement de quoi elle parle. La plupart des mecs de vingt ans ne l'admettraient jamais, mais je suis assez intelligent pour savoir que j'ai beaucoup de chance d'avoir une mère comme elle.

Je repère enfin le portable de Tessa, coincé entre le coussin et sa hanche. Je m'approche doucement et retiens ma respiration pour ne pas la réveiller. Juste au moment où mes doigts atteignent le portable et s'en saisissent, Tessa sursaute et ouvre les yeux. Je recule pour lui laisser le temps de réaliser que ce n'est que moi, et qu'elle s'est endormie sur le canapé dans le salon.

— Tout va bien ?

Sa voix est tout ensommeillée.

— Ouais, désolé. Mon portable n'a plus de batterie et je suis en retard pour le travail.

Elle hoche la tête et me tend son téléphone.

Je le prends et m'apprête à composer le numéro, mais je dois d'abord rentrer son code.

Tessa commence à m'énumérer les chiffres et je les tape rapidement.

— Zéro, Deux, Zéro, Un.

Et elle referme les yeux puis roule sur le côté et remonte ses genoux sur sa poitrine.

— Merci.

J'attrape la couverture sur le dossier du canapé et l'en recouvre. Elle me remercie d'un sourire pendant que je déverrouille son portable. Il est si petit comparé au mien que ça me fait bizarre de le tenir dans la main.

Souvent, elle me charrie sur la taille de mon portable en disant que c'est carrément un iPad et moi je me moque d'elle et de cette manie qu'elle a de systématiquement casser ou perdre les siens. Je lui rappelle celui qu'elle a laissé tomber dans la cuvette des toilettes, ou celui qu'elle a oublié dans un Uber qui a soi-disant disparu de la circulation, ou encore celui qu'elle a balancé sur une araignée, sur le toit de notre immeuble. Le seul qui lui reste, celui que je ne mentionne pas, c'est son premier portable. Celui dont elle a volontairement brisé l'écran en l'écrasant sous son pied au moins une bonne vingtaine de fois. Un jour, en rentrant du travail, je l'ai trouvé en train de le fracasser. Elle jurait qu'elle n'utiliserait plus jamais d'iPhone de sa vie, et j'avais des soupçons sur ses raisons. Cette même raison pour laquelle elle ne boit plus que du café glacé. Ou qu'elle n'écoute pratiquement plus son groupe de musique préféré.

Elle a rapidement rompu sa promesse après s'être servie d'un portable différent pendant toute une semaine. Elle a perdu toute sa musique, ainsi que les informations qu'elle avait sauvegardées. Tous ses codes internet et ceux de sa carte bancaire. Elle avait injurié Apple durant tout le trajet vers l'Apple Store, clamant qu'ils étaient en train de prendre le monde entier en otage et que ça la rendait malade qu'ils aient de si bons produits parce qu'ils ne laissaient d'autre choix aux consommateurs que de les utiliser. Elle a aussi mentionné plus d'une fois qu'ils devraient proposer des prix plus abordables. Et là, je suis d'accord avec elle.

Quand j'atteins l'écran d'appel, je me rends soudain compte que je ne connais pas le numéro du Grind par cœur. D'habitude, je me sers des numéros que j'ai enregistrés dans mon portable. J'ai du mal à me rappeler l'époque où les smartphones n'avaient pas encore envahi la planète. Quand j'avais douze ans, j'avais un vieux Nokia que ma mère m'obligeait à trimballer partout avec moi, juste au cas où il m'arriverait quelque chose. Je me souviens que je bousillais la batterie à force de jouer au « snake » toute la journée.

Oh là là, je me sens vieux.

Qu'est-ce qu'on foutrait sans la technologie ? J'ai honte d'en être aussi dépendant, et en même temps, je grimace déjà à l'idée de devoir me servir d'un annuaire pour trouver le numéro de mon travail.

Mon Dieu, les humains sont des êtres pourris gâtés.

Notez bien cela, nous les Américains sommes pourris gâtés.

Il y a tellement d'endroits dans le monde où les gens n'ont jamais vu un iPhone de leur vie et là, je suis en train de méditer sur ce que serait ma vie sans les produits Apple. J'ai quand même la belle vie.

Je compose le numéro du Grind sur Google. La ligne est occupée. Ça ne sonne même pas. C'est quoi, cette histoire ?

Bien sûr, je n'ai pas le numéro de Posey. Une fois encore, la faute à la technologie.

Avant, je connaissais par cœur tous les numéros de téléphone de mes amis. Bon, le fait de n'avoir que deux amis me facilitait les choses, et certes, ils vivaient dans la même maison. Mais quand même !

Je pose le portable de Tessa sur la table basse et lui explique à la hâte :

— Je dois me grouiller de m'habiller et filer là-bas.

Je cours dans ma chambre, mais mes orteils me font toujours mal.

Si je pars maintenant, je peux y être en moins de quinze minutes. J'aurais déjà pu avoir fait la moitié du chemin si je m'étais habillé au lieu d'essayer de les appeler. Je jette un œil au portable sur mon lit. J'aurais aussi pu l'utiliser depuis tout ce temps si je l'avais mis à charger.

On ne gagne pas à tous les coups.

Je cours dans tous les sens et enfile un jean noir et un t-shirt gris basique. Puis je me précipite dans la salle de bains et me brosse les dents. Rapidement je pisse, me lave les mains et sans même me regarder dans le miroir, j'éteins la lumière et m'apprête à retourner dans le salon. Je commence à retrouver des sensations dans mes orteils, ce qui me rassure car je vais devoir courir pour aller là-bas. Je suis sûr que je ne ressemble à rien, mais dès que j'arriverai au boulot, je me coifferai vite fait en peignant mes cheveux avec mes doigts, ou un truc dans le genre.

Mes chaussures... Où sont mes chaussures ? J'inspecte le sol et regarde à l'intérieur de mon placard.

Le salon. Elles sont sûrement près de la porte d'entrée.

« *Là, où elles doivent être.* »

J'entends la voix de Tessa dans ma tête et rigole intérieurement.

En moins de cinq minutes, depuis ma tentative d'appel au Grind, je me retrouve dans l'entrée en train d'enfiler mes chaussures. J'attrape mes clés, ouvre la porte en grand et tombe sur...

Nora.

Avec un sac-poubelle dans un bras et une boîte à ses pieds.

Ses yeux s'écarquillent en me voyant. Je regarde à l'intérieur de la boîte, il y a un livre, un cadre photo et d'autres trucs enfouis non identifiables. Nora me regarde, hésitante, et ses lèvres articulent faiblement :

— Hé !
— Hé !

J'essaie de comprendre ce qu'elle fait ici. Avec ses affaires.

— Tu vas bien ?

Elle hoche la tête. Ses yeux sont brillants et je remarque qu'elle a les poings serrés. Elle prend une profonde inspiration, et juste comme ça, elle se redresse, tentant de retenir ses larmes.

— Je peux entrer ?

Elle parle à voix basse, l'air abattu, mais reste digne.

Je me baisse, prends la boîte et la coince sous un bras, puis tends la main pour qu'elle me donne le sac-poubelle.

Son regard est dur, c'est une battante. Je peux le voir dans ses yeux.

Son sac pèse une tonne. Je le range dans le salon près de la table de ma grand-mère. Puis je pose la boîte par terre et fais signe à Nora d'entrer. Elle s'avance lentement et Tessa se redresse sur le canapé.

Je regarde son portable sur la table.

Merde.

— Je dois aller au travail. Je suis en retard.

Du regard, je demande à Nora de m'excuser. Elle acquiesce et me sourit, mais c'est le plus petit sourire que j'ai jamais vu.

Tessa se lève pour évaluer la situation. Je n'ai pas le temps de rester pour avoir l'explication, même si je crève d'envie de savoir.

Que s'est-il passé ?

Pourquoi se trouve-t-elle ici avec toutes ses affaires ?

Est-ce que ça a un lien avec Dakota ?

Mon estomac se tord à cette possibilité.

Quand je serai parti, racontera-t-elle à Tessa que nous nous sommes embrassés, une fois de plus ?

J'aimerais tellement rester, mais puisque c'est impossible, je me rue dans le couloir et dévale les escaliers. Je n'ai pas le temps d'attendre que le plus petit ascenseur du monde arrive à mon étage.

Chapitre 30

En poussant la porte du Grind, je découvre que l'endroit est noir de monde.

Oh non !

Une longue file d'attente se déploie dans tout le magasin, de la vitrine où sont exposées les pâtisseries jusqu'à la caisse. Des femmes et des hommes vêtus de leur costume de travail habituel sont dispersés dans la salle, en train de bavarder et de siroter leur café. En observant l'arrière de la queue, je remarque certains visages contrariés. Je m'avance sans plus attendre dans la foule et me faufile derrière le comptoir sans même chercher à attraper un tablier. Aiden prend les commandes. Ses doigts parcourent rapidement la caisse enregistreuse, son visage généralement pâle est rouge écarlate, tout comme son cou, et son dos est en sueur. Oh, merde ! Il ne va pas être très content.

Il s'occupe d'une cliente, une femme brune en pantalon de costume rouge. Elle est exaspérée et agite les mains de manière agressive. Je me poste derrière lui.

— Hé, je suis là. Désolé, mec. Mon portable n'avait plus de batterie et mon réveil...

— Épargne ta salive.

Aiden me lance un regard furieux et répond discrètement :

— Aide-moi plutôt à prendre les commandes.

Je rêverais de pouvoir appeler Hermione pour qu'elle le transforme en furet.

J'acquiesce. Je peux comprendre qu'il soit énervé. La file est plutôt impressionnante et les clients peuvent se montrer parfois assez odieux.

Draco, je veux dire Aiden, hurle une commande à mon attention :

— Macchiato. Extra-mousseux !

J'attrape un petit gobelet et me mets au travail.

Tandis que je fais chauffer le lait à la vapeur, je jette de nouveau un œil à Aiden. Il est tout poisseux, du café moulu est collé sur le devant de sa chemise et une tache humide de transpiration s'est formée au niveau de sa poitrine. Ça serait bien plus amusant si ce n'était pas de ma faute. Bien sûr, nous aurions quand même été dans le rush et débordés, mais deux personnes valent mieux qu'une.

Je verse la mousse de lait sur l'expresso noir, puis Aiden me donne une nouvelle commande. Nous continuons ainsi jusqu'à ce que la file rétrécisse et qu'il ne reste plus que trois personnes. Aiden s'est calmé, il redevient souriant et avenant avec les clients. Ça, c'est bon signe pour moi.

Toute cette agitation m'aide à ne pas penser à l'arrivée de Nora à l'appart ce matin, et au fait que je suis un idiot de ne pas avoir pris mon portable avec moi. J'aurais pu envoyer un message à Tessa pour m'assurer que tout va bien.

Toutes les tables sont occupées et il reste encore une vingtaine de personnes debout, leur café à la main. Je remarque qu'ils portent tous des cordons autour du cou, je suppose qu'il s'agit d'un de ces habituels colloques professionnels. Nous n'avons jamais accueilli autant de monde en même temps, mais c'est bon pour les affaires. Le truc sympa à New York City, c'est qu'il s'y passe toujours quelque chose.

Je commence à recharger la machine à café puis passe un coup d'éponge pendant qu'Aiden s'attaque à la section condiment en réapprovisionnant les crèmes et les sept différents types de sucre que nous proposons. Je n'avais jamais vu personne mettre du sucre en forme de cube dans son café avant d'emménager ici.

À Sanigaw, il m'arrivait parfois d'entendre un client commander un truc sans matière grasse ou autre, mais ce n'était jamais plus complexe que ça dans cette petite ville du Michigan.

Dakota et moi restions assis au café, pendant des heures. Quand la vue nous lassait, nous changions de table. Sinon, nous nous gavions de sucreries et rentrions à la maison, main dans la main, en rêvant sous les étoiles.

Mon esprit emprunte le chemin familier des souvenirs, en particulier de ce jour où Dakota et moi nous sommes battus au Starbucks. Ses cheveux sentaient la noix de coco et son nouveau gloss était collant. Elle s'était enfuie en courant à toute vitesse et je l'avais poursuivie dans la rue. Je me souviens qu'elle pouvait courir plus vite que n'importe qui. Notre coach sportif au lycée le savait aussi. Mais le sport n'intéressait pas Dakota. Elle me taquinait lorsqu'elle regardait les matchs avec moi et m'abreuvait d'un milliard de questions à chaque coup de sifflet.

Tout ce qu'elle voulait, c'était danser. Elle l'a toujours su et je l'enviais pour ça.

Ce jour-là, Dakota ne s'arrêtait plus de courir et de courir pour s'éloigner du Starbucks, et je la suivais, comme toujours. Puis elle avait tourné à l'angle d'une ruelle et j'avais perdu sa trace. J'ai eu l'impression de ne plus pouvoir respirer jusqu'à ce que je la retrouve. Il faisait bien trop sombre pour qu'elle s'aventure toute seule dans cette partie de la ville. Je suis tombé sur elle quelques minutes plus tard, juste à l'entrée du bois. Elle était assise par terre près d'une clôture de barbelés, à l'ombre de grands arbres qui se profilaient derrière elle.

La plupart des fils barbelés de la clôture étaient à moitié arrachés et complètement bousillés, et il faisait nuit, mais je pouvais enfin respirer de nouveau. Elle ramassait des petits cailloux gris et les balançait dans un renfoncement de la rue. Je me souviens du soulagement que j'ai ressenti en la voyant. Elle portait un t-shirt jaune avec un smiley dessus et des sandales brillantes. Dakota était furieuse contre moi parce que je trouvais que c'était une mauvaise idée d'essayer de retrouver sa mère.

Yolande Hunter était partie depuis trop longtemps. Au fond de moi, je savais que si elle voulait être retrouvée, elle ne se serait pas cachée.

Dakota était très en colère. Elle me disait que je ne pouvais pas savoir ce que ça faisait de ne pas avoir de parents. Sa mère s'était enfuie en abandonnant ses enfants à un alcoolique qui aimait tabasser son fils.

Quand j'ai rejoint Dakota, elle pleurait, et il lui a fallu quelques secondes avant de me regarder. C'est tellement bizarre que mon esprit se souvienne des moindres détails de cette nuit-là. J'ai vraiment commencé à m'inquiéter pour elle. Parfois, je me disais même qu'elle finirait par disparaître, comme sa mère.

« *Ce n'est pas dit qu'elle ne veuille pas de moi* », m'avait-elle dit cette nuit-là.

« *Et il n'est pas dit qu'elle le veuille. Tu imagines dans quel état tu serais si elle ne te dit pas ce que tu as envie d'entendre, ou si elle ne te dit rien du tout ?* » je lui avais répondu en m'asseyant près d'elle sur les gravillons.

« *Je m'en sortirai. Ça ne peut pas être pire que de ne pas savoir.* »

Je me souviens d'avoir saisi sa main et elle avait posé sa tête sur mon épaule. Nous étions restés assis en silence, nos têtes l'une contre l'autre, tournées vers le ciel. Les étoiles étaient si lumineuses cette nuit-là.

Parfois, nous nous demandions pourquoi les étoiles prenaient la peine de briller au-dessus de notre ville.

« *Je pense que c'est pour nous torturer. Pour se moquer de ceux qui sont coincés aux mauvais endroits à mener des vies pourries* », pensait Dakota.

« *Non, je crois qu'elles sont là pour nous donner de l'espoir. L'espoir qu'il y a là-bas quelque chose qui nous attend. Les étoiles ne sont pas aussi méchantes que les humains.* »

Elle m'avait regardé, avait serré ma main et je lui avais promis qu'un jour, d'une manière ou d'une autre, nous ficherions le camp de Sanigaw.

Elle paraissait avoir confiance en moi.

— Pardon d'avoir mis autant de temps !

La voix de Posey m'arrache à mes souvenirs. Elle s'adresse à Aiden. Une femme en robe noire avec une pancarte dans les mains informe tout le groupe qu'il est temps de partir. J'écoute la conversation entre Posey et Aiden tandis que la foule se disperse hors du magasin.

Je le vois se servir de son t-shirt pour s'éponger le visage et lui répondre :

— C'est bon. Landon est arrivé.

Posey tourne la tête et m'aperçoit en train de passer un coup de torchon sur le comptoir en zinc.

Et pas du tout en train de tendre l'oreille.

— Je suis tellement désolée !

Posey se dirige vers moi. Ses mains s'affairent à nouer son tablier derrière son dos. Ses cheveux roux sont relevés en chignon aujourd'hui. Elle ajoute :

— J'aurais juré que nous avions échangé nos horaires aujourd'hui, j'ai dû oublier de te le demander.

Je secoue la tête et agite le torchon au-dessus de la poubelle avant de le plonger dans l'eau savonneuse.

— Non. Nous avons bien échangé nos horaires. C'est juste que je suis sorti hier soir, j'ai oublié de mettre mon réveil et en plus mon portable n'avait plus de batterie. Désolé que tu aies dû faire tout ce chemin jusqu'ici pour rien.

Elle jette un œil à Aiden et je suis son regard. Il ne fait pas attention à nous et s'adresse à un client qui lui dit que le décaféiné est infâme et sans intérêt. L'homme d'âge moyen a la voix râpeuse.

— C'est comme de la bière sans alcool. Ça ne sert à rien.

Il semblerait qu'il n'en soit justement pas à sa première bière aujourd'hui.

— J'ai besoin de faire des heures en fait.

Posey fait un signe de tête vers le mur du fond, près du petit couloir qui mène aux toilettes. Sa petite sœur Lila est calmement assise là-bas, le menton appuyé sur la table.

— Je lui ai rapporté ça.

Elle fouille dans sa poche et en sort trois petites voitures. Des Hot Wheels sans doute ? Je souris à la petite fille, mais elle ne me voit pas.

— Elle les aime, ses petites voitures.

— Ah ça oui.

— Tu es sûre de vouloir rester ? Parce que sinon je peux. Je n'ai rien de particulier à faire.

Une petite partie de moi, égoïste, aimerait bien qu'elle reste pour que je puisse retourner auprès de Nora et savoir comment elle va. Mais je ne l'admettrais jamais à voix haute.

— Nan. Ça m'arrange, vraiment. J'avais juste besoin des deux heures de ce matin pour accompagner ma grand-mère à son rendez-vous chez le docteur. Elle ne va pas très bien.

Posey fixe sa sœur, et je remarque une pointe d'inquiétude dans son regard.

Posey est étudiante à l'université tout en travaillant dans un *coffee shop*. Ça doit être terrible pour elle d'élever sa petite sœur en ne comptant que sur son seul salaire. Je ne connais pas sa vie de famille en détail, mais je suppose qu'il y a peu de chance pour que ses parents reviennent par miracle.

— Je peux prendre Lila avec moi pendant quelques heures. J'allais retourner à mon appartement. Elle peut venir chez moi ou je peux l'emmener au parc de l'autre côté de la rue ?

Ça ne me dérangerait pas de la surveiller un peu pour permettre à Posey de travailler pendant les deux dernières heures.

Et ça signifie aussi que je peux retourner chez moi.

Je suis horrible.

Posey ne peut s'empêcher de constamment regarder sa sœur. Elle la surveille si bien, même en étant derrière le comptoir. La petite fille est toujours assise dans la même position, le menton adorablement appuyé contre la table.

— Tu es sûr ? Tu n'es pas obligé, tu sais.

— Je sais.

Posey regarde de nouveau sa sœur et semble estimer que la petite fille risque fort de s'ennuyer.

— Ok. Mais emmène-la chez toi, alors. Il fait chaud aujourd'hui et nous avons déjà passé toute la matinée dehors.

— Ok. Je vais juste nettoyer les tables avant d'y aller.

— Merci, Landon.

Posey me sourit. Ses taches de rousseur sont particulièrement visibles aujourd'hui. C'est mignon.

— No problemo.

J'attrape le seau d'eau et elle soulève la cloison avant de me rejoindre.

Les tables n'ont jamais été aussi sales, du moins depuis que je travaille ici. Je dois changer trois fois de torchon pour retirer les taches et les cercles laissés par les tasses de café sur les tables.

Au moins, la salle s'est vidée. Il ne reste qu'un seul client, un jeune hipster qui tapote sur le clavier de son petit MacBook doré. Il a l'air satisfait.

Au moment de partir, Lila est toujours assise au même endroit, mais son menton n'est plus posé sur la table. Au lieu de ça, elle fait rouler sa petite voiture violette sur la surface lisse en bois, en produisant de petits bruits de moteur.

— Hé, Lila. Tu te souviens de moi ?

Son petit visage rond me regarde et elle hoche la tête.

— Cool. Tu veux passer un peu de temps avec moi pendant que ta sœur travaille ? On peut aller chez moi un moment ? J'ai une amie qui adorerait faire ta connaissance.

Je me penche à son niveau, mais elle retourne à sa voiture sans me regarder.

— Oui.

Sa voix est douce mais aiguë.

Posey m'appelle et je dis à Lila que je reviens tout de suite la chercher.

Je rejoins Posey qui me regarde d'un air sérieux.

— Tu sais y faire avec les enfants, hein ? Elle est tellement jeune… Je te fais confiance, sinon jamais je ne la laisserais seule avec toi, mais tu sais comment t'y prendre avec les enfants ? Tu sais quoi faire si elle a faim ? Ou si elle tombe et qu'elle s'écorche le genou ?

Posey parle sur un ton grave, je croirais entendre ma mère.

— Tu ne dois jamais lui lâcher la main quand tu marches dans la rue. Jamais. Et elle ne mange que des frites et des gâteaux au beurre de cacahuète.

Je secoue la tête.

— Des frites et des gâteaux au beurre de cacahuète. Ne jamais lui lâcher la main. Ne pas la laisser tomber par terre. Message reçu.

Je lui fais une grimace et elle pousse un soupir en me souriant.

— Tu es sûr ?

— Sûr !

— Appelle-moi si tu as besoin de quoi que ce soit.

J'acquiesce et lui promets, encore et encore, que tout se passera bien. Je ne lui dis pas que mon portable est resté chez moi, mais bon, je vais directement là-bas, cela risquerait seulement de la faire paniquer encore plus.

Posey explique à Lila qu'elle va travailler un peu, puis qu'elle viendra la chercher chez moi quand elle aura terminé. Cela n'a pas l'air d'ennuyer Lila le moins du monde.

Au moment de dire au revoir à Aiden, je remarque une grosse marque violette sur son cou, juste au-dessus du col de son t-shirt. Je n'ose même pas imaginer quel genre de fille il ramène chez lui.

Lila tient ma main durant tout le trajet vers mon appartement. Elle montre du doigt et qualifie chaque bus, voiture de police et ambulance qui passe. Selon sa logique à elle, toutes les voitures munies d'un signal lumineux sont des ambulances.

Le trajet est plutôt rapide et puis elle est bavarde, même si je ne comprends pas tout ce qu'elle dit. J'ai l'impression de croiser beaucoup plus de femmes aujourd'hui. Soit ça, soit elles se montrent bien plus avenantes envers les hommes avec des enfants. J'ai récolté plus de sourires et de clins d'œil durant ces trente dernières minutes que depuis que j'ai emménagé ici. Étrange. Ça me rappelle ce film dans lequel l'ami d'Owen Wilson se sert de son chiot pour attirer l'attention des femmes. Mon Dieu, je ne devrais pas comparer les enfants aux chiots.

Une fois dans mon immeuble, je la laisse appuyer sur le bouton de l'ascenseur et compte les secondes jusqu'à ce qu'il arrive à mon étage. J'espère vraiment que Nora est encore là.

La télé est allumée lorsque nous entrons dans l'appartement. Tessa est toujours sur le canapé, les cheveux relevés sur la tête. Elle paraît encore fatiguée lorsqu'elle se redresse pour accueillir notre petite invitée.

Je remarque immédiatement qu'elle est toute seule. Elle sourit à Lila.

— Hé, bonjour.

Lila agite sa main, puis sort la voiture bleue de la poche de son petit jean.

— C'est la petite sœur de Posey. Je dois la surveiller une heure et demie environ.

On dirait que ça réveille un peu Tessa. Son visage s'illumine et elle agite sa main vers Lila.

— Comment tu t'appelles ?

Lila ne lui répond pas. Elle s'assied simplement sur le sol et commence à faire rouler sa voiture sur le tapis imprimé, émettant de petits bruits en la faisant glisser le long des lignes géométriques.

— Elle est adorable.

J'acquiesce de la tête.

— Je vais aller mettre mon portable à charger et faire un tour aux toilettes. Tu peux la surveiller une minute ?

J'espère qu'elle ne me surprend pas en train d'inspecter la pièce une seconde fois à la recherche de Nora. Tessa répond :

— Bien sûr.

Je vais dans ma chambre brancher mon portable.

Mon lit est encore défait et mon ordinateur ouvert sur le sol, près du lit. Heureusement que je n'ai pas marché dessus ce matin, quand je courais dans tous les sens. J'attends une minute ou deux que mon portable s'allume pour pouvoir envoyer un texto à Posey et lui dire que tout va bien. Pas de chute. Aucun problème, d'aucune sorte.

Mon portable s'allume. J'ai un texto de Nora.

S'IL TE PLAÎT, NE DIT RIEN À TESSA. ELLE N'A PAS BESOIN D'UN NOUVEAU DRAME MAINTENANT :/

Je réponds et lui demande où elle se trouve. Quelques secondes passent, mais je ne reçois toujours pas de réponse.

J'envoie un texto à Posey, puis sors de ma chambre en laissant mon portable se charger un peu. Je jette un œil dans le salon, me rends dans la salle de bains et referme la porte derrière moi. Alors que je me lave les mains, la porte s'ouvre, et le reflet de Nora apparaît dans le miroir.

Chapitre 31

Je fixe le miroir pendant quelques secondes, Nora m'observe aussi. Elle ne s'approche pas davantage et reste debout, dans l'embrasure de la porte, son regard planté dans le mien. Sans détourner les yeux, j'arrête l'eau et attrape une serviette pour m'essuyer les mains.

— Salut.
— Salut.

Je lui réponds en l'imitant. Décidément, c'est un mot qui revient beaucoup entre nous aujourd'hui.

— Que s'est-il passé ?

J'avais prévu d'attendre qu'elle prenne l'initiative de cette explication, mais visiblement je n'en suis pas capable.

Elle prend une profonde inspiration, je vois sa poitrine se gonfler et se dégonfler. Je me retourne, elle fait quelques pas dans la salle de bains et referme la porte derrière elle.

Elle s'approche de moi, mais semble s'être complètement renfermée sur elle-même. Ce n'est plus la même femme que celle qui était dans la cuisine la nuit dernière. Ses mains pendent devant elle, elles n'agrippent pas mon sweat. Ses lèvres sont entrouvertes, mais n'embrassent pas les miennes.

Les cheveux de Nora sont attachés par une natte posée sur son épaule. Elle ne porte aucune trace de maquillage sur le visage et je remarque quelques taches de rousseur sur ses joues. Ses yeux sont fatigués, trahissant son manque de sommeil. Elle porte un t-shirt blanc qui découvre une de ses épaules et un legging noir. Des pizzas sont imprimées sur ses chaussettes. C'est la seconde fois que je la vois porter des chaussettes bizarres. J'aime bien.

Elle passe sa langue sur ses lèvres.

— Je vais bien.

Le sac-poubelle rempli de vêtements indique tout le contraire, Nora.

Je saisis sa main et la tire vers moi. Elle hésite un instant, puis s'avance vers moi.

— Tu n'as pas l'air d'aller bien.

De ma main libre, je touche le bout de sa tresse. Elle ferme les yeux.

— Tu peux me parler. Tu le sais, n'est-ce pas ?

Je retire ma main posée sur ses cheveux et soulève son menton, juste assez pour mieux pouvoir l'examiner.

Des cernes bleus se dessinent sous ses yeux en amande. Ces derniers sont gonflés et j'ai mal au ventre rien que de penser qu'elle ait pu pleurer. Je passe mon pouce sur une de ses paupières fermées, puis sur ses lèvres entrouvertes.

Ses cils sont si longs qu'ils me font penser à des plumes d'oiseau.

Un très, très bel oiseau.

Oh, il se passe des trucs bizarres dans ma tête.

Elle secoue la tête et je ramène mon pouce sous son menton. Ses yeux s'entrouvrent légèrement, juste assez pour que je comprenne qu'elle cache quelque chose.

— Je gère la situation.

Sa voix est douce, elle dégage son visage de mes mains.

Je recule d'un pas, pour lui laisser un peu d'espace mais, alors que je ne m'y attends pas, elle attrape le tissu de ma chemise et m'attire à elle. Elle passe ses bras autour de mon dos et enfouit sa tête dans ma poitrine. Sans pleurer. En restant juste là, à respirer tout doucement, sans prononcer un mot.

D'une main, je caresse son dos tout en respectant ce moment de silence.

Quelques secondes plus tard, elle lève la tête et me regarde droit dans les yeux.

— Je veux m'occuper de toi.

C'est mon cœur qui s'exprime.

Elle semble prendre conscience des mots que je viens de prononcer. Ses yeux se perdent dans les miens.

— Je ne veux pas que l'on prenne soin de moi.

Sa franchise me fait l'effet d'une décharge, mais je dois me rappeler qu'elle a quelques années de plus que moi et que cela fait certainement plusieurs années qu'elle se gère toute seule.

— Je ne veux pas de l'aide de mes parents. Je ne veux pas de ton aide. Je ne veux l'aide de personne. Je veux juste régler mes merdes en causant le moins de dégâts possible autour de moi. Je ne ferai que t'apporter des ennuis, c'est ce que je fais déjà. Je suis comme ça. Je ne te dis pas ça comme un avertissement à prendre à la légère, Landon, je suis sérieuse.

Elle me regarde, et ses yeux me supplient de l'écouter. De l'écouter vraiment.

— Ma vie est beaucoup trop compliquée, et je n'ai pas besoin d'un chevalier servant.

Je ne sais pas quoi lui répondre. Je ne sais pas comment l'aider en quoi que ce soit ni même si elle en a besoin. Je me sens inutile et n'en ai pas l'habitude. J'ai toujours été le sauveur. Que suis-je sinon ?

Je ne sais pas.

— Je sais, princesse.

J'essaie d'alléger la situation avec une pointe d'humour. Je suis quasiment sûr que Nora ne veut surtout pas qu'on l'appelle « princesse ». Son visage affiche une expression de pur dégoût.

— Beurk. Je ne suis pas une princesse.

— Tu es quoi alors ?

Je suis vraiment curieux de savoir comment elle se perçoit.

— Un être humain.

Il y a plus que du sarcasme dans ses mots.

— Je ne suis pas une demoiselle en détresse ni une princesse. Je suis une femme, une humaine dans tous les sens du terme.

Mes yeux croisent les siens et elle me serre de nouveau dans ses bras.

— Est-ce qu'on peut juste rester comme ça pendant quelques secondes ? Prends-moi simplement dans tes bras pendant quelques instants, histoire que je puisse mémoriser cette sensation.

Ses paroles sonnent de manière si lugubre, comme si c'était un adieu. Je déteste ça.

Je reste silencieux et la tiens serrée dans mes bras jusqu'à ce qu'elle s'écarte d'elle-même quelques secondes plus tard. Quand elle s'éloigne de moi, je lui demande :

— J'aimerais que tu me dises ce qui se passe.

Elle évite mon regard et me répond :

— Moi aussi, j'aimerais le savoir.

Puis elle se redresse tout à coup et ouvre grands les yeux.

— Ok. Allons décorer le gâteau et offrir à Ellen le plus bel anniversaire de toute sa vie.

Je n'en reviens pas de la vitesse avec laquelle elle peut soudain se fermer et changer de sujet.

J'attends beaucoup plus de Nora. Je veux des réponses. Je veux connaître l'ampleur de ses problèmes pour tenter de lui apporter des solutions. Je veux la tenir dans mes bras jusqu'à ce qu'elle soit certaine que je serai là pour elle. Je veux chasser sa tristesse et la faire rire jusqu'à ce qu'elle ne sache même plus pourquoi elle se protège de moi. Je veux qu'elle sache que je vois la personne qu'elle est vraiment, même si elle n'en a pas envie.

Je veux tellement de choses, mais il faut qu'elle les veuille, elle aussi. Finalement, je vais dans son sens et affiche un sourire forcé sur mon visage.

— C'est parti.

Je lui tape dans la main et elle tente un sourire. Elle ouvre la porte de la salle de bains et ajoute :

— Tu es la personne la plus ringarde que je connaisse.

— J'en conviens.

Et voilà, en l'espace d'un instant, nous sommes de nouveau « amis ».

Tessa et Lila sont toujours dans le salon quand nous surgissons tous les deux du couloir. Lila est encore hypnotisée par sa voiture et Tessa, assise les jambes en tailleur sur le canapé, observe la petite fille avec un grand sourire.

Son regard se pose sur moi, puis sur Nora, et puis de nouveau sur moi. Mais elle ne pose aucune question, même si son visage ne dissimule pas ses soupçons.

Je me penche en avant pour m'adresser à la petite fille.

— Lila. Nous allons décorer un gâteau. Tu veux venir avec nous dans la cuisine ?

Lila lève les yeux vers moi et attrape sa voiture Hot Wheels qu'elle dresse fièrement pour me la montrer.

— Voiture.

— Oui. Tu peux prendre la voiture avec toi.

Je saisis sa main et elle serre la mienne.

Tessa se rallonge sur le canapé.

— Je vais fermer les yeux quelques minutes encore.

Je lui dis d'aller se recoucher et entraîne Lila dans la cuisine. Nora me suit en demandant à Lila :

— Hé, bonjour ma jolie. Comment tu t'appelles ?

Lila lui donne son nom sans la regarder et s'installe à la table.

— Quel joli prénom. Tu aimes les gâteaux ?

Lila ne répond pas.

Je touche le bras de Nora pour attirer son attention. Elle se tourne vers moi et je mets la main sur ma bouche pour que Lila n'entende pas ce que je m'apprête à lui dire.

— Je crois qu'elle est autiste.

En réalisant la situation, le visage de Nora change d'expression. Elle hoche la tête et s'assied près de Lila.

— Cool, ta voiture.

Lila sourit et fait rouler sa voiture sur la main de Nora en disant «vroum, vroum». Je prends ça comme un signe d'approbation. De son siège, Nora me demande :

— Tu te rappelles comment faire un glaçage ?

J'acquiesce.

— Du sucre en poudre, du beurre, de la vanille... et un autre truc...

Je n'arrive pas à me souvenir du dernier ingrédient, même si nous avons dû nous y reprendre à deux fois pour faire le glaçage hier soir.

— Du lait.

Je hoche la tête.

— Ah oui, c'est vrai, du lait. Et sept gouttes de colorant alimentaire.

Elle me lance un regard noir.

— Une ou deux gouttes.

— Ok, donc dix gouttes ! Ça va, j'ai compris.

Elle rigole en levant les yeux au ciel et j'aperçois une lueur de vie briller de nouveau dans son regard.

— Deux gouttes.

Je me dirige vers le placard pour prendre la boîte de colorant alimentaire.

— Ok, donc si je comprends bien, je vais sûrement avoir besoin de quelqu'un pour me coacher. Tu ne connaîtrais pas un bon boulanger ?

Oups. Je voulais dire chef pâtissier.

Elle secoue la tête.

— Non. Connais pas, désolée.

Un sourire taquin illumine son visage.

Je souffle de manière exagérée et saisis un nouveau sachet de sucre en poudre dans le placard.

— C'est vraiment dommage. Je ne peux pas te promettre de ne pas en mettre partout.

Nora m'observe avec une pointe de malice dans les yeux.

— C'est un pâtissier épouvantable, chuchote-t-elle à l'oreille de Lila, mais assez fort pour que j'entende.

Lila la regarde et sourit.

— Hé, vous n'allez pas vous liguer toutes les deux contre moi !

J'agite une grande cuillère devant elles.

Nora éclate de rire.

Je me dirige vers le frigo pour prendre une bouteille de lait et du beurre, puis sors un récipient du lave-vaisselle pour faire mon mélange. Je crois me souvenir des différentes étapes pour préparer le glaçage.

Je crois ?

Quand je commence, Nora m'observe en silence. Après avoir mélangé le sucre et le beurre, j'ajoute la vanille et le lait. Je fais attention à ne verser que deux gouttes de colorant vert et Nora m'applaudit tandis que je mélange le tout dans le récipient en inox.

Après quelques minutes de silence, elle se lève et s'avance vers moi. Elle retire le film plastique qui recouvrait le gâteau et le jette à la poubelle. Je plonge alors la cuillère dans le glaçage et commence à l'étaler sur le gâteau à la vanille.

— Hé ! Regarde-toi. En train de décorer le gâteau tout seul comme un grand. Tu reviens de loin, jeune sauterelle.

Les taquineries de Nora me font rire et elle me donne un petit coup d'épaule en regardant Lila.

— Au fait, qui est-ce ? Je n'ai pas pensé à te poser la question.

— C'est la sœur de mon amie Posey qui devait travailler ce matin, je lui ai donc proposé de la surveiller. Elle viendra la récupérer dans à peu près une heure.

Nora me regarde avec cet air que je lui connais et j'ai l'impression qu'elle lit dans chacune de mes pensées. Mon pouls s'accélère.

— Tu es vraiment spécial, Landon Gibson.

C'est la deuxième fois en deux jours que Nora me dit ça. Son compliment me fait rougir, mais je me fiche pas mal qu'elle s'en rende compte. En pointant Lila du bout de la cuillère couverte de glaçage vert, je lui dis :

— Tu t'en sors bien avec elle.

— Moi ? Douée avec les enfants ?

Elle semble sincèrement surprise, mais je lui confirme en tapotant le bout de son nez avec mon index.

— Hé, c'est moi qui fais ça d'habitude !

Elle se tourne pour me faire face et se retrouve à seulement quelques centimètres de mon visage.

Je passe la cuillère sur toute la surface du gâteau et l'enrobe de glaçage en m'assurant d'en recouvrir tous les bords.

— Je ne vois pas du tout de quoi tu parles.

Je lève les yeux vers le plafond, puis reporte mon attention sur le gâteau.

Nora continue de me charrier.

— Menteur.

— Moi je suis un menteur et toi tu gardes des secrets. Nous sommes pareils.

Les mots ont jailli de ma bouche avant que je puisse les en empêcher et je déteste la manière dont son visage insouciant change immédiatement d'expression pour devenir méfiant.

— Rien à voir. Les secrets et les mensonges ne sont pas la même chose.

Je me tourne vers elle et laisse tomber la cuillère sur le rebord de la casserole.

— Ce n'est pas ce que je voulais dire. Je suis désolé.

Nora ne me regarde pas, mais je peux la voir baisser sa garde à chaque nouvelle inspiration. Puis elle se décide enfin à me parler.

— Promets-moi quelque chose.
— Tout ce que tu veux.
— De ne pas tenter de m'aider.
— Je....

J'hésite à lui répondre.

— Promets-le-moi. Promets-le-moi et je te promets de ne pas raconter de mensonges.

Je la regarde.

— Mais tu garderas quand même des secrets ?

Je connais déjà la réponse.

— Pas de mensonges.

Je soupire, j'ai perdu, je ne voulais pas qu'elle garde ses secrets.

— C'est ma seule option ?

Là aussi, je connais la réponse.

Elle acquiesce.

J'étudie son offre pendant quelques secondes. Si c'est la seule façon qu'elle me laisse l'approcher, alors je n'ai pas le choix.

Je ne sais pas si je serai capable de tenir cette promesse, mais c'est ma seule chance.

Avec une grande inspiration, je lui donne enfin ma réponse :

— Je promets de ne pas essayer de t'aider.

Elle soupire, je n'avais pas remarqué qu'elle aussi avait retenu sa respiration pendant tout ce temps.

— À ton tour.

Elle hésite cette fois.

— Je promets de ne pas dire de mensonges.

Elle lève son petit doigt et j'enroule le mien autour. Elle me prévient :

— Nous venons de passer un pacte, toi et moi. Ne le romps pas.

Je jette un œil à Lila toujours assise, elle semble contente avec sa voiture. J'interroge Nora :

— Et sinon, que se passe-t-il ?

— Je disparais.

Les mots de Nora me frappent de plein fouet et me terrifient, car je sais, je sais sans l'ombre d'un doute, qu'elle le pense vraiment.

À SUIVRE

La playlist

« Come Up Short » par Kevin Garrett
« Someone New » par Hozier
« Let It Go » par James Bay
« Closer » par Kings of Leon
« Pushing Away » par Kevin Garrett
« As You Are » par The Weeknd
« Edge Of Desire » par John Mayer
« In The Light » par The Lumineers
« Colors » par Halsey
« Love Me or Leave Me » par Little Mix
« Gasoline » par Halsey
« All You Never Say » par Birdy
« Addicted » par Kelly Clarkson
« Acquainted » par The Weeknd
« Fool For You » par Zayn
« Assassin » par John Mayer
« Without » par Years & Years
« Fool's Gold » par One Direction
« Love In The Dark » par Adele
« Hurricane » par Halsey
« Control » par Kevin Garrett
« It's You » par Zayn
« A Change Of Heart » par The 1975
« I Know Places » par Taylor Swift

Pour ne manquer aucun livre de romance aussi fabuleux que celui que vous tenez entre les mains,

➤|RETROUVEZ|◄
LE LIVRE DE POCHE ROMANCE
SUR LES RÉSEAUX SOCIAUX !

LES RAISONS POUR LESQUELLES VOUS DEVEZ |ABSOLUMENT| NOUS REJOINDRE :

- ➤♥➤ POUR NE RIEN RATER DES ACTUS ROMANCE AU LIVRE DE POCHE
- ➤♥➤ POUR TOUT SAVOIR SUR NOS TITRES ET NOS AUTEURS
- ➤♥➤ POUR DÉCOUVRIR DES EXTRAITS ET DES INFOS EN EXCLUSIVITÉ
- ➤♥➤ POUR ÉCHANGER AVEC D'AUTRES FANS DE ROMANCE
- ➤♥➤ POUR PARTICIPER À NOS JEUX-CONCOURS ET REMPORTER DES LIVRES
- ➤♥➤ ET POUR PLEIN D'AUTRES SURPRISES !

À TRÈS |VITE| ! ♥

🅕 Le Livre de Poche Romance
📷 @livredepoche_romance

Le Livre de Poche
le monde entre vos mains